D1731895

Негромкие люди Марии Метлицкой

Читайте повести и рассказы

Марии Метлицкой

в серии «Негромкие люди»:

. . . .

Бабье лето

•

Понять, простить

•

Обычная женщина,
обычный мужчина

•

Свои и чужие

•

На круги своя

•

Такова жизнь

•

Странная женщина

•

Незаданные вопросы

Мария Метлицкая

Незаданные вопросы

Москва
2018

УДК 821.161.1-32
ББК 84(2Рос=Рус)6-44
М54

Оформление серии *П. Петрова*

Метлицкая, Мария.

М54 Незаданные вопросы : [сборник] / Мария Метлицкая. – Москва : Эксмо, 2018. – 288 с. – (Негромкие люди Марии Метлицкой. Рассказы разных лет).

ISBN 978-5-04-095662-3

«Тьмы низких истин мне дороже нас возвышающий обман...» Каждый из нас хотя бы раз в жизни стоял перед выбором: что лучше – жить в неведении, пряча, словно страус, голову в песок, или узнать правду, даже если она перевернет, разрушит твою жизнь и сделает бессмысленными все предыдущие годы?

Ольге Петровне, героине повести «Незаданные вопросы», понадобилось немало мужества, чтобы решиться посмотреть правде в глаза. Разочаровываться больно, но как иначе сохранить себя?

УДК 821.161.1-32
ББК 84(2Рос=Рус)6-44

ISBN 978-5-04-095662-3

Незаданные вопросы

Дверной звонок был резкий и неприятный. Ольга Петровна всегда вздрагивала, слыша его. И каждый раз думала, что надо бы сменить. А потом, до следующего звонка, все забывалось, и руки снова не доходили.

Вздрогнула и сейчас. Посмотрела на часы – Ирка? Так рано? Какое же счастье, господи! Не придется торчать у окна, вглядываясь в темноту улицы. Ну слава богу! Хотя странно. У дочки есть ключ.

Схватила кухонное полотенце, вытерла влажные руки и заспешила к двери. Мельком глянула в глазок – ничего не разглядела с ее-то зрением. И, не спросив, кто, тут же щелкнула замком. Дверь распахнулась.

На пороге стояла женщина – худая, высокая, в темном пальто и черном берете. В руках небольшой чемодан. Ольга Петровна растерялась и поправила очки.

— Вы... к нам?

Женщина в берете усмехнулась.

— Оля, ты что? Не узнаешь? Что, так изменилась?

Ольга Петровна вздрогнула и чуть отступила назад, потому что узнала.

На пороге стояла Муся. Ее двоюродная сестра. Которую она не видела... Лет пятнадцать, не меньше! Или — тринадцать. Впрочем, какая разница?

Ольга Петровна продолжала молчать, растерянная и ошарашенная. Наконец произнесла:

— Муся, ты? Вот уж... не ожидала!

Муся ответила коротким, сухим смешком:

— Оля! Ну что? Так и будем стоять? В дом не пустишь?

Ольга Петровна мелко закивала, покраснела и забормотала:

— Конечно, конечно! Муся, да что ты! Просто я... растерялась!

Муся неодобрительно хмыкнула — дескать, что с тебя взять? И вошла в дом. Ольга Петровна отступила на два шага назад и замерла, разглядывая нежданную гостью.

Муся повесила на вешалку пальто, аккуратно сняла ботинки, пристроила их ровно по линеечке, затем сняла берет и внимательно осмотрела себя в зеркале, чуть нахмурила брови, облизнула губы, после чего наконец обернулась на Ольгу Петровну.

— Что, Оля? Удивлена? Да, вот так... Такие дела. Ну, приглашай в дом, хозяйка! — И Муся ослепительно улыбнулась, показав по-прежнему отличные, крепкие и крупные зубы. – А тапки-то у тебя есть? Или так, босиком?

Ольга Петровна словно очнулась, снова закивала и принялась суетливо доставать тапки – гостевых в доме не было, потому что гости в доме бывали редко. Подумав с минуту, протянула ей Иркины – самые приличные, почти «свежие», смешные, ярко-желтые с оранжевым кантом – утиная мордочка, кажется, из американского мультика. Муся усмехнулась.

– Иркины! – догадалась она. – Что, из детства никак не выскочит?

Ольга Петровна ничего не ответила. Муся всегда была щедра на «укусы» – такая натура. Самое умное – не вступать в диалог, целее будешь.

– Ну проходи! – как-то неуверенно пригласила Ольга Петровна и обернулась у входа на кухню. – Муся, ты голодна?

– Чай, только чай! – ответила та и уселась на табурет.

Было неловко разглядывать ее. Неловко и ужасно интересно. Как следует разглядеть, рассмотреть все подробно и расспросить все детально – как ее жизнь, как прошли все эти долгие годы, что получилось из *всего этого*. И что не сложилось. Понятно же было, что не сложилось. Но Мусю нельзя было расспросить. Можно было только *спросить*. Осторожно, аккуратно, дипломатично. Но даже при этих условиях, при том, что этика и правила соблюдены, Муся могла не ответить – характер такой. Тяжелый характер.

Ольга Петровна помнила – связываться с Мусей никто не торопился. В спор с ней вступать рисковали немногие. Позволить себе подобное мог только Мусин отец, дядя Гриша. Но что ей нужно? Зачем она приехала? Что случилось и почему она здесь? На сердце было тревожно. Впрочем, от встреч с Мусей было тревожно всегда.

Ольга Петровна совсем растерялась – переставляла чашки, гремела ложками, хлопала дверцей холодильника и бросала осторожные взгляды на сестрицу.

– Муся! Может, все-таки поешь? У меня есть чудесные голубцы. Так хорошо получились!

Муся чуть скривила губу:

– Голубцы? Ну давай. Только один, слышишь? Больше не съем – ты ж меня знаешь!

Ольга Петровна радостно закивала – теперь у нее появилось дело, пусть кратковременное, минут на десять, но все же дело. А это означало, что разговор и общение отодвигались – хотя бы чуть-чуть.

Она поставила перед гостьей тарелку с разогретым голубцом, от которого шел вкусный, ароматный парок, и присела напротив.

– Муся! – всплеснула она руками. – А хлеб?

Муся мотнула головой:

– Завари лучше чаю! И покрепче, Оля! Ты же знаешь, какой я люблю!

Ольга Петровна с радостью вскочила, поставила чайник и стала искать в шкафчике заварку. И на секунду замерла. Муся, как всегда, ей *приказала*! Или так – говорила с ней приказным тоном, словно хозяйкой была здесь она, Муся, а никак не Ольга Петровна.

«Ой, да что я? – остановила себя она. – Что я, Мусю не знаю? – И приказала себе: – Не обращай внимания, Оля! Ты же понимаешь, что *там* не все хорошо! Или даже совсем *нехорошо*. Иначе бы...»

Наконец она села напротив нежданной гостьи и аккуратно стала ее рассматривать. Муся сдала. Постарела: морщины под глазами и возле носогубных складок, опущенные уголки глаз и губ – печальки, как назвала их Ольга Петровна. Руки с истонченной пергаментной кожей, покрытые вялыми пятнами. Седина и тусклость волос.

Но сдала – это другое! Сдала – это поникшая голова, поникшая шея. Поникшие, опущенные плечи – человеку тяжело держать свой каркас, свои мышцы. Но главное – глаза! Когда в них нет интереса, неважно к чему, все равно. Потухшие глаза – вот что такое «сдала». Сдала – это когда из человека почти ушла жизнь. Жизнь утомила, и это заметно. Когда человек устал и больше ничего не хочет, потому что уже все знает и все ему неинтересно. Он больше не хочет открытий.

Это, конечно, в той или в иной степени испытывают все, кому за пятьдесят, – разочарования и усталость никого не минула. И все же у всех по-разному, в разной степени. Женщины тяжело переносили наступление старости. Особенно красавицы, особенно яркие, значительные женщины с «биографией». Ольга Петровна была точно не из их эшелона. Скромная, тихая Ольга Петровна считала себя женщиной... незначительной.

А Муся была как раз из красавиц! Из тех, за кого можно и под поезд – роковой женщиной была эта Муся.

А вот ведь тоже потухла, и это бросалось в глаза. Муся устала от жизни? Нет, вряд ли! Как это на нее не похоже! Может, просто устала с дороги?

Ела Муся красиво – неспешно, аккуратно, с достоинством. Впрочем, достоинство – Мусин конек. Если честно, достоинство у Муси вовсе не глубинное, не врожденное. Все близкие все про нее понимали. Но держалась она всегда так, словно была особой царских кровей. Как говорится, умела себя подать.

Наконец Муся все с тем же достоинством аккуратно отставила тарелку и приборы, вытерла губы салфеткой.

– Спасибо! Ты всегда была кулинаркой! В отличие от меня. – И Муся хихикнула.

Ольга Петровна смущенно махнула рукой:

– Да брось ты! Все – опыт! Наработка навыков, а не талант. Не научиться элементарному – это, знаешь ли, почти невозможно. – И, наливая гостье чай, наконец решилась: – Муся! Ты как сюда – насовсем?

Муся, отвернувшись к окну, вяло и неохотно проговорила:

– Да, Оль! Насовсем. Так получилось.

– Ты меня извини, – решилась Ольга Петровна, – за любопытство. Не получилось? Но... Тебя же не было почти...

Муся ее перебила:

— Не напрягайся — тринадцать лет. Да, Оль! — с вызовом добавила она. — Не получилось! Ты же знаешь, какой был у нас возрастной разрыв. Шестнадцать лет! Я старела, а он... Он — только мужал. Это же мы, женщины, стареем. — И она криво усмехнулась. — Что тут нового и непонятного? Я старела, сходила с ума от того, что старею. Каждое утро подсчитывала новые морщины. А уж если день был солнечный... Не утешало совсем! Начала прибаливать — то одно, то другое, то третье. — Она снова усмехнулась. — Ну и кому это понравится? Начала к нему цепляться, ревновать, устраивать сцены. Безобразные, надо сказать. Никогда прежде такого не было, ты меня знаешь! Самой было противно и стыдно. Себя ненавидела больше, чем его. Ну и дальше — понятно. Меня заменили. Нашли более свежую и молодую. Без истерик и камней в желчном пузыре. Без мигреней и климакса. Вот так. Хотя — чему удивляться? У тебя можно курить?

Ольга Петровна на мгновение растерялась — дом был некурящий, причем некурящий строго. Гостей с сигаретами всегда выставляли на балкон или на лестничную клетку.

Но не гнать же Мусю на улицу, где уже минус пять?

— Кури, — со вздохом кивнула Ольга Петровна и тут же подумала: «Хорошо, что нет Левы! Он приедет не раньше, чем через два месяца». Она протянула Мусе блюдце, и та щелкнула зажигалкой. — А что дальше, Муся? Как думаешь жить?

Муся ответила легко и беззаботно, как отвечала всегда:

— Да как-нибудь проживу! Не впервой, да? Устроюсь куда-нибудь. На хлеб и чай заработаю. – И чуть подалась вперед, ближе к Ольге Петровне. – Оля, послушай! – Она сказала это так тихо, что Ольге Петровне стало не по себе. – Оля! А можно я у тебя поживу? Ты не волнуйся, недолго! Чуть приду в себя. Разберусь у себя... У меня комната есть, ты помнишь?

Ольга Петровна кивнула – комнату помнила, да. Конечно, помнила! Комната была не очень – узкая, темная. Но – в центре, на Кропоткинской. Кажется, последний этаж. Дом старой постройки, в четыре или пять этажей, с деревянной лестницей, без лифта.

Запомнилось вот что – темный деревянный дощатый пол и светлые, крашенные известкой стены. Кровать у окна – старинная, наверное бабушкина, с металлическими шариками на спинке, и комод – огромный, тяжелый, темный, на котором стояли мраморные слоники шеренгой, по росту. Вазочка с сухой вербой и несколько фотографий. Все. Шкафа, кажется, не было.

Слава богу, что комнату Муся за собой сохранила, при всей беспечности и, казалось бы, безалаберности, своего она никогда не упускала и к материальному относилась внимательно и серьезно.

«Вот и хорошо, – подумала Ольга Петровна. – Погостит, придет немного в себя и съедет. Конечно, съедет! Придется потерпеть – все же сестра».

— Ну, Оля! Что мы обо мне? Рассказывай, как у вас. Наверняка это куда интереснее! – Муся улыбнулась, всем видом демонстрируя интерес.

— Муся, ничего интересного, ты мне поверь! Все как было. Ну совершенно без перемен! Может, это и хорошо? Лева, как всегда, горит на работе. Снова командировка, теперь – Индия. Климат, конечно! Уже тяжело. Но он счастлив, и это главное! Я, как всегда, как домашняя курица – есть парочка учеников, подтягиваю перед экзаменами по математике, но это так, чтобы не отупеть окончательно. – Ольга Петровна улыбнулась и развела руками. – Ну и Ирка. – Она вздохнула. – Нет, так все хорошо, ничего критичного! Здорова, ходит в институт. Но... как-то не все мне нравится, понимаешь? – Ольга Петровна посмотрела Мусе в глаза. Та молчала. – Нет, ничего вроде плохого, – продолжила Ольга Петровна. – Но она какая-то нелюдимая, замкнутая, закрытая. Что там у нее происходит, не знаю. Совсем ничего не знаю, понимаешь? Ни про подруг, ни про молодых людей. Молчит, а если спрошу, услышу: «Мама, отстань! Все нормально!» Вроде тихая, скромная, положительная. Без каких-то пороков. И все же мне неспокойно. Хорошо бы ей подруг, кавалера. Но, кажется, ничего этого нет и в помине.

Муся глубоко затянулась, выпустила дым.

— Оля! Ну это же абсолютно нормально! У всех было именно так! Кто из нас стремился поделиться с родителями? Лично я никогда! Потому что, – Муся рассмеялась, – мне было что скрывать, понимаешь?

«Зачем это она? – вздрогнула Ольга Петровна. – Зачем привела этот пример? Хочет сказать, что и Ирке есть что скрывать? Муся есть Муся, – с неприязнью подумала она, – не изменилась, увы».

А вслух сказала:

– А я маме все говорила! Все абсолютно, – с какой-то гордостью повторила она.

– Конечно! – Слова эти Мусю развеселили. – Ты же у нас святая! Что тебе-то было скрывать?

Ольга Петровна слегка обиделась. Хотя что обижаться на правду? Все было именно так. Оле-подростку скрывать было нечего. Девушке Оле, вошедшей в молочную спелость, – тоже, увы! Молодой женщине Ольге – тоже. Вышла замуж, родила дочь. Вела абсолютно праведную и добропорядочную жизнь. Никаких секретов! Ну совершенно никаких! Размеренная, скучная, семейная жизнь.

Для Муси наверняка до противного наивная и смешная.

– А что у Ирки? – вдруг снова спросила Муся. – Совсем никого?

Ольга Петровна загрустила.

– Совсем, Мусь. Даже уже волнуюсь. Ты же знаешь: не найдешь мужа в институте – все, кранты. Значит, не выйдешь уже никогда. Да и при теперешней конкуренции! Девицы такие – подметки ведь рвут на ходу! А эта, моя? Тихая, скромная, молчаливая. Нет, внешне не дурненькая! С этим в порядке. А что толку? Вот именно – ничего. По-моему, просто синий чулок.

Муся кивнула:

– Да, дело в характере, в натуре бабской. Ты не права – есть бабы, которые и в сорок, и в пятьдесят жизнь устраивают. Здесь от возраста не зависит – точнее, не в возрасте дело! И с детьми, и с плетьми. Только эти бабы и вправду подметки рвут. Жизнь ведь такая... Не ты, так тебя. Зубы надо точить и быть бдительной. Тетехи сейчас не в чести, как ты, например! – И Муся расхохоталась.

Смех у нее был по-прежнему звонкий, молодой, задорный.

«Надо же, – удивилась Ольга Петровна, – сама скукожилась, усохла, а смех остался – девчоночий смех».

И снова обиделась. Хотя ведь снова Муся была права.

– Ты на меня не обижайся, Оля! – Муся словно подслушала ее мысли. – Ты чудесная! Ты замечательная, Олечка! Честная, верная, преданная. Лучшая из тех, кто встречался на жизненном пути. А ты знаешь – розами он не был выстлан точно, мой жизненный путь. Таких, как ты, наверное, больше нет. Но ты же тетеха, Олька! Тебя же вокруг пальца обвести – как нечего делать! И то, что ты вышла за Леву, да еще так удачно, – не просто везение, Оля! Это судьба.

После этих слов Ольга Петровна окончательно решила не обижаться. Все – правда, как ни крути! И то, что Лев предпочел именно ее, тихую и обыкновенную Олю, когда вокруг были сплошные красавицы. Нет, дурнушкой она не была – в молодости даже совсем ничего, симпатичная. Блондиночка с нежной кожей, голубыми глазами и мило вздернутым, чуть присыпанным конопушками носиком. Мужчины любят такой типаж – беззащитная, тихая, милая.

И в конце концов Муся признала ее положительные черты – порядочность, верность и честность. На что обижаться?

Да, ей повезло. И как повезло! Лева был самым прекрасным мужчиной на свете – в этом она была абсолютно уверена. Ни разу за их долгую, длиною в двадцать пять лет, семейную жизнь он не дал ей повода усомниться в своей верности и порядочности. Конечно, ей повезло! А сколько женщин вокруг страдало? От пьянства мужей, от вранья, от неверности. От хамства, наконец. От жадности. От неуважения и пренебрежения.

Ее это все миновало. Судьба? Или везение? Да какая разница!

Главное – что ей повезло!

– Ну, ты не расстраивайся так с Иркой, не убивайся! Скромница? Поправимо! Я ее малость подучу, проконсультирую! – И Муся снова рассмеялась. – Я ж в этом деле мастак! А когда она, кстати, придет?

Ольга Петровна от этих слов сжалась: «Господи, не дай бог! Не дай бог, чтобы Муся вмешалась в Иркину жизнь».

И тут же глянула на часы – пол-одиннадцатого! С ума можно сойти! Ольга Петровна вскочила и подошла к окну. Прижалась лбом к прохладному и влажному стеклу и стала вглядываться на улицу.

– А позвонить? – сообразила Муся.

Ольга Петровна махнула рукой:

– Эта дуреха так торопилась с утра, что телефон дома забыла! Растеряха жуткая! Точно – тетеха! И что с ней делать, ума не приложу! Спросила ведь: «Ира, ты взяла телефон?» – «Да, мам! Конечно». А я обнаружила его в ванной комнате! Нет, как это можно, ты мне ответь? И что теперь делать? – Она повернулась к Мусе и растерянно захлопала глазами, которые уже наполнялись слезами.

Муся беспечно засмеялась:

– Оля! Это же молодость! Да ты радуйся – может, в кино с парнем пошла? Или в кафе?

И в эту минуту в дверь раздался звонок.

– Ирка, боже мой! – вскрикнула Ольга Петровна и, как заполошная, бросилась в коридор.

Ирка уже открывала дверь своим ключом. Такая у нее была привычка: ключ – в замочную скважину и одновременно нажать на звонок. Как предупреждение: «Мама, папа! Я дома! Возрадуйтесь! И поспешите встречать!»

Так всегда и было. И мать, и отец – если был дома – всегда торопились навстречу единственному и обожаемому чаду.

– Ира, да как же так? – всхлипнула Ольга Петровна. – Телефон, как всегда, забыла! С чужого не позвонила! Пришла бог знает во сколько! Ну как же так можно?

В этот момент в коридоре появилась и гостья.

Ира, скидывая мокрые сапожки, с удивлением уставилась на нее – разумеется, блудную и заблудшую родственницу она не помнила: во время последнего Мусиного бегства была еще очень мала.

Ольга Петровна поспешила представить дочери тетку:

– Это Муся! Моя двоюродная сестра! Ты, наверное, много слышала о ней. – Произнеся последнюю фразу, Ольга Петровна слегка поперхнулась, уловив двусмысленность, которую она вкладывать не собиралась, но так получилось. И вправду – тетеха.

Муся, казалось, подвоха не заметила. Она вышла из-за спины Ольги Петровны, широко улыбнулась и протянула Ире тонкую руку.

– Мария Григорьевна. Можно Муся! Твоя, собственно, тетка!

Ирка растерянно кивнула и снова посмотрела на мать.

– Муся у нас... погостит, – еле выговорила Ольга Петровна. – Она приехала издалека, давно не была дома, в Москве. – И тут же поймала себя на мысли, что она почему-то оправдывается перед дочерью.

Ирка, наконец сбросив оцепенение, громко сглотнула слюну и кивнула.

– Мам, я в ванную! И чего-то поесть!

Ольга Петровна наконец расслабилась, даже порозовела и тут же захлопотала – принялась разогревать голубцы, нарезала хлеба, ловко налила компот.

– Муся! – вспомнила Ольга Петровна. – А пирог? У меня ведь есть замечательный пирог с яблоками! Вот ведь... забыла! – И она отрезала большой кусок пирога.

Муся откусила и покачала головой.

– Да, Оль! И пирог у тебя... А ведь Левке твоему тоже повезло! Вот я, например! Буду стоять на кухне, жарить, парить. Вешать до грамма – все по инструк-

ции, все по кулинарной книге – ничего на глазок. А выйдет такая фигня. Совсем несъедобная, честно!

«Ну ты, конечно, совсем не пример, – подумала Ольга Петровна. – И не только, кстати, в кулинарии».

Вслух, конечно, ничего не сказала. Да и как такое скажешь?

Появилась Ирка – бледная, уставшая, просто смотреть невыносимо.

Муся с интересом разглядывала ее, не смущаясь. А вот та явно стеснялась непонятной гостьи.

– Оль! – сказала Муся. – А если я в ванную? Ты не против?

Ольга Петровна закивала:

– Конечно, конечно! Я сама должна была тебе предложить! Вот вправду – тетеха.

Она бросилась в комнату, достала из шкафа большое махровое полотенце – из тех, что поновее. Подумала и достала еще два – маленьких. Как говорила ее свекровь – личное и ножное. И вытащила ночную сорочку – новую, ненадеванную. Купленную для больницы – если... не дай бог! Возраст уже, все может случиться...

Муся, прихватив полотенца, удивилась:

– А зачем так много, Оль? – И ушла в ванную. Через пару минут крикнула: – Какой можно взять шампунь? А крем?

Ольга Петровна показала ей шампунь, а вот насчет крема извинилась – только наш, дешевый. «Люкс».

– Я люблю наши, – извиняющимся голосом сказала она. – Они ведь на всем натуральном.

Муся кивнула и закрыла дверь.

Ирка уставилась на мать.

— Мам, это что? — Она показала взглядом на ванную.

Ольга Петровна приложила палец к губам.

— Тише, Ира! Тише! Может услышать! — И шепотом принялась объяснять: — Моя сестра. Двоюродная. Дочь дяди Гриши. Ты помнишь дядю Гришу?

Ирка недовольно скривилась:

— Какая разница: помню — не помню?

— Так вот, — продолжила Ольга Петровна, — Муся уехала из Москвы тринадцать лет назад. Бросила мужа и сбежала с любовником. — Ольга Петровна перегнулась через стол, чтобы дочь ее слышала. — Любовник был черт-те на сколько лет ее моложе — кажется, на шестнадцать. Оставил жену с ребенком — ты представляешь?

Ирка нетерпеливо перебила:

— Ну а дальше что было?

— Да ничего. Ничего! Муж, конечно, переживал. Кстати, приличнейший был человек. Заведовал музыкальной школой где-то на Преображенке. Но слава богу, потом удачно женился, родились дети — все хорошо. Откуда я знаю? Да встретила его случайно, лет пять-шесть назад. Поговорили. А про Мусю никто ничего не знал. Совсем ничего. Ни отцу, ни мачехе — ей-то тем более, отношения у них были очень плохие — Муся не писала. Ни одного письма за все годы! Впрочем, дядя Гриша умер давно, через несколько лет после ее отъезда. Все винил себя, что так получилось. Глупость, конечно! При чем тут они? Он и его жена?

Семья была огромная, а про Мусю никто ничего не знал. Исчезла, словно испарилась. Жива – не жива? И тут вот... явилась. И к нам – надо же, я так удивилась! И узнала-то ее не сразу! Почему к нам? Ну, думаю, она понимала: вопросов я задавать не буду, просто приму – и все.

– И, – Ирка снова кивнула на ванную, – надолго ли? Интересно.

– Да я почем знаю? Вообще, у нее есть комната, неплохая, в центре, я там была. Дядя Гриша, ее отец, тогда ее выхлопотал. Жить вместе им было невыносимо.

– Из-за мачехи? – уточнила дочь, глотнув компоту.

– Из-за всего. Много там было... Из-за чего.

Дверь ванной открылась, вышла распаренная и умиротворенная, с лицом, блестящим от жирного крема, Муся, одетая в рубашку хозяйки. Она сразу похорошела, как будто отдохнула, отоспалась – посвежела. Порозовела кожа, разгладились морщины.

– Можно чаю? – спросила она.

Ольга Петровна кивнула:

– Конечно, конечно!

Быстро вскипятила чайник, достала клубничное варенье и нарезала лимон.

Муся неспешно пила чай, жмурясь от удовольствия, и с интересом посматривала на племянницу.

– Ну, Иринка! – проговорила она, окончательно смутив и так растерянную Ирину. – Колись! Как живешь? Чем дышишь? О чем мечтаешь?

Ирка, моментально покраснев, с испугом, словно ища поддержки, посмотрела на мать.

Ольга Петровна опешила и глупо хихикнула:

— А что? Говори! Может, сейчас я все узнаю?

Растерянная и обескураженная, Ирина спешно ретировалась:

— Спать хочу, мам!

— Конечно, иди! — обрадовалась Ольга Петровна. — Тебе завтра рано вставать?

Муся глянула на часы, широко и смачно зевнула, и Ольга Петровна заспешила в кабинет мужа, чтобы постелить гостье.

Прибравшись на кухне — господи, второй час! — Ольга Петровна тоже отправилась в спальню. Только блаженно вытянув ноги, она поняла, как сильно устала. Уснула быстро, но вскоре, минут через сорок, проснулась — давняя и верная спутница, бессонница, конечно же, тут же дала о себе знать.

Ольга Петровна лежала с открытыми глазами и следила за тенями от проезжавших машин, мягко скользящих по потолку. Внезапно зарядил сильный дождь, косыми и мощными струями забивший по стеклам. «Ну теперь уж точно не усну!» — вздохнула она, вспомнив, что снотворные таблетки остались в кабинете мужа. Не будить же Мусю, ей-богу. Она закрыла глаза, перевернулась на бок, подоткнула одеяло — так поуютнее — и стала караулить сон, впрочем, отлично понимая, что это труд напрасный и лишний. Перед глазами всплывали картинки — детство, их большая и в целом крепкая и дружная семья. Но конечно же, не без проблем.

Дедушка и бабушка — любимые дедушка и бабушка. Деда она помнила плохо — он умер, когда ей было шесть лет. А вот бабушка прожила еще девять. Родители взяли ее на похороны деда с собой — у мамы была четкая установка, что, во-первых, ребенок не должен бояться смерти, а во-вторых, проводить близкого человека необходимо. Потому что скорбь и сочувствие вызывают в человеке только лучшие чувства.

Оля стояла поодаль, боясь подойти к гробу и близко увидеть деда. И все же попрощалась — положила цветы в изголовье, слегка зажмурившись от непонятного страха перед покойником. Кстати, Муси, двоюродной сестры, на похоронах дедушки не было — дядя Гриша, ее отец, пряча глаза, сказал, что дочь приболела.

Ольга запомнила, как ее мама тогда как-то странно и недобро усмехнулась. А вот бабушка сыграла в Олиной жизни огромную, неоценимую роль. Бабушку любили все — таким она была человеком. Тихая, добрая, мудрая, ничего ни от кого не требующая — ни от детей, ни от внуков. До последних дней она жила одна у себя в квартире, не желая — несмотря на уговоры — переезжать к детям. Перед майскими она обзвонила детей и позвала их в гости.

Все удивились — накрывать стол она была уже не в силах, на семейные торжества ее всегда привозили к детям, а тут! Что за блажь? Непонятно.

Но, конечно же, все собрались. А бабушка накрыла такой стол, что на пороге комнаты все остолбенели — на белой, парадной, туго накрахмаленной скатерти стояли блюда с пирожками — фирменным бабушкиным блюдом. Плошки с салатами, студнем и заливным. Растерянные дети недоумевали – как же так, мама? И главное – зачем?

Бабушка тихо посмеивалась, рассаживая гостей за праздничный стол.

Это был прекрасный, душевный и теплый вечер – на несколько часов все забыли семейные дрязги, проблемы и вечные заботы – шумно, как в молодости, общались, перебивая друг друга, много смеялись и вспоминали счастливые годы из детства.

Бабушка смотрела на всех с тихой, умиротворенной и счастливой улыбкой. Смотрела и молчала: человеком она была не говорливым. Расходились поздно за полночь. Конечно, перед уходом перемыли посуду, убрали стол, подмели.

Прощаясь, бабушка дрожавшими руками крепко обнимала детей и внуков. В ее глазах стояли слезы.

Никто ни о чем плохом и не думал – наоборот, все были счастливы: мамочка молодец! Такой пир закатила! Надо же, справилась – труд-то великий!

На следующий день бабушка не брала телефонную трубку. Кто-то сорвался с работы и полетел к ней.

В квартире царила идеальная чистота – посуда была убрана в буфет, плита и раковина сверкали – словом, ничего не напоминало о вчерашнем празднестве.

А бабушка лежала в кровати – спокойная, довольная, умиротворенная, счастливая. Сложив руки поверх одеяла. На голове новый платок. Бабушки больше не было...

Непостижимо! Непостижимым оказалось все – и ее предчувствие близкой кончины, и непонятно откуда взявшиеся силы. И сдержанность, немыслимая сила духа при прощании с семьей – только она знала, что было это прощанием.

Оля плакала, стоя на кухне у окна. На столе лежал пакет с бабушкиными пирожками, которые та засунула ей в коридоре.

Увидев пакет, она разрыдалась в голос. Есть любимые пирожки с земляничным вареньем казалось ей сущим кощунством. И она потихоньку от мамы высушила их на батарее и убрала в дальний ящик письменного стола.

Пирожки превратились в сухари и хранились долго, лет пять, пока Ольга не вышла замуж и не переехала к мужу, в счастливом угаре забыв про свое хранилище. Пирожки нашла мама, поплакала и, конечно же, выбросила.

– Память в сердце, Оля! – сказала она тогда. И,конечно, была права.

На похороны бабушки Муся пришла. Они с Ольгой не виделись пару лет – Ольга училась как одержимая, а Муся (ей тогда было четырнадцать) жила своей жизнью, игнорируя семейные сборища.

Горевали все сильно – для всех, абсолютно для всех, бабушка была человеком родным, близким и очень любимым. Не плакала только Муся – держалась в стороне, явно тяготясь ситуацией. С бабушкой попрощалась, положив на могилу цветы. И – это было очень заметно – постаралась поскорее исчезнуть. На поминках ее уже не было.

Перед тем как уйти, она подошла к горюющей Ольге, осмотрела ее критическим взглядом.

– Ну как дела? Все корпишь над книгами?

Оля, всхлипнув, кивнула – поступать в этом году.

– А-а-а! – протянула скучающим голосом Муся. – Ну-ну! Ты уж старайся! – усмехнулась она. В голосе ее были и издевка, и какое-то непонятное превосходство. Она скользнула по Ольге взглядом и явно разочаровалась. Махнула рукой и быстро пошла к чугунным воротам кладбища, открывающим дверь в жизнь живую и шумную.

Ольгина мать смотрела вслед племяннице, и взгляд ее был задумчивым, печальным и расстроенным, что ли?

Ольга знала: Мусина мать и жена дяди Гриши, маминого родного брата, сбежала с любовником. Оставив не только мужа, но и пятилетнюю дочь. Про «сбежала» и «любовника» Ольга, конечно, подслушала.

Там было еще много чего, далеко не лестного, сказанного родней в адрес неверной жены.

Мать Муси, ту самую беглянку, Ольга немного помнила – высокая, статная, красивая женщина, темноволосая и светлоглазая. Крупный красивый рот был накрашен ярко-красной помадой. Звали ее Софьей. Впрочем, имени ее в семье не произносили. Говорили или «Гришина бывшая», или «мать Муси», или, совсем коротко, *та.* Была она надменной и молчаливой. Ольга запомнила ее курящей на кухне и смотрящей

куда-то вдаль, поверх людей, их забот и проблем. Казалось, она существует не в этом мире, не в этой квартире, не в этой семье, полной радостной и шумной родни. Она всегда выглядела здесь чужой, и, кажется, ее это не огорчало.

Лет в двенадцать Ольга осмелилась начать с мамой разговор про *ту*. Мама недовольно отмахнулась.

– Это вообще не ваше дело! Не детское! Какая вам разница – что там и как? В жизни много чего бывает, вырастешь – разберешься! – А потом все же нехотя добавила: – Ушла она от Гриши, Оля! Полюбила другого и ушла. Ничего страшного в этом не вижу. А вот то, что девочку оставила, – это да, это беда.

Конечно, хотелось расспросить подробности – к кому, например, ушла красавица Софья. Почему не взяла с собой дочь? Куда она уехала? Наверное, далеко, раз не появилась в Москве ни разу?

Но Ольга поняла, что больше ни на какие вопросы ответа не получит – мама и так слишком много сказала.

Брошенному и внезапно крепко запившему Грише стали помогать всем миром, всей семьей – Мусю забирали к себе на выходные, брали с собой в поездки и отпуска, билеты в цирк и театр покупались с расчетом и на Мусю тоже. Девочка, казалось, не была предоставлена самой себе, но у нее не было матери. Что тут говорить?

Она была непростым ребенком – об этом тоже шептались взрослые потихоньку от остальных детей.

И, конечно, оправдывали: сирота, и это при живой матери! Кошмар и позор для семьи.

Впрочем, и такое однажды Оля услышала, от кого, не запомнила:

– Да при чем тут эта Софья, господи? – жарко сказал чей-то женский голос. – Муська с самого детства стерва была! Еще при мамаше! Вы что, забыли? А это только усугубило, не спорю. Хотя если б мамаша осталась, может быть, было и куда хуже.

Муся была странной, да. Нелюдимой, дерзкой, упрямой. С ней было сложно, так говорили все взрослые. Но еще Муся была несчастной, брошенной собственной матерью.

Дядя Гриша довольно быстро женился. «Хорошие мужики на дороге не валяются», – сказала на это Ольгина мама. Женился на скромной, казалось бы, женщине – серой, скучной и некрасивой, полной противоположности Софье. «Что у нее там в голове – непонятно!» – нечаянно услышала Ольга разговор родственников.

Отношения с мачехой у Муси не сложились, кто тут виноват – непонятно. И Муся тот еще фрукт, и тихая мачеха-учителка тоже, как оказалось. В общем, загадка, поди их разбери.

Пару раз Муся убегала из дома – было, было. Ловили и возвращали. Отец ругал ее нещадно. Мачеха подливала масла в огонь: фокусы падчерицы ей давно надоели.

К пятнадцати годам Муся выросла в красавицу. «Вылитая *та*», – шептала родня. Те же темные, почти черные волосы – это называлось «жгучая брюнетка». Синие яркие глаза. Красивый, сочный, немного брезгливый рот. Стройная фигура, высокая грудь, красивые ноги.

Ольга видела, как на Мусю, совсем еще юницу, заглядываются мужчины всех возрастов.

Муся, казалось, этого не замечала – шла быстро, торопливо, с высоко поднятой головой, с вечной презрительной усмешкой на красивых губах.

Ольга хорошо помнила поездку на юг, в Севастополь. Тогда они прихватили и Мусю. Жили в пансионате на берегу – прекрасное время! Рано утром бежали с мамой на море – скорее бы окунуться, пока еще не разжарилось июльское солнце, только встающее из-за горизонта. На пляже было пустынно и тихо: отдыхающие спали крепким и сладким сном – полшестого утра.

Купание было радостным, восхитительным – Ольга с мамой заплывали далеко, почти до буйков. Плавали обе отлично.

От ранних купаний Муся сразу отказалась: «В такую рань? Не-ет, ни за что! Я что тут, в тюрьме? Завтрак по расписанию, обед по расписанию. Подъем и отбой – тоже! Нет уж, увольте!» Мама согласилась: «Как хочешь, Муся! Дело твое».

Скоро Муся и завтраки стала игнорировать. Спала до одиннадцати и просила сестру принести ей из столовой «чего-нибудь».

Ольга украдкой от мамы засовывала в карманы куски хлеба с сыром и вареные яйца.

После завтрака мама шла на море, а Ольга – будить Мусю. Сонная Муся, сладко потягиваясь, прямо в постели ела принесенное Ольгой, стряхивая крошки тонкими пальцами на пол, и хвалила сестру:

– А ты молодец! С тобой можно в разведку! – И громко, заливисто смеялась.

На пляж она шла, когда ей заблагорассудится – днем, в самое пекло, или поздно вечером, когда темнело.

И никакие мамины и Ольгины уговоры и просьбы, никакие требования и взывания к совести на нее не действовали: «Вы меня взяли? А я вас просила?» Все, точка. И растерянная, расстроенная мама замолкала.

А однажды Муся исчезла.

Не было ее почти сутки. Потом мама говорила, что эти сутки были самыми страшными в ее жизни. Муся исчезла утром, пока Ольга с мамой ходили на рынок, чтобы купить свежего творога девочкам на завтрак. Впрочем, Муся творог не ела – предпочитала бутерброды с колбасой. Вернувшись с базара, обнаружили, что Муси нет дома. «В такую рань? – удивились обе. – Такого еще не бывало. А может, Муся отправилась на пляж? Захотела наконец искупаться в утреннем море?»

Ольга побежала на пляж – Муси там не было. К вечеру мама пошла в милицию, наказав дочери караулить беглянку дома. Ночь была страшной – мама кругами ходила по комнате, застывала, замирала у окна. Ольга, изо всех сил борясь с тревожным сном, пыталась ее подбодрить.

Утром обессилевшая мама решила звонить в Москву. Но на почте случилась какая-то поломка на линии, и Москву не давали часа два или больше.

В два часа дня появилась Муся — бледная, усталая и очень сонная.

— Где ты была? — закричала измученная тетка, Ольгина мать.

Муся, широко и сладко зевнув, спокойно и равнодушно посмотрела на тетку и сестру и, словно раздумывая, а стоят ли они вообще ее внимания, — лениво ответила:

— Где была, там меня нет!

Возмущенная Ольга громко, криком выговаривала бессовестной и наглой Мусе:

— Мы не спали, сходили с ума. Заявили в милицию. Мама побежала звонить нашим, в Москву, сказать, что ты пропала! А может, тебя убили? Изнасиловали? Увезли бог знает куда? Ты могла бы хотя бы оставить записку?

Муся, продолжая позевывать, отмахнулась от Ольги, как от назойливой мухи.

— Да заткнись ты! Достала! Все со мной нормально, поняла? И нечего было кипеш поднимать! «Убили, изнасиловали!» — смешно! Я сама... кого хочешь! — И она хрипло рассмеялась. — И вообще я хочу спать, поняла?

Скинув с себя сарафан, голая Муся нырнула в постель, повернулась на бок и тут же уснула.

Мама села на табуретку и, уронив голову на руки, расплакалась. Но больше она не сказала Мусе ни слова! «Вот ведь выдержка! – думала Ольга. – Я бы так не смогла!»

До отъезда оставались считаные дни. Мусе был объявлен бойкот – ни Ольга, ни тетка с ней не разговаривали. Мама положила на ее кровать деньги:

– Это тебе на питание. Если задумаешь снова уйти – поверь, сладко не будет! Местная милиция предупреждена.

Муся презрительно хмыкнула, но деньги взяла.

В купе ехали вместе. На полпути Муся поменялась с пожилой женщиной.

– Не хочу смотреть на ваши постные лица! – бросила она тетке и сестре.

На вокзале расстались. Разумеется, никто не услышал от Муси ни «спасибо», ни «извините». Да никто этого, собственно, и не ждал.

Только в такси мама выдохнула:

– Уф, слава богу! Я думала, что этот ад не кончится никогда!

Ольга была так зла на сестру, что ни видеть, ни слышать о ней не хотела. Как-то поймала обрывок маминого разговора по телефону:

– Ушла? Знаешь, я не удивлена ни минуты! После того, что было в Севастополе! Я тогда лет на десять постарела. Не знаю, как вообще это пережила! И никто ничего и никогда поделать не сможет! Потому что уже поздно. И еще потому что гены! А это, моя дорогая... Ой, да хватит о ней! Много чести!

Муся ушла? Куда, к кому? Да какая, и вправду, разница! Совсем чужой человек!

* * *

Успешно окончив школу, Ольга легко поступила в институт. Выбрала геолого-разведочный. Почему? Наверное, романтика молодости. Хотела ездить в экспедиции, «в поля». Искать минералы. Твердо верила, что найдет что-то, еще неизвестное науке.

Родители удивились: «Тебя, с твоим аттестатом, возьмут в любой вуз! А ты собралась в какой-то мальчиковый и непонятный! И все это глупости юности — экспедиции, разведки и твои дурацкие поля!» Больше всех бушевал папа. Он мечтал видеть умницу-дочь врачом или в крайнем случае учителем.

Но сметливая мама быстро сообразила — после того, как вместе с дочерью посетила день открытых дверей. В геолого-разведочном было полно парней! Гораздо больше, чем девушек. И это означало, что ее тихая и скромная дочь там будет в большом почете. И, несомненно, выйдет успешно замуж. А уж в педагогическом ее шансы совсем невелики — там одни девочки, мальчишки наперечет. А что касается полей и экспедиций, здесь волноваться нечего — будет семья, появятся дети, тут уж будет не до полей! А если муж-коллега будет часто в командировках — тоже совсем ничего страшного! Любая разлука пойдет только на пользу.

Мама рассчитала все правильно — на третьем курсе Оля вышла замуж. Лева, ее жених, понравился всем — интеллигентный, приличный парень. Москвич. Живет с чудесной и милой мамой в хорошей квартире на Верхней Масловке.

При первом же знакомстве будущие родственники понравились друг другу – одна среда, одно поколение. Мама и будущая свекровь мирно ворковали на кухне, обсуждая скорую свадьбу.

Ольга смотрела влюбленными глазами на своего Левушку – он был прекрасен!

– Лева, Левушка, – повторяла она перед сном. – Какое же счастье, что мы повстречались!

Свадьбу справили скромную, «интеллигентную», по словам мамы. Тихое кафе, родня и несколько институтских общих друзей. После свадьбы стали жить у Левы. Он объяснил, что оставить маму не может. Ольга согласилась легко – квартира была большой и удобной, близко от центра, а значит, от театров и музеев, куда молодые ходили часто. К тому же она мгновенно полюбила свекровь.

Ей сказочно повезло – ни в чем и ни в ком она не разочаровалась. Муж по-прежнему был нежен, свекровь подтвердила свой статус милой и доброжелательной женщины, жили они дружно, с долгими вечерними чаепитиями на кухне, и их обязательно ждал сладкий пирог – спасибо свекрови.

Весь быт был тоже на ней, хотя Ольга изо всех сил старалась помочь. Но свекровь от помощи отказывалась.

– Дети мои, – с легким пафосом объявляла она. – Пока я жива, и вы поживите! Пока я могу, вы свободны от этих дурацких и нудных бытовых хлопот!

И «дети» радостно сбегали из дома – в гости, на выставки, на премьеры, на шашлыки с друзьями.

Сразу после защиты диплома Ольга забеременела. И эту новость все приняли на «ура». Мама бегала по магазинам, доставала «приданое» малышу – все в то время доставалось трудно и с боем.

Свекровь подрубала пеленки, вязала носочки и шапочки. Беда пришла перед самыми родами – Ольгина свекровь, мать Левы, тяжело заболела.

Ольга, дохаживающая свой срок, от переживаний родила на две недели раньше. Да и слава богу! Это и вытащило тогда ее мужа, совсем впавшего в отчаяние. Родилась девочка, назвали Ирочкой – конечно же, в честь бабушки.

Девочка много болела, и вся семья крутилась возле Ирочки, молилась на нее, предугадывая любые желания. И разумеется, баловала!

Когда Иришке исполнился год, Лева уехал в первую экспедицию.

Ольга невероятно скучала, писала ему каждый день письма и даже – вот уж чего не ожидала! – стала пописывать простые и трогательные стишки. Правда, отослать их мужу так и не решилась – отчего-то было неловко.

Помогала, конечно, мама – приезжала, готовила обед, гуляла с Иришкой, давая дочке поспать. Свекрови сделали операцию, и появилась надежда. Врачи, правда, особенно оптимистичных прогнозов не давали, но несколько лет жизни ей все-таки обещали.

А Ольга томилась, скучала, ждала своего мужа так трепетно, что плакала от любви. Муж приехал через три месяца – в отпуск.

И эти две недели были лучшими и самыми яркими в их жизни. Нет, потом будет еще множество чудесных, замечательных и нежных дней! Брак их действительно оказался счастливым. Но почему-то те две недели Ольга запомнила навсегда.

С одним только не сложилось – с Ольгиной карьерой. Дочка много болела, и она была вынуждена сидеть с ней дома. Не садовский ребенок – таков был вердикт врача.

Конечно, быт заедал. Конечно, бесконечная кухонная и домашняя возня нестерпимо надоедала. Теперь все было на ней, на Ольге – свекровь почти все время лежала. Но мудрая мама, которая снова оказалась права (про экспедиции и поля), объясняла тоскующей дочери, что *все и сразу* в жизни не бывает! «Ты счастливая женщина: муж, ребенок, достаток, родители. Живи и радуйся. А работа твоя подождет!»

Иришка пошла в первый класс, и вот тогда Ольга вышла на работу, в геологический музей, научным сотрудником. Планы, конечно, были радужными: защититься, продолжить карьеру. Но жизнь внесла коррективы. Поначалу-то все было неплохо. С дочкой выручала мама: кормила ее после школы, помогала делать уроки, ходила с Иришкой гулять.

Ольга видела, как ее коллеги бились за жизнь, словно в кровавой схватке, много было и разведенных, и одиноких. Большинство жили в тесноте, с соседями или родителями. Те, у которых были мужья, часто страдали от их измен, грубости или пьянства. Дети дерзили, плохо учились. Старики требовали внима-

ния и от всей души мотали нервы. Ко всему этому в те времена быт стал совсем невыносимым, тяжеленным: продукты исчезали или за них требовалось почти сражаться.

Женщины жили тяжело. В обеденный перерыв — какое там поесть или передохнуть! — хватали авоськи и бежали по магазинам. Одна вставала в очередь за мясом, другая — за колбасой, третья караулила сметану или сыр.

Ольге становилось стыдно — продукты покупала мама, забирая Иришку из школы. И дома Ольгу ждал полный порядок — накормленная дочка, сделавшая все уроки, нагулянная и довольная жизнью. Чистая квартира и вкусный ужин — райская жизнь!

Свекровь тоже старалась изо всех сил, делала все, что могла: читала Иришке книги, учила с ней стихи, слушали вместе музыку.

С мужем все тоже было замечательно — ничего в их отношениях не изменилось — так разве бывает? Ольга так же ждала его, как в первые годы их жизни, и так же по нему скучала. Нет, она скучала сильнее, чем раньше.

И она видела, чувствовала, что он отвечает ей тем же — женщину не обманешь, она все сразу поймет или почувствует.

Иногда, просыпаясь среди ночи от неясного страха, Ольга вдруг пугалась: «Так много — и мне? За что, почему? Почему мне, такой обыкновенной, такой заурядной, такой... «никакой»? Я же совсем обычная! И понимаю это прекрасно! Сколько красавиц, умниц не могут устроить личную жизнь! Сколько попыток, сколько страданий, сколько разочарований! А у меня так все легко получилось! И с первого раза! Муж, дочь, родители. Я никогда не считала копейки – геологам платят отлично. Я не жила в коммунальной квартире, не варилась в невозможном и страшном быту. Я не испытывала ужасных неудобств, невыносимых условий. Меня не предавали и не обманывали. У меня как-то сразу все сложилось! Все то, к чему многие идут тысячи лет».

И ей становилось не по себе.

Но, как часто бывает, жизнь решила проверить на прочность и ее, безмятежно-счастливую Ольгу. Свекрови стало резко хуже.

Болезнь снова вернулась, увы... Да теперь – на последней стадии. Врачи разводили руками – хирургическое вмешательство уже невозможно. Теперь – только уход и уход! Больная безнадежна – наберитесь терпения.

Беда свалилась так внезапно, так страшно, накрыв их с головой, – невозможно стало дышать, есть, пить, разговаривать. Просто жить. За эти спокойные и безмятежные годы они, казалось бы, забыли, что женщина безнадежно больна. Забыли и слова врачей, что болезнь может вернуться. Человек ведь всегда рассчитывает и надеется на лучшее.

А тут еще и Иришка не пропускала ни одну заразу, цепляла все подряд. Берегли ее изо всех сил. Зимой рот девочки был закрыт шарфом, под который обязательно подкладывали носовой платок – холодный воздух, опасность! Из носа подтекала растаявшая оксолиновая мазь, которую Иришка размазывала по лицу.

Под вязаный капор надлежало повязывать ситцевый платочек, плотно прилегающий к ушам. В ушах – комочки ваты. Иришке не разрешалось играть с одноклассниками в школьном дворе ни в салочки, ни в пятнашки, ни в резиночки, ни в прятки: «Будешь носиться – вспотеешь». Нельзя было лепить снежки, шлепать по лужам, даже в резиновых, на шерстяные носки, сапогах.

Ольга без конца готовила диетические блюда – протертые супы, бесконечные каши (на воде, на молоко аллергия), запеканки, суфле и кисели.

Мороженое покупалось по праздникам и, конечно же, ждало своего часа – вместе с несчастной Иришкой, терпеливо наблюдающей, как твердый, белоснежный, потрясающе пахнущий ванилью кирпичик в хрустящей вафле медленно подтаивает и растекается сладкой лужицей.

– Уже можно, мам? – Дочь с мольбой заглядывала Ольге в глаза. – Уже растаяло, да?

Ольга тыкала чайной ложечкой в блюдце и натыкалась на слабое сопротивление не до конца растаявшего брикета.

– Нет, Ирочка! Еще минут десять!

Дочка, конечно же, соглашалась и продолжала неотрывно, как зачарованная, смотреть на вожделенное лакомство.

Подхватывала Иришка и ветрянку – где?

Да, конечно, в подъезде! На пятом этаже заболел мальчик, я знаю! Ветрянка – недаром от слова «ветер». Достаточно проехаться в лифте, – оправдывалась Ольга перед мамой и мужем.

Коклюш. Господи, коклюш! Передается воздушно-капельным путем! А он, этот «воздушно-капельный» – всюду, везде!

Сердце рвалось при взгляде на дочь: бледная, с темными кругами под глазами, вечно сопливая и кашляющая девочка то и дело пропускала школу, болела месяцами.

На подоконнике стояли банки с заваренными травами: мать-и-мачеха (от кашля), эхинацея (для повышения иммунитета), ромашка для желудка, душица, зверобой, шалфей, мята, солодка.

На горловине банок лежала темная от настоя марля – заварить, распарить, процедить. В китайском термосе с синими розами настаивался шиповник. В граненом стакане плескался мутный и вязкий, как кисель, настой семян льна. Дочку тошнило от одного вида этих «серых соплей».

Нет, конечно, дочку Ольга развивала: книжки, пластинки со сказками, открытки с репродукциями из Эрмитажа и Третьяковской галереи.

Казалось, и дочка уже привыкла к тому, что она не такая, как все. Как эти веселые, шумные, крикливые и розовощекие девчонки-одноклассницы, смотревшие на нее с искренним сочувствием и сожалением.

Ольге очень скоро пришлось уйти с работы. Она то и дело моталась с дочкой по врачам – поликлиника районная, поликлиника платная. Узкие специалисты, гомеопаты, профессура и частники – только по очень сильному блату! По очень важному звонку и за о-о-очень приличные деньги!

Деньги, слава богу, были! Спасибо мужу и родителям.

Про себя она совсем забыла – какое уж тут! Никогда не была модницей – а уж теперь... Закручивала волосы в пучок на затылке – быстро, удобно. Ногти? Да какой там маникюр, вы о чем? Она же вечно в воде – приготовь, постирай, завари, процеди. Ногти вечно ломались и слоились. Накрасить глаза? А зачем? В детскую поликлинику? Или в лабораторию с банкой мочи?

Мама пеняла: «Оля, так же нельзя! Ты совсем молодая женщина! И такое пренебрежение к собственной личности!»

Мама уговаривала ее осветлить волосы: «У тебя же такой невыразительный мышиный цвет! Покрась ресницы, хотя бы в парикмахерской, Оля! И надо подщипать брови, а то ж ты прямо «дорогой Леонид Ильич». С юмором у мамы было все хорошо.

Ольга беспечно махала рукой: «Мам, не до того! И вообще, какая разница?» – «Муж! – значительным голосом отвечала мама. – У тебя, Оля, интересный молодой муж! На такого, знаешь ли...» И мама загадочно замолкала.

Ольге было смешно: «Левка? Ты в смысле *того самого?»* – «Того, Оля, именно *того самого*!» Ольга приходила в бурное веселье: «Ну, ма-ам... Ты о чем? И где ему *это* делать? В поле, мам?» Мама смотрела на Ольгу как на ископаемое: «Ты что, серьезно? На полном серьезе, Оль? Нет, я, конечно, за тебя очень рада. Нет, я счастлива просто! Ты так уверена в нем и в себе... Да, я все понимаю, у вас большая любовь. Взаимопонимание, полное доверие, но, извини, он молодой и интересный мужчина, Оля! А ты, кстати, молодая женщина! И забывать об этом не просто глупо – грешно!»

Но – счастливая! – Ольга об этом и вправду не думала. Все мысли были закручены, завязаны на нездоровой дочери и теперь, увы, на тяжело больной свекрови.

Ольга рвалась. Рвалась на сто, тысячу частей – с самого раннего утра до самого позднего вечера ей хватало, хватало хлопот и совсем не хватало времени.

Свекровь – ее гениальная, бесподобная, терпеливейшая и мудрейшая свекровь – приняла новую реальность почти спокойно и мужественно. Не капризничала, не плакала, не скулила, не проклинала судьбу, задавая пустые вопросы – почему мне? Вопросы, которые в таком страшном положении задают все.

Ей только жалко детей – любимого сына, постаревшего в один миг, и милую, любимую невестку.

– Ох, Олюша! Теперь еще и я свалилась на тебя, как сосулька с крыши!

Ольга часто плакала, закрывшись в ванной, пустив сильную струю воды – не дай бог, услышат! И это она задавала вопросы – за что, почему? Почему ее, эту чудесную женщину?

И тут еще ко всем дочкиным болячкам добавилась аллергия – практически на все. В мае полетел тополиный пух, зацвели одуванчики – просыпаясь, природа расцветала и заодно мучила и губила слабого и без того измученного ребенка.

Иришка начала задыхаться, перестала спать по ночам, расчесывая в кровь бледную, нездоровую кожу.

Порекомендовали очередное светило – чудо-доктор принимал на дому. Подхватив еле живую Иришку, Ольга отправилась в Измайлово, еле нашла богом забытую улицу.

Дверь открыла немолодая дама в легкомысленном стеганом розовом халате и в таких же розовых атласных, каких-то «прелюбодейских» тапках. На голове дамы громоздилась пышная, слегка скособоченная, потрепанная «башня». Сильно напудренное лицо и блестящие от перламутровой розовой помады губы сложились в «бутончик».

– Вы от Веры Ивановны?

Растерянная Ольга кивнула.

Дама в розовом жестом предложила войти, отступив в глубь коридора.

«Наверное, домработница!» – догадалась Ольга, ожидая наконец увидеть светило – наверняка сухую, интеллигентную, поджарую старушку-про-

фессоршу с пучком и в строгих очках, непременно в черной или серой юбке и белой накрахмаленной блузке.

Но дама с пучком и в блузке все не являлась. Зато Розовая Дама – так моментально нарекла ее Ольга – все тем же царственным жестом пригласила их пройти.

– Девочку мы определяем сюда, – сказала она, и Иришка как завороженная прошла за ней в комнату. Комната была странной – мягкие игрушки, от крохотных мышек до огромных, почти в человеческий рост, собак и слонов, коробки с играми, бесконечные пупсы, куклы всех размеров и мастей, батарея машинок, от крошечных, с ладонь, до грузовиков и подъемных кранов, проигрыватель со стопкой пластинок, детская плита с кастрюльками и сковородками, мини-больница с приборами, шприцами и стетоскопами и пластмассовыми баночками. Все это магазинное изобилие, невозможная детская роскошь оглушали и даже пугали.

Иришка, державшая мать за руку, сжала ее так сильно, что Ольга испугалась – и подозревать не могла, сколько силы таится в руке ее немощной дочери. Еще больше побледневшая девочка с испугом посмотрела на мать.

– Можно, мам?

Ольга кивнула. Розовая Дама строго велела Ольге:

– Ступайте за мной!

Иришка, обычно робкая и застенчивая, на мать даже не оглянулась.

Розовая Дама провела Ольгу на кухню. Светило так и не появилось. «Может, занята? Или вышла?» – продолжала недоумевать растерянная Ольга.

Но Розовая Дама уселась напротив, слегка распахнув полы халата и показав полные круглые колени. Потом она ловко закурила папиросу и наконец кивнула.

– Рассказывайте! И поподробнее! Здесь важны все детали.

Ольга, изо всех сил пыталась взять себя в руки и собраться с мыслями.

– Да-да, непременно!

Розовая слушала внимательно, ни разу не перебив. Вопросов она не задавала, только все время помечала что-то в своем блокноте. Тоже, представьте, розового цвета! Вот уж чудно...

Ольга закончила говорить, и Розовая, прикурив новую папиросу, проговорила:

– Ну все понятно. Сейчас понаблюдаю за девочкой, а уж потом... – Она бодро прошла в «игровую», и Ольга услышала их с дочкой разговор. Точнее, не сам разговор – подслушивать под дверью ей было неловко, – услышала, как Розовая что-то спрашивает у дочки, а ее молчаливая Иришка отвечает бодро и живо. Ольга чуть выдохнула и наконец огляделась – кухня вполне соответствовала хозяйке: была игривой, с налетом кукольности, не очень настоящей, тоже игрушечной, что ли?

Розовая, в цветах, клеенка. Бежевая мебель с сиреневыми цветочками, яркая кастрюлька – тоже в цветочек. Игривый абажур в кружевах, на подоконнике, в тесный ряд, горшочки с фиалками, от темно-фиолетовой до кипенно-белой. И коврик у плиты пушистый и тоже, ох, розовый. «Что-то определенно не то у тетеньки со вкусом, – вздохнула Ольга. – Может, застряла в детстве? Педиатр все-таки, с позволения сказать».

Через час с небольшим Розовая вышла из детской. Молча села напротив и принялась что-то строчить теперь уже в обыкновенной школьной тетради. Испуганная Ольга не выдержала.

– У нас... очень плохо? – почти шепотом спросила она.

Розовая остановила ее жестом пухлой руки, дескать, не мешайте, мамаша!

Сжавшись от страха, Ольга молчала.

Наконец Розовая отложила ручку и, глубоко выдохнув, подняла на Ольгу свои водянистые, выпуклые глаза.

– Ну, значит, так! – проговорила она, и Ольга вздрогнула.

Оказалось – ничего страшного, все поправимо и излечимо.

– Но! – Снова кверху пухлый палец в розовом маникюре. – Но! Меры надо принимать быстро, пока вы окончательно не загубили ребенка! Чудесного ребенка, надо сказать!

При слове «загубили» Ольга снова вздрогнула.

– Итак. Срочно поменять климат! Срочно – вы слышите? На море, в Крым, где тепло и сухо. В степь, вы меня понимаете? Потому что все это – начало астмы!

Ольга послушно соглашалась:

– Да-да, я понимаю!

– Не меньше чем на полгода! Это, надеюсь, вы тоже услышали? Никаких на два месяца или на три. Вы меня слышите? Минимум на полгода, до самой зимы! Питание – козье молоко. На крайний случай – парное коровье. Если не найдете козу. Но надо найти, вы постарайтесь, мамаша! Свежий творог, масло, свежие яйца. Сон на свежем воздухе – вы меня слышите? Если прохладно – в спальный мешок! Купить в магазине «Все для туриста»! Закаливание начать с обливания ног, дальше – больше, но постепенно! А все остальное, – она постучала пухлым пальцем по тетради, – все остальное я вам написала. – И она почти швырнула Ольге через стол тетрадку.

Дрожащими руками Ольга запихнула эту тетрадку в сумочку и осмелилась:

– Вы меня, пожалуйста, извините! Но у меня сейчас... такая ситуация! В смысле дома! Свекровь... тяжело, неизлечимо больна. Ухаживать некому. Муж почти все время в командировках – геолог. Я... Мне сложно уехать, вы понимаете? Я не могу оставить ее! Да и потом, меня не поймут...

– Ну, решать – вам! – жестко отрезала Розовая, прихлопнув рукой по столу. – Только запомните: упустите время – дочь вам спасибо не скажет, потому что останется инвалидом. Ни семьи, ни детей – будет всю жизнь спасать свою жизнь. А так – у вас есть шанс.

Откажетесь – как дальше будете жить? Да и потом, – она замолчала, уставившись на Ольгу, – свекрови вашей, как я понимаю, никто не поможет. А здесь помочь можно. Необходимо. Так что решайте! На все воля ваша. – И она резко встала, давая понять, что разговор закончен.

Поднялась и Ольга, аккуратно положив под розовую сахарницу красную десятирублевку – огромные, между прочим, деньги.

Иришка ворковала с Розовой в коридоре. Увидев мать, почти расстроилась:

– Уходим? Уже? А мы еще придем сюда, мама?

Ольга молчала. Накинув на дочку курточку, посмотрела на Розовую и довольно сухо поблагодарила. Та равнодушно кивнула.

Всю дорогу до дома Ольга молчала. Иришка, потрясенная всем, что увидела, рта не закрывала, с восторгом рассказывая матери о новой знакомой и необыкновенных – слышишь, мама! – игрушках.

Дома, наконец уложив дочку спать и накормив свекровь, Ольга ушла к себе и довольно быстро приняла решение: никакого моря и никаких полгода! Это невозможно! Человек же она, в конце концов! Человек, а не сволочь последняя.

А насчет этой Розовой, так ей, честно говоря, нет никакого доверия, вот. Тоже мне, светило! Полусумасшедшая и, кажется, одинокая тетка. И что там у нее в голове... Нет, ни за что они никуда не поедут! Как после всего этого она посмотрит мужу в глаза?

Но все же позвонила Вере Ивановне, маминой подруге, которая и навела на Розовую Даму, — сомнениями, разумеется, поделилась. Та рассмеялась и удивилась Ольгиной недоверчивости:

— Инга Станиславовна тебе не подошла? Ну, Оля... Ты меня удивила! Она же бог, эта тетка! Стольких деток спасла! Могу тебе перечислить только среди общих знакомых. Слушать ее надо, и все! А свои сомнения засунь куда подальше, ты меня поняла? — И с воодушевлением взялась перечислять вылеченных и спасенных детей. Это, конечно, впечатляло, но решиться Ольга не могла.

Она попыталась объяснить, что то, что предложила Розовая Дама, — просто невозможно, и все!

— Не-ре-аль-но! — по слогам произнесла она.

Вера Ивановна не перебивала, а когда Ольга закончила, тихо сказала:

— Дело, конечно, твое. Но я бы не пренебрегала советами Инги! Она всегда — в точку. Ни разу не ошиблась, ни разу. В общем, решать, Оля, тебе! И еще подумай, какие у тебя приоритеты. Кому ты больше нужна и кому ты реально сможешь помочь. В конце концов, у твоей несчастной свекрови есть сын.

«Все так. Чужую беду рукой разведу, это понятно, — подумала Ольга и решила: — Рассказывать об этом никому не буду. Никому, даже маме! А уж про Леву и говорить нечего».

А через пять дней Иришка подхватила ангину. И это в разгар весны, в середине апреля! После антибиотика развился ложный круп. Ольга открыла на полную мощь кран с горячей водой в ванной, напустила густого пару и усадила дочку на табуретку. «Скорая» приехала через тридцать минут. Из ванной Иришку, потную и замученную, врач выносил на руках. Девочка лежала, бессильно опустив руки, с закрытыми глазами, и ее густые, вьющиеся, влажные волосы, словно водоросли у утопленницы, висели безжизненно и страшно. После укола она уснула.

Ольга сидела на краю ее кровати, уставившись в одну точку. Потом резко встала, вышла из комнаты и набрала мамин номер.

Мама ахала и охала, перебивала дочь и наконец вынесла свой вердикт:

– Да о чем же здесь рассуждать? Какая же ты, прости господи, дура! Чего ты боялась? Ты что, на гулянку собралась? С любовником в Сочи? Пиши срочно Леве. Нет, не письмо – телеграмму! И все вместе мы будем решать! Хотя все уже решено! Надо искать квартиру, заказывать билеты и придумывать, что делать с бедной Ириной Степановной! Такая большая семья! Кто-то поможет, Оля! Ты же знаешь, какие у меня организаторские способности! – рассмеялась мама.

– А Лева? – тихо спросила Ольга.

– Лева – Иришкин отец! – отрезала мама.

Муж должен был вернуться через три дня, и Ольга решила телеграммой его не беспокоить. Да, все так. Мама права. В конце концов, ей там тоже будет несладко! Чужой дом, чужой город. И она совершенно одна. Со всем хозяйством, со всеми Иришкиными капризами и болезнями. Кстати! Незадолго до этого, примерно месяцев за пять или чуть больше, она встретила Мусю. Шла по Горького, торопилась, да и погода прогулкам не способствовала — ноябрь, самая середина, самая гадость: снег еще не лег и не прибрал темные тротуары, не прикрыл грязь и копоть. Выпадал он на короткое время, крупными хлопьями вперемешку с дождем. Рано темнело, было ветрено, сыро, зябко. Противно.

До метро оставалось каких-нибудь десять минут, и Ольга прибавила шагу. Обернулась она на знакомый, как ей показалось, чуть хриплый, но громкий смех. Из парадного ресторана «Центральный» с шумом выкатилась компания. Было сумрачно, лиц не разглядеть, только силуэты. Компания громко возмущалась ненастьем, и несколько мужчин безуспешно пытались поймать такси.

На ступеньках, под козырьком, осталась пара — высокий и крупный мужчина в невиданном длинном пальто с пышным меховым воротником и высокая, стройная женщина. Она притоптывала длинными ногами в узких лаковых ботиночках, пытаясь, видимо, согреться, и, подняв пушистый воротник темного пальто, со смехом жалась к мужчине, закидывала голову, заглядывая ему в глаза, грозила пальцем в блестящей перчатке, стряхивала снежинки с непокрытой головы и снова смеялась. Мужчина, казалось, не обращал на нее никакого внимания — был строг и невозмутим.

Наконец они увидели затормозившее такси и быстро пошли навстречу. Через минуту оба исчезли в теплом чреве машины, а окончательно продрогшая Ольга, стряхнув с себя оцепенение, бросилась вниз к метро – снегопад и дождь только усилились.

Конечно, она рассказала все это маме. Та ее выслушала, а потом вспомнила:

– Да, да! Кто-то говорил, что сейчас Муся живет с каким-то богатым и важным тузом, директором то ли овощной базы, то ли ресторана – какая разница? – Мама горько усмехнулась. – Муся, как всегда, себе не изменяет, главное – деньги и удовольствия.

Ольга быстро забыла об этой встрече – проблемы накинулись так, что только держись. Приехал муж, и Ольга, которую колотил непонятный озноб, решилась ему все рассказать. Он был, конечно, растерян:

– Как же так, Оля? А как же мама? А я? Я не справлюсь тут один, без тебя.

Ольга его успокоила:

– Не волнуйся и не переживай, мама нашла сиделку, приличную женщину. Она медсестра, и деньги ей очень нужны. Ну и мама поможет, конечно! И тетя Галя, мамина двоюродная сестра. Она врач, как ты помнишь. И Галина дочка Маринка – все готовы помогать и страховать друг друга. Левка, милый! А что же нам делать? – расплакалась Ольга. – Иришка совсем замучилась! И я вместе с ней.

Муж подошел к ней, крепко обнял.

– Да, ты права! Иначе мы этого себе не простим.

Ольга разрыдалась еще сильнее и почувствовала, как дрожат его руки.

Все убеждали, что с жильем на юге не будет проблем – до сезона еще далеко, начало мая. Комнат полно – местные только этим и живут. Народу в это время немного, отдыхающие повалят только в конце мая и в начале июня. А до этого времени можно спокойно купить и молоко, и творог, и яйца. И даже мясо и кур – естественно, только на рынке. Правда, и цены соответствующие. Зато в начале мая уже есть свежая зелень, редиска и даже молодая картошка. А уж потом пойдет клубника, а вскоре и черешня. Вот благодать!

Растерянная Ольга собирала чемоданы. Господи, сколько, оказывается, нужно везти! Две кастрюли – на суп и компот. Две сковородки – маленькую и среднюю. Мясорубку, чтоб ее! Иришка ела только прокрученное и протертое. Полотенца, постельное белье – непонятно, что там дадут хозяева. Конечно, одежду на два сезона – весну и лето. Обувь. Иришкины книжки и учебники. Девочка пропускает школу, если не заниматься, программу потом не нагнать. Себе – почитать. Настольная лампа – для того же. Карандаши, фломастеры, бумагу купим на месте. Две любимые куклы – Светлану и Каролину. Ночной горшок – все понятно, среди ночи во двор ребенка не потащишь. Шлепки, сандалии, туфельки, резиновые сапоги себе и дочке. Сарафаны и куртки. Ну и так далее, по списку. Посреди комнаты стояли два чемодана, словно два крокодила, раскрывшие ненасытные пасти. А вещи все прибавлялись.

В последний вечер перед отъездом зашла в комнату свекрови. Понимала – прощается. Встретились глазами, одна – полными вины, другая – печали и предсмертной тоски. Ольга взяла Ирину Степановну за руку. Рука была тонкая, словно детская – не толще Иришкиной. Заплакали обе. Ничего не говорили друг другу – невозможно, не было сил.

– Прости, если когда-нибудь обидела тебя, – тихо сказала Ирина Степановна.

Ольга попыталась улыбнуться:

– О чем вы? Никогда и не было! Никогда!

Потрескавшиеся губы свекрови дрогнули от боли.

– Иди, Олюша! Иди! Так... всем будет легче...

Ольга поцеловала ее руку и, не оглядываясь, вышла из комнаты.

* * *

В поезде дочка была увлечена пейзажами за окном – хотя весной все было довольно скучно и серо. Она без умолку болтала, расспрашивала застывшую в своей боли Ольгу, тараторила без конца, и Ольге приходилось брать себя в руки.

Думала о своих – о свекрови, о муже, о жизни. «Правильно ли я поступаю?» В голове встревоженным птенцом билась мысль: «Приличный ли я после этого человек?»

Ответов не было. Была жизнь. Которая диктовала свое.

Приехали в Симферополь. Оттуда взяли машину до Малореченского – Малоречки, как называли ее местные.

Выбрали Малоречку, конечно, по причине дешевизны – курорт малоизвестный. В ту пору еще почти и не курорт, так, местечко на море. Посоветовал кто-то из знакомых.

Ехали два часа – уставшая Иришка продолжала вертеть головой и без умолку трещать. Наконец въехали в поселок. Шофер задал традиционный вопрос – куда вам, барышни?

Растерянная Ольга пожала плечами:

– А бог его знает! Нам надо бы комнату снять!

– Тогда – в квартирное бюро, – решил шофер и через минут десять лихо притормозил у дощатого синего домика с неброской табличкой.

Выгрузили вещи – шофер усмехнулся:

– Ну и нарядов набрали, а, барышни?

В маленькой комнатке за старым письменным столом сидела, отчаянно зевая, молодая женщина. Увидев непрошеных гостей, удивилась и поправила высокую прическу. Ольга рассказала о своих скромных пожеланиях – нужна комната недалеко от моря, желательно с большим крыльцом или терраской. На полгода – не меньше!

При этих словах женщина удивленно вскинула брови.

– Так надолго? – удивилась она.

— Надолго, — подтвердила Ольга. — Приехали к вам оздоравливаться!

Женщина раскрыла свои кондуиты — старые амбарные пышные и лохматые тетради и начала что-то выписывать — скорее всего, адреса. Вдруг остановилась, посмотрела на уставшую Ольгу и сказала:

— Послушайте, женщина! Что мы тут с вами копаемся? А может, у меня посмотрите? Я не вредная, верите? Да и комнатка у меня опрятная! Просто не сезон — вот и свободна! А уж в конце мая из рук будут рвать! До моря, правда, минут двадцать пять, если честно! И то быстрым шагом. Зато тихо и чисто — ни машин, ни людей. Если ближе к морю, в сезон от туристов устанете — шум, гам, музыка. А грязи-то сколько! Нет, правда! Может, посмотрите? — Она поднялась со стула и протянула Ольге руку. — Меня Таней зовут, а вас?

Ольга согласилась:

— Посмотрим! Чего ж не посмотреть, если тихо и чисто! Я Ольга! А дочь моя — Иришка.

Домик Татьяны оказался маленьким и неказистым — хозяйка с испугом поймала расстроенный Ольгин взгляд. Внутри оказалось две комнатки — слава богу, раздельные. В зале — так называла Татьяна ту, что побольше, жить будет она, хозяйка. А вот в спаленке — постояльцы! Спаленка оказалась уютной — по-деревенски простой и очень теплой. Бордовые шелковые шторки на окнах, такое же покрывало, две вазы с искусственными цветами — пышными георгинами. Телевизор под кружевной салфеткой и малиновый коврик возле кровати.

Татьяна отдернула шторы, распахнула окно и с гордостью посмотрела на Ольгу. Вид из окна на гору был и вправду завораживающий. У Ольги перехватило дыхание. Наступали ранние сумерки, и над горой вился парок или туман, кто его знает. Гора казалась голубоватой, с оттенком сиреневого.

И Ольга решила: остаемся!

— Ну, располагайтесь! — выдохнула хозяйка.

Ольга сварила кашу и уложила усталую Иришку поспать. Они с Татьяной расположились на кухне. Пили чай и болтали. Две женщины всегда найдут темы для разговоров. Говорила в основном Татьяна — чувствовалось, что ей необходимо выговориться.

О своей жизни она говорила спокойно и рассудительно, все время приговаривая: «Такая вот у меня судьба».

А судьба была... Ох! Страшная.

Родила Татьяна в восемнадцать, от «проезжего молодца» — тут она усмехнулась. Паренек из Ленинграда отдыхал в Малоречке с родителями. Познакомились на танцах — где знакомится молодежь? Ну и...

— Вспыхнули чувства. Под кустом мою Женьку и зачали. Через неделю он уезжал. Адреса не оставил — хотя я и надеялась. А потом и поняла, что залетела. Ребеночка оставила — тут даже и разговоров не было! Мать, конечно, бесилась, уж как только не обзывала! И шалавой, и шлюхой. И даже похлеще. Соседи смотрели косо. Да что там смотрели — вслед шипели, не стеснялись. Поселок у нас небольшой, все на виду. Ничего, я терпела. Да и мать тоже можно было понять! Все надеялась, что по-людски у меня получится – хороший парень, свадьба, ребенок. Сама жизнь прожила – не дай бог. А тут еще я! Но вышло как вышло. Ходила я гордая, и на все было наплевать! Живот выпячу – и вперед! Так ребеночка ждала... – Татьяна замолчала и отерла ладонью слезу. – Родилась девочка, дочка. Назвала Женечкой. Здоровенькая, хорошенькая, крепенькая. Мама, конечно, смирилась, во всем помогала. И Женьку заобожала. Куда денешься, внучка! Она работала целыми днями – выживать-то ведь надо, да? Работала в прачечной при санатории. Работа тяжелая – целыми днями таскай грязное белье. Тюки неподъемные. А я с Женькой и на хозяйстве. Тогда мы еще держали и птицу, и поросят. Жили как-то... Правда, теперь мне кажется – очень счастливо жили... А паренек мой так и не узнал, что у него доча народилась, – грустно улыбнулась она.

Ольга молчала, понимая, что то, что она услышит дальше, будет определенно трагедией.

– А в пять лет Женечка умерла, – каким-то слишком спокойным голосом сказала Татьяна.

– Как? – вскрикнула Ольга. – Как – умерла?

Татьяна спокойно продолжила, только голос чуть задрожал:

– А как умирают? Обычно. Заболела и умерла.

Растерянная Ольга не понимала, что ей делать – спрашивать дальше, молчать? Не выдержала:

– Таня, прости! Но я... Не понимаю! Ты же говорила – здоровая, крепкая девочка?

Та безучастно ответила:

— Ага. Была. А потом болезнь обнаружилась. Страшная. Сначала ничего особенного, ну синячки появлялись — то там, то сям. Я и внимания не обращала! Все в синяках — носятся ведь. Потом слабеть стала, худеть. Есть перестала. Все поспать норовила. Походит чуть-чуть по дому и: «Мама, я спать хочу. Полежать».

Ну мы и бросились в Симферополь, в больницу. А там... Там сказали, что поздно. Лейкоз. Я тогда хотела в Москву ехать, в Питер. Даже отца ее хотела разыскать — а что, пусть помогает! В таком-то горе. А как его найти? Я и фамилию его не знала — только имя. Ну, говорил, что живет в самом центре, у дома, где Пушкин жил. Ну а потом стало ясно, что все бесполезно. И дочка моя... умерла.

Ольга вздрогнула и положила свою ладонь на ладонь Татьяны.

Та встала, умылась под рукомойником и обернулась с улыбкой на лице.

— Все, хорош! — делано-бодрым голосом сказала она. — Что я тебя нагрузила? Ты отдыхать сюда приехала, а тут я!

Ольга попробовала возразить, но Татьяна ее перебила:

— Все, Оль! Честно — хватит! И что это меня пробрало? Я ведь давно все отплакала. Даже слез не осталось. Ладно, давай отдыхай! Завтра я тебе все расскажу. И все покажу, а, Оль? Ты ж тут, у нас, надолго — все надо знать и все понимать.

Ольга легла, прижавшись к теплому дочкиному боку. Подумала: «А я еще бога гневлю! Господи, дура какая! У меня есть Иришка. Мама и папа, любимый муж. Квартира и деньги! А тут...»

Из приоткрытого окна доносились невероятные, незнакомые запахи – свежести, прохлады, оживающих, просыпающихся садов. Где-то далеко мелодично и равномерно посвистывала птица. Ольга подумала, наверное, крупная. Почему – сама не поняла. Но живо представила эту самую птицу – огромную, с широким размахом мощных крыльев, с переливчатым оперением и красивым, чуть загнутым клювом. Птица непременно жила на горе, свив гнездо на макушке широкого дерева. Вот ведь какие глупости лезут в голову.

Уснула не сразу, но спала замечательно – крепко, спокойно, без тревожных сновидений. Перед сном посмотрела на дочку, Иришкино лицо было спокойным и безмятежным. Казалось, даже чуть посвежело и порозовело.

Утром, проснувшись, заварила кофе – настоящий, ароматный, бразильский. Ухватила перед самым отъездом.

Татьяна завороженно рассматривала хрусткий пакетик и без конца нюхала его.

– Вот ведь, а? Я и не знала, что кофе так может пахнуть! Оль! А можно еще? Одну кружечку?

Потом важным голосом объявила:

– В санаторке, то есть в санатории, в физкабинете, работает подруга. Что надо – устроим! Процедуры какие Иришке твоей. Имеются знакомые и в магазине, и на почте – тебе ж надо будет звонить? Ну так вот! А очередя́ там знаешь будут какие, когда туристы нахлынут? Обалдеешь! Яйца из-под кур и молоко из-под коровы можно брать у тети Тони – второй дом от угла, я тебя туда сведу, договоримся. Люська Кругликова, подружка моя, та завмагом у нас. Если чего – обращайся! Я тебя и с ней познакомлю. Правда, стерва Люська отменная! Сама понимаешь, торговля, все на поклон к этой цаце. – Татьяна тараторила без умолку.

В первый день решили осмотреться, прогуляться – в общем, начать новую жизнь.

Татьяна убежала на работу, а Ольга пошла будить заспавшуюся дочку.

После завтрака пошли на море. Оно было не очень приветливым – свинцово-серым, даже угрожающим в своем застывшем, ненатуральном спокойствии. Дул довольно холодный ветер, и Иришка замерзла. Еще она была разочарована.

– Мам! Что, море – всегда такое? – все спрашивала она.

Ольга смеялась и успокаивала ее:

– Вот погоди! Наступит тепло, и будешь плескаться, да с каким удовольствием! Меня бабушка не могла из воды выгнать, поверь!

Иришка с недоверием на нее поглядывала и, кажется, впервые не верила.

А вот прогулка по поселку понравилась – Малоречка была поселком зеленым, уютным. Местные с удивлением разглядывали вновь прибывших, вступали в разговоры:

– Кто вы, откуда и чё приехали в такую рань? У кого остановились?

В общем, с этого дня началась их курортная жизнь. Ольга привыкала к ней трудно и долго – по вечерам очень хотелось домой. Скучала по маме и мужу. Но видя, как оживает и расцветает Иришка, тут же приходила в себя – все не зря, не зря! Все она сделала правильно.

Домой звонила через день. Трубку брали то мама, то тетка, то муж. Там было все по-прежнему. У Ирины Степановны, увы, никаких улучшений. Впрочем, их и не ждали – только бы не было отчаянных мук.

Ольга умоляла поставить ее в известность, *когда*...

Мама торопливо отговаривалась:

– Да-да, разумеется!

Но Ольга чувствовала, что мама лукавит.

Муж почти не разговаривал – отделывался короткими фразами: «Ты все знаешь, Оля. Что тут повторять?»

Она не обижалась – все понимала. Конечно, все понимала! Им там, у постели умирающей, куда хуже, чем ей.

Свекровь умерла через два месяца после их отъезда в Малоречку. Конечно же, от Ольги все скрыли – сказали только после похорон, на следующий день.

Мама на Ольгины упреки ответила:

— А для чего, Оля? Кому теперь это поможет? Да и расходы на билеты. А еще и теребить Иришку! Только вы там попривыкли.

Мама была человеком разумным...

Все так. Только на всю жизнь осталась вина — Ирину Степановну в последний путь она не проводила.

Летом, конечно, стало повеселее, несмотря на наплыв отдыхающих, огромные очереди в магазинах и в общепите, на пляже и просто на улицах. Малоречка ожила, оживилась, словно проснулась, закипела короткая, всего-то на три месяца, бурная жизнь.

На танцплощадках до позднего вечера оглушительно гремела музыка, по ночам слышались крики и смех молодежи, стало живее и веселее. Но и более шумно, грязно. Впрочем, жили они на окраине Малоречки, а вся жизнь проходила в так называемом центре. Да и спать укладывались рано — у них своя жизнь, свой распорядок. В кафе и на танцплощадки они не ходят.

С началом сезона Татьяна принялась худеть, каждое утро с недовольством рассматривая себя в зеркало, хлопая по пышным бедрам. И тут же расстраивалась.

Ольга успокаивала ее:

— Да брось ты, Тань! У тебя все отлично!

Татьяна вздыхала и махала рукой:

— Тебе хорошо говорить! Тощая, как... — задумывалась она, боясь обидеть жиличку. — А мне жизнь надо устраивать, Оль! Ты понимаешь? И времени у меня — с гулькин нос! Лето знаешь как пролетит? Сама не заметишь!

Собой была недовольна, но... Глаза загорались, юбки подкорачивались, а стрелки на глазах становились длиннее и ярче.

Пару раз приходила под утро – шумно и громко раздевалась, что-то роняла, вздыхала, долго ворочалась в постели – слышимость через фанерные стенки была преотличная.

«Только бы никого не приводила домой, – с испугом думала Ольга. – Тогда точно придется съезжать».

Татьяна то веселилась, то впадала в транс – смотрела в одну точку, не ела и не разговаривала. Ольга понимала – очередной отдыхающий сорвался с крючка, снова ничего не сложилось. Но говорливая хозяйка уходила в себя и ничем не делилась. «Да и слава богу! – думала Ольга. – Сама разберется».

Однажды застала Татьяну за бутылкой вина.

– Зачем, Тань? Да еще и одна?

Та смахнула слезу.

– А что мне теперь? Так хоть легче. Вот и лето к концу. Ты уедешь. Потом снова осень. Дальше – зима. И я одна в этом доме. Снова ждать лета, Оль? Снова ждать, когда какой-нибудь хрен подкадрится, купит бутылку и шоколадку и пригласит в кино? И это еще в лучшем случае, Оля! А то и сразу к себе... – Она замолчала. – А я ведь пойду, Оль! Пойду, понимаешь? Буду знать, что на раз или на два. Или на две недели. На весь его отпуск. Если ему, козлу, понравится! А ему, скорее всего, понравится! А почему бы и нет? Своя-то давно надоела! А здесь – свежачок! Пусть на неделю! Все новые ощущения. Всегда интересно –

и кто откажется, правда? А при этом будет деньги считать — бюджет-то семейный! Никаких подарков, никаких сюрпризов. Курортный роман — никаких обязательств! А съедет по-тихому, даже не попрощавшись. Ты мне поверь. Потому что стыдно. Сколько их было, таких трусоватых! Тайком съедет — не дай бог, скандал учиню! И знаешь. — Она замолчала. — Он будет к жене торопиться. К концу отпуска — точно! Я ж это чувствую. Меня обнимать и скучать по жене. По старой, постылой жене. Представляешь? Ну и слиняет, конечно.

А я буду ждать нового лета. Буду, не сомневайся! Противно будет, стыдно. Самой себя будет стыдно. А все равно буду ждать! А вдруг, а? Вдовец какой или разведенный? Все ж в жизни бывает? Верить буду. Что я приличная женщина, а не шалава. Просто я очень устала от одиночества, Оля. И очень хочу *своего*! Своего, понимаешь? А не чужого. Любого, но своего! Уж как я буду его любить... Только я знаю, одна! Вот так и живу, Оль! Вот такая я... дрянь. И дура такая.

— Не дура. — Ольга погладила ее по руке. — Каждая женщина надеется на счастье. Хочет семью. Каждая! И не страдай — значит, *твоего* еще не было! Но точно будет, поверь!

Татьяна подняла на нее глаза.

— Ты правда так думаешь?

Ольга кивнула и увидела, как та приободрилась и приосанилась — даже глаза заблестели. Доброе слово и кошке приятно. «Вот ведь женские судьбы, — подумала Ольга. — Да нет, человеческие! Все хотят счастья. Любви и покоя. Честности и правды. Никто не хочет ворованного и чужого. Просто так получается».

Иришка радовала – с аппетитом трескала черешню и абрикосы, не вылезала из воды, загорела, порозовела, поправилась. И ни разу не заболела! Ольга смотрела на нее – и сердце таяло от счастья. Но домой хотелось нестерпимо. По ночам ей снилась ее квартира, родная и уютная, кухня с занавесками в красный горошек, любимый диван, картины на стенах, двор за окном. По своим скучала отчаянно – упрашивала мужа приехать хотя бы на недельку, на пару дней. Он почему-то отказывался, ссылаясь на работу. Да и настроение, если честно... Нет, конечно, он соскучился. «Но не до курортов мне сейчас, Оль, ей-богу».

Она обижалась – значит, совсем не соскучился.

Голос был у мужа странный – незнакомый, глухой. Ольге казалось, что его раздражают ее звонки. И становилось очень тоскливо и тревожно. Но она успокаивала себя, что все это – и его голос, и настроение, и нежелание приехать – закономерно. Человек мать потерял! А тут она со своими обидами и дурацкими предложениями. И она опять умирала от чувства вины: неужели все-таки не простил?

Упрашивала приехать и маму, но заболел отец – обострилась застарелая язва, – и мама днями не выходила из больницы.

И Ольга снова страдала. У мамы ни перерыва, ни передыха – сначала Ирина Степановна, теперь –

папа. А она тут ест персики и виноград, купается и загорает. Да еще капризничает и ноет. Стыдно, ей-богу!

Чувство вины потом мучило Ольгу всю жизнь. Всю жизнь она помнила о той поездке. Всю жизнь не отпускало – вот глупость-то, да? Никакая логика (свекровь все равно уходила, дочку надо было вытаскивать и так далее) не работала. Будь она верующей, давно бы отмолила, покаялась. А так... Только страдала.

В начале сентября решила ехать домой. Настолько было плохо, что даже не посоветовалась со своими. Спать перестала, считала не дни и часы – минуты!

С билетами тоже была большая проблема, но тут снова помогла Татьяна. У нее везде были свои люди.

Ольга отбила мужу телеграмму – решила не звонить, чтобы не уговаривали остаться еще на месяцок – подступало самое лучшее время, бархатный сезон. В телеграмме указала номер поезда и вагона.

Накануне купили две огромные корзины фруктов – янтарный и темный, почти чернильный, виноград «каталон» и «кокур», фиолетовые, с ладонь, сливы, огромные, крепкие, с малиновым бочком груши «бере», сочные, медовые, Ольга почему-то вспомнила, что их любил Есенин. Персики с пушистой кожицей и бутылку домашнего вина – выпить за встречу.

При подъезде к Москве была возбуждена и страшно нервничала. Поглядывала на дочку. Подкрасила глаза и губы – косметикой она пользовалась редко и мало.

Ей понравилось свое отражение, что бывало совсем нечасто, почти никогда. Сейчас из зеркала на нее смотрела молодая, загорелая, румяная и сероглазая женщина со слегка выгоревшими, вьющимися, мягкими волосами.

Наконец поезд дернулся и остановился. По платформе, заглядывая в окна, побежали встречающие. Ольга вглядывалась в людей, пытаясь отыскать любимого мужа. Мужа не было. Зато она увидела маму, которая растерянно улыбалась и махала им рукой.

Сердце екнуло. Интуиция? Значит, что-то и вправду произошло? Ольга выскочила из вагона, едва не забыв подхватить дочку.

Первый вопрос:

– Мама, где Лева?

Мама отвела глаза:

– Да ты не волнуйся! Все не так страшно. Просто Лева в больнице.

Ольга почувствовала, как ее заливает тревожным жаром.

– В больнице, господи! Что с ним, мамочка?

– Ничего страшного, – ответила бодрым голосом мама, тут же взявшая себя в руки. – Ничего страшного! – уже увереннее повторила она. – Нервное расстройство, детка, это часто бывает! Сама понимаешь – почти год в стрессе. Мужики ведь слабый народ. Положили его в клинику неврозов, в Соловьевку. Конечно, не без проблем. Ты же знаешь, как сложно туда попасть. Диагноз простой и довольно распространенный – нервный срыв, депрессия. Сейчас уже легче, честное слово! Я езжу к нему через день. Он уже говорит, начал есть понемногу. И даже выходит гулять! – Мамино лицо озарилось счастливой улыбкой.

– Говорить? – переспросила Ольга. – И даже гулять? Мама, ты что? Что ты такое говоришь, мама? Получается, что он не говорил, не ходил и даже не ел?

– Да, Оль. Было. Три недели лежал носом к стенке. На вопросы не отвечал, ничего не ел, только до туалета еле дошаркивал. Ну слава богу, схватились мы быстро, не зря наша Галя – медик! Сразу сообразила, в чем дело. Правда, – мама задумалась, – мы очень боялись, что добровольно он туда не пойдет. Знаешь, как эти больные... Они же не всегда понимают, что с ними происходит. Не могут дать объективную оценку своему состоянию. Врачи говорят, что это нормально. К тому же мать потерял, есть причина... В общем, завтра поедешь и сама все увидишь. – И мама переключилась на внучку, запричитала, заохала: – Ирочка! Да ты на себя не похожа! И где наша прежняя Ирочка? Худая и бледная, словно веточка? Теперь ты похожа на пирожок с повидлом! А, детонька?

Мама тискала внучку. Зацеловывала, тормошила. Смущенная и отвыкшая от бабушки девочка вырывалась и жалась к матери.

Остановили носильщика, загрузили коробки с фруктами, из которых вырывался на волю сладковатый, пьянящий запах, и чемоданы и двинулись к выходу. Очередь на такси была внушительной. Сев в машину, мама назвала свой адрес.

– Поедете к нам, пообедаем, отдохнете. Наговоримся, наконец! Я так соскучилась, Оля!

Ольга перебила ее:

– Сначала на Шаболовку! В Соловьевку! Какой пообедаем, мама? Какой отдохнем?

Мама с испугом глянула на нее, но возражать не посмела.

Такси остановилось на Донской. Ольга обернулась на мать:

– Как ты могла, мама! Как ты могла все это скрывать? Кого ты из меня делаешь, мам? Законченную сволочь? – Она выбралась из машины, на ходу распорядившись: – Ты и Иришка – домой! – И бросилась к воротам больницы.

Иришка провожала ее изумленным взглядом, кажется, собираясь заплакать. Но Ольге было абсолютно на все наплевать – в том числе и на дочку. В корпус она вбежала, чуть не грохнувшись на ступеньках.

В трехместной палате было тихо. На кровати у окна лежал мужчина, почти с головой укрывшись верблюжьим одеялом со сбитым пододеяльником. Она осторожно подошла поближе и увидела родной затылок. Слезы подступили к горлу.

– Левушка! – просипела она. – Левушка! Это я.

Он тяжело и громко вздохнул и медленно, словно нехотя, повернул голову.

Ольга увидела его измученное и бледное лицо, запавшие, полные тоски и боли глаза, острые скулы и сухой, плотно сжатый рот.

– Оля, – сказал он и закрыл глаза. – Ты вернулась?

Ольга встала на колени возле кровати и обняла его. Плакали оба. Сначала громко, сил сдерживаться не было, потом немного утихли, ощущая, что бурные слезы чуть облегчили, чуть примирили их с обстоятельствами, с ситуацией, с ее виной, его обидой и общей болью.

Ольга села на край кровати и принялась рассказывать мужу про жизнь в Малоречке, про море и горы, про забавную и несчастную хозяйку Татьяну, стремящуюся изо всех сил схватить удачу за хвост. Про дочкины успехи — пять кэгэ плюс, а, Левка? Ты не узнаешь ее! Мама сказала, что наша доходяга — просто пирожок с повидлом! Ой, Левка! Какая же я балда! В машине же полно фруктов! Персики, виноград, груши! А я ничего не взяла... Ладно, завтра принесу тебе полный набор!

Он пытался улыбнуться, слабо кивал, и она видела, что он очень устал.

Заправив пододеяльник, Ольга укрыла мужа одеялом, приоткрыла окно — на улице было тепло и сухо — и, видя, что он уснул, на цыпочках вышла в коридор.

Лечащего врача она не застала, только дежурного. Но тот был равнодушен и вял.

— Все — до завтра! — отмахнулся он. — До лечащего врача.

Ольга заглянула к мужу в палату. Он по-прежнему спал.

Написала короткую записку: «До завтра! Буду утром. Держись! Я люблю тебя».

Выйдя на улицу, которую уже укрыли сентябрьские сумерки, села на скамейку. Парк при больнице был зеленый, усаженный ухоженными кустарниками и деревьями. Перевела дух, немного успокоилась.

– Все не так страшно, – повторяла она. – Мама права. Все не так страшно! Я вытащу его, вытяну!

Потом медленно пошла к метро, чувствуя, как невероятно, просто нечеловечески устала.

Иришка уже спала. Встревоженная мама ждала Ольгу на кухне с горячим ужином. От еды она отказалась – навалилась такая усталость, дойти б до кровати.

Извинилась перед мамой:

– Все разговоры – завтра! – И как подкошенная рухнула в кровать.

Она и сама на себя удивилась – тихая и скромная Оля, привыкшая к тому, что за нее все всегда решают родные – мама, папа или муж, – превратилась в тигрицу, яростно защищающую и охраняющую свой прайд. Она переполошила всю больницу, дошла до главврача, не удовлетворяясь врачом лечащим. Он показался ей равнодушным и неопытным. Скорее всего, так оно и было.

Леву перевели в соседнее отделение, в двухместную палату и принялись «поднимать на ноги».

Из больницы Ольга почти не выходила – приезжала рано утром, а уезжала только к позднему вечеру. Через две недели муж стал прилично есть – кормила его сама, бульонами, жиденькой кашей, сладким кефиром. Выводила на улицу, усаживала на лавочку, если был солнечный и погожий день, и вслух читала газеты, бросая на него встревоженный взгляд.

Лев сидел с закрытыми глазами, и было непонятно, дремлет он или слушает.

Но это было не важно! Важно было то, что он встал с кровати. Дошел до скамейки. Выпил полстакана бульона. Съел половинку персика. Попросил чаю с лимоном. А однажды захотел мороженого. Она чуть не разревелась от счастья. Тут же бросилась к метро, купила три порции – на выбор, эскимо, фруктовое и шоколадное. Он съел половинку фруктового. И все равно это было огромной радостью.

Спустя полтора месяца она его забрала домой.

* * *

Постепенно все налаживалось – муж приходил в себя, дочка совершенно определенно окрепла и перестала пропускать школу. Ольга занималась домом, хозяйством – семьей. Глобальные беды отползали, словно раненый и злобно скулящий волк, медленно отходили, и жизнь наконец начинала приобретать подобие прежней.

Конечно, беспокойство и тревога оставались: муж, и прежде не весельчак и балагур, стал еще более замкнутым и молчаливым. Нет, в душу к нему Ольга не лезла – ни-ни! Не такой она человек. Да и врач объяснил – не трогать! Ничего не требовать, ни на чем не настаивать. Ничего не заставлять и не ставить задач – никаких. Не уговаривать.

Придет в себя, придет. Здесь – только время!

И все же часто Ольга терялась, наткнувшись на Левин абсолютно отсутствующий взгляд. Начинала с тревогой, которая его раздражала, заглядывать ему в глаза. Предлагать что-то – наверное, все же навязчиво.

Иногда принималась плакать, правда, всегда старалась спрятаться, уйти. Но он же догадывался, слышал...

И еще спустя год попыталась восстановить супружеские отношения, которых давно не было. Ох, сколько же это ей стоило! Самое травматическое воспоминание... Нет, не ради себя она это делала, ни в коем случае! Уж с чем, с чем, а со своими желаниями она справляться умела. К тому же и робкой была, и зажатой. И темперамента слабого, если уж честно... Попыталась ради него, подумала, а вдруг это и есть ключ к успеху? Нежность, объятия, слова? Вдруг вот сейчас все переменится и они станут ближе? Вдруг растопится этот лед, лопнет эта плотная пленка, рухнет эта стена? Муж и жена – одна сатана. В конце концов, в книгах, фильмах говорят и пишут, что именно телесная близость способна растопить лед.

Настраивала себя долго. Страшно было очень.

А вышло еще хуже... Господи, как она потом жалела об этом! Как проклинала себя! Как была противна себе! Как было стыдно. Предлагала себя, словно шлюха.

А он отверг ее с таким раздражением, с таким пренебрежением, с такой брезгливостью, словно смахнул с руки надоедливого комара – смахнул и прихлопнул.

Она хорошо это запомнила – свое унижение, свой стыд, женский крах – навсегда.

Конечно, потом все наладилось. Вернулось на круги своя спустя месяцев семь или восемь.

Но никогда больше, ни разу в жизни, она не предлагала ему себя. Ни разу не повернулась к нему лицом, ни разу не погладила его по спине, не поцеловала в шею, не прижалась – ни разу!

Того страшного и дикого урока ей хватило вполне. Хотя дура, наверное? Был человек болен – тебе ж объяснили. Предупредили – не трогать!

А взгляд его тогдашний запомнила. И скривившийся рот.

Разве это можно забыть? Может, можно, только она не смогла.

Позже, когда Лев был уже вполне в порядке, Ольга пыталась завести с ним серьезный разговор о том, что ее давно мучило.

Но он от разговора уходил категорически:

– При чем тут ты, Оля? Ты сделала все, что могла. Поступила абсолютно правильно. Ты спасала Иришку. И слава богу, есть результаты! И только благодаря твоей самоотверженности и упорству. А маме, увы, ты уже помочь не могла. А про меня ты просто не знала, и правильно, что моя многоумная теща тебе не сказала. Мы же справились, да?

Ольга принималась плакать и каяться, но разговор на этом заканчивался.

Однажды, вспоминая те страшные дни, мама случайно обмолвилась, что тогда в их доме появилась

Муся — вернулась блудная дочь! Правда, ненадолго, как всегда, на пару месяцев. Почистила перышки — и тю-тю! Но справедливости ради — она тогда помогла!

— Ты представляешь, Муся — и помогла? — удивлялась мама. — Ну как тебе, а? И за Ириной Степановной ухаживала, и меня поддержала! Что говорить, и сама Муся не сахар, и жизнь у нее — не пожелаешь врагу.

Тогда Ольга как-то пропустила все это мимо ушей — уж точно тогда ей было не до Муси, определенно. Но про себя мельком отметила, что Муся молодец. Ну хотя бы так.

Вскоре после смерти Ирины Степановны Муся в очередной раз исчезла из виду. Надолго ли? Да кто это знал?

Сначала выскочила замуж, все радовались: приличный человек, преподаватель. Может быть, все образуется? Пора бы, пора. Но через год все рухнуло, и Муся от мужа ушла.

Говорили, что теперь у нее случилась огромная любовь, чего прежде как будто не было. Ну и, конечно, не без «криминала». А Муся у нас по-другому не может, грустно шутила родня.

По слухам, Муся сошлась с совсем молодым мужиком, мальчишкой, моложе ее на десять лет или больше. При этом он был женат. Муся увела его от совсем юной жены и грудного ребенка. «А что удивляться? Разве нашу красавицу что-то может остановить?» — неодобрительно комментировали родственницы.

И еще ходили слухи, что очень скоро Муся с возлюбленным из столицы уехали. Куда, почему? Кто-то утверждал, что они завербовались на Север – подкопить денег для покупки квартиры. Кто-то настаивал, что сбежали они на «юга», к теплому морю. «Как же, поедет наша красавица в вечную мерзлоту! Просто смешно».

А кто-то утверждал, что парочка живет-поживает совсем недалече – в трехстах километрах от Москвы, где-то в Ярославской или Ивановской области. Прикупили домишко в деревне и вполне себе счастливы.

Но и в эту версию верилось почему-то с трудом – Муся и деревенская жизнь? Сложно представить.

Но так или иначе, Мусю никто не видел. Комнату свою она закрыла, ключ отдала Ольгиной матери – кажется, ей одной из всей большой родни она доверяла.

Спустя пару лет Ольга увидела эту комнату – периодически мама ездила туда для непонятных проверок. Что там было проверять или за чем следить – непонятно.

Комната, да и сама квартира, оказались темными и сырыми. Какими-то затхлыми, что ли. Жили там двое соседей – древний и глухой дед, не снимающий ни зимой ни летом огромные серые валенки, и семейная пара – лимитчики, пьяницы.

На непрошеных гостей смотрели криво: «Ходют тут всякие!»

Но за комнату исправно платили, посторонние не появлялись – словом, придраться было не к чему.

Комната была темная, узкая, волглая. Узкая кровать с панцирной сеткой и сиротским солдатским одеялом. Колченогий стол у окна, две табуретки. Комод со слониками. Пыльная тряпка, подобие шторы, на пол-окна. Лампочка Ильича под серым потолком.

В комоде – тонкая стопка постельного белья, старого, ветхого, в крупных заплатах.

Ольга поежилась. Да... Жить в этом ужасе – не приведи бог!

Это все, что Мусе удалось выколотить из родителя. Ни нормальной мебели, ни белья. Ничего. Откинули с барского плеча эту комнатуху – живи и радуйся! Большего не заслужила.

– Сбежишь отсюда, – протянула Ольга. – Дай бог, чтобы заработали на нормальную квартиру.

Мама согласилась:

– Дай бог!

Когда умер дядя Гриша, Мусин отец, попробовали отыскать Мусю – вызвать ее на похороны. У кого-то нашелся старый пустой конверт с расплывчатым, почти нечитаемым адресом: поселок Урай. Посмотрели на карте – где-то в Сибири.

Но фамилию отправителя было невозможно прочитать – то ли чернила расплылись, то ли конверт промок. А вдруг это от Муси? Уверен в этом никто не был. Но написали, хоть какая-то надежда.

Ответ, как и ожидалось, не пришел.

Не получила? Не ее адрес? Уехала оттуда? Да и вообще – жива ли?

«С такой, как наша Муся, – судачила родня, – все что угодно может случиться».

Постепенно про нее забыли – на семейных, конечно, уже сильно поредевших, сходках ее уже почти не вспоминали. Что уж тут вспоминать? Хвастаться нечем.

Ольга Петровна оказалась домашней хозяйкой. С карьерой, увы, не сложилось. И как бы ни уговаривала она себя, как бы ни увещевала, что судьба ее женская завидная и спокойная – у многих ли такое в нашей стране? Как бы ни убеждала себя, что дочь, муж и вообще семья – самое главное в жизни, основное и незыблемое женское предназначение, порой накатывала смертная тоска. Глядя на стопку сверкающих тарелок, на пирамиду начищенных до блеска кастрюль, на безукоризненно выглаженное белье, она почти ненавидела себя и заодно мужа. Хотя последнее, конечно, было несправедливым. Брак их получился очень крепким, честным и верным – словом, удачным.

Ее спокойный, уравновешенный и благодарный характер и его вечная занятость, полное погружение в профессию, природная неприхотливость и абсолютная некапризность – это все и дало блестящий результат.

К тому же сыграли свою роль и частые Левины командировки – оба успевали соскучиться. Уезжал он надолго – на месяц, на два. Были и зарубежные выезды – уж здесь-то точно полгода, не меньше.

Вроде все сложилось, и все были счастливы.

Ольга, конечно, ценила все это и в минуты тоски повторяла себе, что у нее все прекрасно. Да и на самом деле все было прекрасно, ее судьбе позавидовали бы тысячи женщин. Но – отчего такая тоска, отчего?

Правда, она, к счастью, быстро проходила.

* * *

Вспоминая той ночью прошлую жизнь, Ольга Петровна забеспокоилась – что там задумала ее непутевая сестрица, что у нее в голове? На какое время Муся останется в их жизни? Спросить не спросишь, неловко. А скоро ведь Новый год! Под праздник должен приехать муж – на побывку, как он говорил. Да, в отпуск – на три недели. А потом снова в Индию, в экспедицию.

Но эти три отпускные недели в доме должно быть тихо, спокойно, вкусно. И, главное, надо обойтись без посторонних.

Что делать? Остается надеяться, что к тому времени Муся съедет. Ну не на всю же жизнь она у них поселилась! Придет в себя, отдохнет, оглядится – и в свою жизнь. В конце концов, у нее есть жилплощадь. Да и потом, сколько лет ее не было. Ни письма, ни звонка. И вот нате – явилась! Ворвалась в чужую жизнь – и ничего, как будто так и надо. Муся есть Муся! К ее бесцеремонности и даже наглости все давно привыкли. На первом месте у нее всегда она сама. Только вот Ольга давно от этого отвыкла.

Неужели снова привыкать?

Но мысли подобные она от себя гнала, становилось стыдно. «Бедная, несчастная, одинокая Муся. Сестра. Снова жизнь не сложилась. И что же мне? Жалко куска хлеба? Ночной сорочки и чистого белья? Привыкла в своем теплом и уютном болоте – не дай бог, подует ветерок и кто-то побеспокоит! Ладно, не будем о плохом – в конце концов, до Нового года еще далеко. Все как-нибудь разрешится».

Утром встала проводить Иришку – так было всегда, хотя в последнее время дочка ворчала: мать, как всегда, будет настаивать на горячем завтраке, а есть Иришка по-прежнему не очень любила.

Дочка плескалась в ванной, пока Ольга Петровна хлопотала на кухне: две белые гренки – хлеб сначала вымочила в смеси яйца с молоком, потом пожарила на сливочном масле – Иришка тощая до неприличия. Подумала и положила на тарелку кусок сыра и ветчины – а вдруг? И тут же вздохнула: сейчас начнутся препирания, и дай бог, чтобы дочь съела хоть половину от этого, хоть четверть.

Наконец Ира вышла из ванной – на голове полотенце. Голову надлежало мыть каждый день, непременно. Но здесь Ольга Петровна давно не спорила.

Иришка оглядела накрытый стол, и на ее лице появилась брезгливая и недовольная гримаса.

– Мам! Ну ты, честное слово! Я ж не борец сумо!

Ольга Петровна сделала «большие глаза».

– Ты о чем, Ира? Уйдешь ведь на целый день! Хорошо, если какую-нибудь плюшку в институте схватишь, уж я тебя знаю!

Дочка вздохнула, села за стол и осторожно, словно это был таракан или клоп, двумя пальцами взяла кусок сыра и отломила кусочек гренки. Глотнула какао – поморщилась.

– Мам! Опять один сахар! Я же тебе говорила! – с плаксивой миной сказала она. – Хочешь меня в слона превратить?

Ольга Петровна промолчала, налила себе чаю и села напротив – отслеживать дочкин завтрак.

– Мам! – вдруг сказала та. – А зачем нам, – она кивнула на дверь, – эта Муся?

Ольга Петровна с удивлением посмотрела на дочь.

– В каком смысле – зачем? Ты что, Ир? Она же моя сестра! И кстати, твоя тетка. Человек глубоко несчастный и одинокий. Как ее не приютить? И что, мне надо было ее выгнать на улицу? Ты меня удивляешь, Ира!

– Не на улицу... А вообще – она здесь надолго?

– Этого я не знаю! – резко ответила Ольга Петровна. – И спрашивать, как ты понимаешь, мне не совсем ловко. Придет в себя, отдохнет – и поедет к себе. У нее есть комната. Уедет! – подтвердила уже не очень уверенно Ольга Петровна. – Ну не навеки же она здесь останется? – Голосу своему она старалась придать беззаботность, однако получилось тоскливо.

– А-а! – протянула Иришка. – Ну хорошо!

– А что, она тебе так активно не нравится? – вдруг спросила Ольга Петровна.

– Нравится – не нравится, какая разница, если ненадолго. А вообще, конечно, – она чуть нагнулась и заговорила шепотом, – если честно, не очень нравится, мам! Какая-то она... – Дочь замолчала, задумавшись. – Вульгарная, что ли? Хотя какое-то дурацкое слово, из прошлой жизни! И еще – от нее веет чем-то, – Иришка задумалась, – чем-то опасным! Ну, мне так кажется.

Ольга Петровна вздохнула:

– Какая есть! Она ведь родственница, сестра. Несчастный и одинокий человек. В общем, Ира, будем... терпеть. Да! И еще, – Ольга Петровна понизила голос и оглянулась на дверь, – ты бабуле пока не говори, а? Ну, в смысле, про Мусю.

Иришка убежала, так и не поймав материнский наказ:

– Платок на голову, Ира! Уже прохладно!

Хлопнула дверь лифта, затем подъезда, и Ольга Петровна присела на стул. Это чувство ей было знакомо – оцепенение. Так было всегда, когда за ними – мужем и дочерью – захлопывалась дверь и она оставалась одна. Просидеть так она могла и пятнадцать минут, и полчаса, и даже час. Потом брала себя в руки, заставляла встать и начать день. В эти минуты она ни о чем не думала, словно дремала. Может, отдыхала перед хлопотным днем? Как-то подумала: «А если б работала? Бежала бы сейчас по лужам, по снегу к автобусу. Торопилась. Боялась бы опоздать, сломать каблук, не успеть вскочить в автобус, в вагон метро. Бежала бы потом до работы. После работы бежала бы снова – булочная, кефир, автобус, метро. Снова автобус. Ужин, стирка, дочкины уроки. Господи боже мой! Я же счастливая женщина!»

И она поднимала себя со стула и принималась за дела. А дел, как известно, мало не бывает – в смысле, дел женских, домашних.

Потом хлопоты закручивали ее, заморачивали и времени на раздумья не оставляли. Пока все переделаешь... Еще и магазин, химчистка, прачечная. Ремонт обуви. Платежи всякие. Поездка к маме. Аптека. Два раза в неделю – рынок.

Изредка удавалось прилечь днем – «по-любимому», с книжечкой.

Вот и сейчас вспомнила, что в доме гостья. Наверняка будет спать до обеда – Муся была не из ранних пташек.

Ольга Петровна прикрыла на кухне дверь и принялась варить, печь, жарить.

Гостья вышла и вправду почти к обеду – на часах было половина второго. Застыла на пороге в ночной сорочке и Иришкиных тапках, широко зевая.

– Как спалось? – приветливо улыбнулась хозяйка.

– Нормально. Я всегда сплю хорошо. – И она засмеялась.

Села завтракать. Ольга Петровна подавала – яичница, салат, кофе, бутерброд.

Муся ела молча, с достоинством. Кивком благодарность.

– Спасибо! Ты, Оля, просто настоящий профи, впрочем, у тебя всегда были задатки! – И снова рассмеялась.

Ольга Петровна делала свои дела: резала на борщ овощи, тушила свеклу, жарила лук.

Муся по-прежнему сидела нога на ногу и покуривала – естественно, не спросив разрешения.

– Слушай! – вдруг оживилась она. – А Ирка твоя – прехорошенькая!

Ольге Петровне это было приятно.

– Да! Прехорошенькая! Такой неизбитый сейчас тип: темные волосы, светлые глаза. Тонкое, интеллигентное лицо. Хорошая фигура. Тощая, что теперь очень ценят. Другие не жрут, а этой – дал бог.

– Лучше бы жрала! – посетовала Ольга Петровна. – Кощей Бессмертный, кошмар! Не могу смотреть просто, сердце плачет. И вообще... – Ольга Петровна замолчала. – Странная она у меня девочка. Ни подруг, ни парней. По-моему, и не целовалась ни разу. Не из этой жизни она, моя Ирка. Это, конечно, неплохо, но жизнь-то устраивать надо. Хорошо, вот подружка какая-то появилась, одногруппница. Знаешь, я просто счастлива! Хоть в кино вместе ходят, в кафе. Оставалась у нее пару раз – к сессии готовиться. И семья вроде хорошая. Интеллигентная семья, все врачи.

Муся поддакивала, но в глазах ее прочно застыла скука.

Небрежно бросила:

– А что удивляться? Есть в кого! Ты у нас тоже была скромница-схимница: ресницы не красила, курить не курила, вино не пила. Просто тебе повезло – встретился Левка. А если бы нет? – И она насмешливо и в упор посмотрела на Ольгу.

— Ну, я в магазин! — подхватилась Ольга Петровна. — Хочешь, пройдемся вместе?

— Нет, Оль! Спасибо. Я лучше пойду поваляюсь. Ну если хозяйка не возражает.

Хозяйка, разумеется, не возражала.

Купив то, что было задумано, Ольга Петровна присела в сквере на лавочке. Погода наконец смилостивилась, и на небе появилось неяркое, прохладное осеннее солнце.

Домой идти не хотелось. Совсем не хотелось.

Если вдуматься, если быть честной с самой собой, что сложнее всего, Муся права. Все, что она сказала сегодня, — чистая правда, и про скромницу, и про вино. И про Леву тоже. Не попадись ей тогда на вечере Лева, шанс остаться старой девой вполне стал бы реальностью. Повезло? Наверное. Сколько было на том вечере прекрасных девиц, ярких, модных, нарядных. А повезло ей, Ольге! Выходит — судьба? Да, слушать все это было обидно. Хотя что здесь обидного? Человек сказал правду. И кстати, ничем ее, Ольгу, не оскорбил. Не обозвал, не припечатал дурным словом. И что обижаться? Смешно и глупо. Ольга Петровна встала со скамейки и медленно пошла к дому. «Надо просто перетерпеть, — уговаривала она себя, — просто надо, и все! Другого выхода нет. А там как-нибудь все разрешится. Как, собственно, всегда разрешалось».

В комнате Муси — ой, господи, в Левином кабинете — было тихо. Значит, гостья спала. Ну и хорошо, ну и славно. И Ольга Петровна затеяла пироги — с капустой и луком. Конечно, для дочки. Пироги Иришка, пожалуй, любила. По крайней мере парочку схватит, это уж точно. И наверняка завтра возьмет в институт угостить свою Лену, новую приятельницу. А где Лена съест, там и Иришка подхватится.

С тестом Ольга Петровна возиться любила, и тесто ей отвечало взаимностью. Всходило всегда легко, пышно – не тесто, а загляденье! Да и во время кухонной возни отходили куда-то и дурацкие тревожные мысли, и отпускала сердечная печаль. Правильно говорила бабушка: дел у женщины должно быть много. Тогда и печалей останется меньше.

Иришка пришла поздно – пришлось поволноваться. На вопрос, где задержалась, ответила с раздражением:

– Мам, ну что за вопросы? У Ленки была, кино смотрели.

Чуть не вырвалось: «А какое кино, доченька?»

Слава богу, прикусила язык. Какая разница, какое кино? Была у подружки – и слава богу. Все не одна, все не дома.

За ужином Муся с интересом рассматривала Иришку. Та смущалась, ловя на себе заинтересованный взгляд тетки, и отводила глаза.

Ольга Петровна, убрав со стола и перемыв посуду, ушла к себе – намаялась за день. Села в кресло и включила телевизор. Шел старый хороший фильм, и она увлеклась.

Когда он закончился, Ольга Петровна, зевнув, глянула на часы: боже мой! Половина двенадцатого! Надо глянуть, что там у дочки. Завтра ей рано вставать, совсем рано, в институт к девяти. Значит, будильник надо завести на семь.

Дверь в Иринину комнату была открыта, но ее самой там не было. Зато из кабинета, из комнаты Муси, раздавался оживленный смех. Удивленная, Ольга Петровна заглянула туда.

Иришка и Муся сидели на кровати и оживленно болтали. Увидев мать, дочь вздрогнула и, кажется, смутилась. А Муся глянула на сестру с насмешкой. Или – показалось? Но почему-то вся эта сцена вызвала у Ольги Петровны какой-то душевный дискомфорт, что ли? Словом, все это было ей, если честно, не очень приятно.

– Ира! – Она взяла себя в руки. – Тебе же завтра рано вставать!

Дочь скривила рот:

– Ой, мам! Ты как всегда!

– Как всегда, я волнуюсь, – твердым голосом, собрав волю в кулак, ответила Ольга Петровна.

– Ладно, сейчас пойду! Доставлю тебе удовольствие, – раздраженно отозвалась дочь.

Ольга Петровна увидела, что Муся усмехнулась – последняя фраза ей явно понравилась, – и, сухо кивнув, удалилась к себе, еще раз поймав себя на странной мысли: ей все это неприятно. Крайне неприятно, если по правде. Только вот почему? Сама не поняла.

С того дня дочь приходила домой рано – в институте не задерживалась, в кафе и кино с подружкой не ходила. Казалось, что она спешила домой. Быстро поев, она тут же удалялась в комнату к Мусе, плотно прикрыв за собой дверь. И вскоре оттуда доносились то приглушенный разговор, то негромкий смех.

Иногда было тихо. Совсем тихо. Ольга Петровна замирала под дверью и прислушивалась. Некрасиво, конечно, но поделать с собой она ничего не могла. Если тихо, значит, разговор ведется шепотом? Значит, не хотят, чтобы она слышала? Она, мать?

На душе было тошно. Пыталась разобраться, уговорить себя, но получалось плохо. Нет, все понимала: есть вещи, которые матери трудно сказать. Хотя какие у Иришки секреты? Вся ее жизнь на виду. Ладно была бы влюбленность, мальчик. Тогда понятно – поделиться надо. Обидно, что не с матерью? Обидно. Но дочка всегда была человеком закрытым, не склонным к откровениям совершенно. Этим она была в своего отца. Впрочем, Ольга и сама не из болтливых.

Странно то, что в наперсницы она выбрала Мусю. Хотя все понятно: у той опыт! Не то что у матери. Да и с чужим человеком поделиться проще, чем с родным.

Из радостного – позвонил муж и сказал, что приезжает точно уже, взяты билеты. Признаться, слегка волновался, что отпуск сорвется – застряли с одним делом, бросить нельзя. К счастью, разобрались.

Спрашивал, что привезти – есть прекрасные камни.

– Да, местные. Нет, ты мне поверь! Кто, как не я, в этом разбирается. Хочешь – изумруды, хочешь – звездчатые сапфиры. Прекрасные топазы разных оттенков. Хочешь – какой-нибудь экзотический кошачий глаз или цитрин. Аквамарин, опал. Ну, Оль? Подумай!

Ольга Петровна растерялась: она не была отчаянной любительницей драгоценностей и украшений. Но она была женщиной! Мельком глянула на себя в зеркало: глаза голубовато-серые. Значит, ни зеленые изумруды, ни красные рубины не подойдут. Сапфиры? Наверное, да. Точно, сапфиры.

Ну и смущенно протянула:

– Тогда... сапфиры, Левушка! Только если недорого, слышишь?

Муся сидела на кухне и тянула остывший черный кофе.

– Левка звонил?

Почему-то Ольге Петровне было неприятно, что Муся называет ее мужа так пренебрежительно, так запанибратски – Левка. Какой он ей Левка, ей-богу? Но поправить сестру не решилась. Поняла, что выглядеть это будет довольно глупо. Вроде ревности, что ли?

Ольга Петровна кивнула:

– Да, приезжает. В аккурат к Новому году. Семейный праздник – мы всегда вместе. К тому же положенный отпуск. Он очень устал: командировка тяжелая, климат ужасный. С едой проблема, грязь и инфекции – Индия, сама понимаешь.

– Не знаю, не была! – усмехнулась Муся. – Но страна интересная. Необыкновенная страна. Я столько про нее прочитала!

Ольга Петровна сделала вид, что не заметила Мусиной колкости.

– Новый год. – Муся призадумалась. – Да, ты права. Праздник семейный. – И резко встав, вышла из кухни.

Ольга Петровна растерялась – что это значило? Что Муся хотела этим сказать? Праздник семейный и ей там не место? Или другое – праздник семейный и она, Муся, тоже член семьи? А разве нет? Разве сестра – не член семьи? Пусть даже двоюродная?

* * *

Из дома Муся почти не выходила – так, пару раз. Где была – не докладывала, ни слова. Ольга Петровна не спрашивала – не было любопытства в ее характере. Но приходила Муся хмурая и, кажется, расстроенная. Ни разу – ни разу! – в дом ничего не принесла, не купила.

«Ну да ладно, – думала Ольга Петровна. – Может, совсем нет денег? Да наверняка нет – откуда?»

Правда, как-то решилась, осмелилась:

– Муся! А что с твоей комнатой? Ты там не была?

– А что, надоела? – Муся посмотрела ей прямо в глаза. – Ты, Оля, так и скажи: «Вали, сестрица! Хорош, нагостилась».

Ольга Петровна покраснела и страшно смутилась:

— Господи, Муся! Ну как же ты можешь! Живи сколько хочешь. Я просто спросила.

Покривила душой, покривила. А что тут скажешь?

Одно мучило, тревожило и огорчало — Мусины ночные посиделки с Иришкой. Они продолжались иногда до глубокой ночи. Ольга Петровна просыпалась и слышала, как в кабинете все так же шушукались, посмеивались. Секретничали.

Как-то не выдержала, спросила:

— Муся! А о чем вы там с Иркой?

— Ревнуешь? — коротко хохотнула та. — Да брось! Так, обо всем. О жизни, Оля! Просто о жизни.

Ольга Петровна покраснела:

— Странно все как-то... Нет, я понимаю — о жизни! Но...

— Хорошему не научу? — перебила ее Муся. — А ты не волнуйся. Плохое — это тоже опыт, сестрица! Согласна? Пусть послушает, сделает выводы. А то с тобой — это ж как в инфекционной больнице в отдельном боксе — от всего мира закрыта. Что ты можешь ей рассказать? Чем поделиться, чему научить?

— Знаешь, а может, не надо? В смысле — делиться? У каждого свой опыт, в том числе и плохой. На чужих ошибках вроде не учатся...

— Не я ее зову! — резко ответила Муся. — Сама в гости просится.

Потом Ольга Петровна подумала — а ведь снова Муся права! Не она к Ирке стучится — та к ней приходит. Наверное, видит в ней героиню — бурная, яркая жизнь. А что она, мать? Домашняя клуша. О чем с ней говорить? О борщах и котлетах? И что она в своей жизни упустила? Что сделала не так? Чтобы с единственной дочерью и никакого доверия?

А время шло. И тревога росла. И кажется, незваная гостья съезжать не спешила. От мамы Ольга Петровна по-прежнему все скрывала. С дочерью говорить было бесполезно, кажется, Ирка была влюблена в свою непутевую тетку. По-прежнему рвалась домой, быстро сбрасывала пальто, наспех мыла руки, отказывалась от ужина и торопилась в комнату Муси.

Ольга Петровна только вздыхала. Ей и самой давно стало неуютно в собственном горячо любимом доме.

Как всякая женщина, тем более домохозяйка, она обожала свою квартиру. Мыла, чистила до фанатизма, украшала и лелеяла. Дом был для нее всем – убежищем, спасением, лучшим местом на свете. Каждый раз, заходя в свою квартиру, она испытывала ни с чем не сравнимое облегчение и радость: уф, наконец-то я дома!

Даже не любила коротких отлучек, а уж что говорить про долгие, например, в пансионат или дом отдыха, или на море.

Всегда торопилась домой. Здесь был ее тихий рай, где все было знакомо, известно и мило.

Домоседка – да! И что тут плохого?

А вот теперь домой ей не хотелось. Теперь она старалась оттуда уйти – искала дела, а они, как известно, найдутся всегда.

Ездила два раза в неделю к маме. К сестрам, к тетке, к давней школьной подруге Марине, к которой не ездила уже лет пятнадцать.

* * *

Перемены такие неожиданные, что Ольга Петровна не на шутку испугалась, начались внезапно.

Как-то вечером Иришка пришла довольно поздно, села ужинать. Ольга Петровна уселась напротив.

Муся была у себя.

Дочка неспешно поела, долго пила чай и вдруг сказала, что устала и уходит к себе.

У Ольги Петровны вырвалось:

– А к Мусе? Ты не пойдешь?

Иришка подняла на мать глаза и покачала головой:

– Нет, мам. Достаточно. Хватит. И вообще, не пора ли твоей Мусе съехать по месту прописки? Как-то затянулось все, мам! Тебе так не кажется?

Ошарашенная, Ольга Петровна лихорадочно подбирала слова:

– Да, Ира. Достаточно. Лично мне – уж точно! Только вот как ей об этом сказать? Не представляю. Ты же знаешь – решительности у меня ноль. Никогда не могла отказать человеку. Да и потом – родственница, сестра. В непростом положении. Нет, я не смогу! А скоро Новый год, и папин приезд, и отпуск. Что же нам делать?

– Это твой вопрос! – жестко отрезала дочка. – Ты ее приютила, тебе и решать! – У двери обернулась. –

Только я очень прошу тебя, мам! Сделай это, пожалуйста, как можно быстрее!

Вот так номер! Что там случилось? Чтобы после такого восхищения и обожания – такое разочарование и даже раздражение, злость? Спросить у дочери? Вряд ли услышит правду. Спросить у Муси? Этого точно не хочется. А до Нового года осталось всего ничего. Всего-то пару недель. Так, надо собраться и наконец решиться! В конце концов, не ради себя – ради дочки и мужа. Ради всей их дружной семьи. В конце концов, Ольге винить себя не в чем – почти три месяца Муся у нее прожила. Почти три месяца Ольга Петровна готовила, подавала, убирала за ней, стирала и гладила. И ни разу не попрекнула, ни разу не сделала замечания, ни разу не высказала и даже не показала своего раздражения или недовольства. Но и вправду достаточно. Муся здорова, у нее есть жилплощадь, и пора начинать самостоятельную жизнь – как бы ни было ей удобно здесь, в чужом доме, на всем готовом. Кажется, и ей пора отвечать за свою жизнь. Но что там у них все-таки произошло с Ириной? Как же все странно и непонятно...

И Ольга Петровна решилась.

Тяжелый разговор она завела во время обеда.

Начала издалека:

– Муся, а ты съездила наконец в свою комнату?

Муся глянула на нее, как всегда, с саркастической усмешкой.

– Опять про комнату? Видно, точно я тебе надоела. Даже такой святой, как ты, я надоела.

Ольга Петровна смутилась и что-то замямлила:

– Да нет, о чем ты. Я так, просто. Ну... в смысле информации. Ты совсем не волнуешься по поводу своего жилья?

Муся ответила жестко:

– Ты уже не в первый раз заводишь этот разговор. И я все поняла, Оля. На днях съеду. Ты не волнуйся. Я и так, можно сказать, злоупотребила твоим гостеприимством и твоим терпением. Тебе большое спасибо! Я все оценила. Все правильно – нечего пристраиваться к чужой жизни, пусть даже сытой, благополучной и очень размеренной. Да и ты мне не обязана вовсе, я все понимаю. Съеду, да. В ближайшее время.

Уф, словно гора с плеч! Нет, Муся – какая угодно, но она всегда была умной, что говорить. Просто жила по-другому. Страстями жила, для себя.

Ольга Петровна, стараясь побороть неловкость и неудобство, пыталась продолжить:

– И еще, понимаешь, Лева приезжает. Дома не был почти пять месяцев. Конечно, устал и хочет тишины и покоя. Расслабиться хочет. Он же вообще – такой, одиночка, нелюдимый. Даже гостей еле терпит пару часов. Ну, что делать, такой человек... Ты уж меня... нас... Извини.

Муся кивнула и достала сигарету. Курила она попрежнему на кухне.

– Знаешь, Оля, – вдруг начала Муся, – а я тебе всегда завидовала. Всегда.

Ольга Петровна, собиравшаяся встать и заняться посудой, от неожиданности села.

— Мне, Муся? Ты мне завидовала? Господи, ну ты даешь! А мне казалось, что это я завидовала тебе! Твой красоте, свободе. Раскованности. Смелости. Тебя не интересовало чужое мнение. А я всегда оглядывалась — на всех! Ты делала все, что хотела. Позволяла себе все. А я... я как мышь прожила всю свою жизнь. Всю жизнь зависела от всех — от родителей, от мужа, от дочки. Да и что из меня получилось? Домашняя курица. Все.

— Завидовала, — твердо повторила Муся. — Семье твоей. Родителям — нормальным родителям! А у меня? Отец был слабак. Ну а мать — сама знаешь. Сбежала, как крыса с корабля. Ладно от мужика, это понятно. Я бы сама от такого сбежала. Но от ребенка? Потом эта, тихоня, серая мышь. Папашкина жена. Тихая, забитая, смирная. А меня ненавидела. Я же все чувствовала, все понимала. Просто сверлила меня, прожигала насквозь. Куски за мной считала, веришь? Ну ты помнишь — я из дома тогда и ушла. — Муся замолчала. Молчала и Ольга Петровна. — Ничего у меня не получилось, Оля. Ни семьи, ни детей. Глупо я жизнь прожила. Пусто. Как бабушка наша говорила — профурыкала. Вот хорошее слово, подходящее. Именно — профурыкала, лучше не скажешь. И что в итоге, ты мне скажи? Да вот что — никому я не нужна. Никому! Ни одному человеку на свете. Даже такой доброй душе, как ты, не нужна. В общем, лето красное пропела, Оль. Страшно возвращаться туда, к себе. В полное одиночество. Чокнусь, наверное. А поделом! Что позади? Сплошные аборты и потные страсти. Вот так-то, Оля. А впереди? Сама понимаешь.

Ольга Петровна дотронулась до ее руки. Рука была холодная, неживая, хотя дома было очень тепло.

Ей стало невыносимо жалко Мусю – несчастную, нелепую, одинокую.

– Мусенька! Ты не спеши! Какие наши годы, как говорится! – И Ольга Петровна выдавила из себя улыбку. – Еще как ты устроишь свою жизнь! Ты же такая красавица, господи! Посмотри на себя! Фигура какая! Ну где ты видела баб в пятьдесят с такой талией. А волосы? А все остальное? Нет, Муся! Уверена – все образуется. Появится наконец человек. Приличный человек!

Муся перебила ее:

– Послушай, Оля! Ну хватит! Ну это просто смешно! Да и я от страстей устала. Слишком много их было в моей жизни – на три бы хватило. А насчет приличных мужчин – так они и достаются приличным женщинам. Таким вот, как ты. Все давно разобраны, Оля! По справедливости.

Ольга Петровна с жаром, чувствуя огромное облегчение от того, что она наконец решилась и все сказала и Муся восприняла это нормально, продолжила:

– Нет, Мусенька! Нет. Ты заслужила! Ну сколько можно страдать? Ты свою горькую чашу уже испила. Остались приличные мужики, я тебя уверяю!

Муся смотрела на нее, чуть прищурив глаза:

– Ну да. Остались, наверное. Вот, например, твой Левка! Да?

Ольга Петровна смутилась:

— Ну при чем тут он, Муся? Он давно и прочно женат. А в смысле того, что приличный, — так кто ж будет спорить?

— Спорить тут нечего, — кивнула Муся, — только вот...

— Что? — удивилась Ольга Петровна и улыбнулась. — Что, есть сомнения?

— Да брось ты! Какие сомнения, Оля? Все сомнения остались в прошлом. Что вспоминать?

— Ты о чем, Муся? — настороженно спросила Ольга Петровна. — Ты... о чем говоришь? Прости, но я тебя не понимаю.

— Да ладно, — ответила та и посмотрела в окно. — Дела давно минувших дней. Что вспоминать?

— Продолжай, коли начала, — потребовала Ольга Петровна, чувствуя, как падает сердце.

— Оля! Да не о чем продолжать! Все прошло, испарилось — как не было.

Ольга Петровна смотрела на нее в упор, не отрывая глаз.

Муся вздохнула и повторила:

— Да что вспоминать? Ну тогда, тем летом, помнишь? Когда ты с Иркой укатила на юг? Еще свекровь твоя помирала? Ну помнишь?

— Как такое можно забыть? — мертвым голосом, почти шепотом, предчувствуя катастрофу, ответила Ольга. — Только не понимаю, при чем тут это?

— Да ни при чем, ерунда! Я тогда помогала ему. Мама твоя попросила — подежурить возле этой твоей... Не помню, как ее звали.

— Ирина Степановна, — тихо напомнила Ольга. — Мою свекровь звали Ириной Степановной.

— Вот именно! Да и какая разница, как ее звали? Я не о том. Так вот. Левка твой тогда совсем духом пал: мать умирает, жена с дочкой уехали. Мужики народ слабенький, хилый, чуть что — ну, ты знаешь сама! В общем... — Она замолчала.

— Продолжай, — хриплым от волнения голосом твердо сказала Ольга Петровна.

— Думаешь? — задумчиво произнесла Муся, раздумывая, стоит ли ей продолжать. — Ну в общем... Закрутилось у нас с ним, с твоим Левкой. У меня-то ничего серьезного, так, пожалела. А у него... В него словно бес вселился, говорил, что влюблен, что такого у него еще не было. Я и сама испугалась! Видела, как несет его по кочкам. Аж страшно становилось. Стращал, что покончит с собой. Ты представляешь? Совсем смешно, а?

Ольга Петровна молчала, не в силах взглянуть на Мусю.

— Ну я быстро собралась и уехала. Сбежала. Не могла же тебе устроить такую подлянку. Может, зря я тебе рассказала? Оль, поверь, я все ему честно и сразу: «Ничего не получится, ни на что не надейся. У тебя жена, дочь, семья. Да и мне ты не нужен». Просто так вышло. Ну прости. У него было горе, у меня — тоска. Он, кажется, даже в психушку попал? Ну да, приличный человек, измучился сам.

— Тоска, — повторила Ольга Петровна, чувствуя, как ей трудно дышать. — У тебя была тоска. Я поняла. А он, мой муж, приличный человек. И это я поняла.

Только зачем, зачем ты сейчас мне это все рассказала? Зачем, Муся? Чего ты хотела добиться? Ответь мне на этот вопрос! А на остальные ты, собственно, уже мне ответила.

– Зачем? – переспросила Муся. – Да не знаю. Так, к слову пришлось! Я надеюсь, ты не обиделась? Столько ведь лет тому, а? Как говорится, за сроком давности... Ты только в голову, Оль, не бери! Когда это было? Молодые мы были, горячие. Бестолковые. Когда совершать ошибки, как не в молодости?

– Я не обиделась, – кивнула Ольга Петровна, – только ты, Муся, уходи! Сегодня же, слышишь? Никаких пару дней. Сейчас уходи.

Муся молча встала из-за стола. У двери обернулась.

– Да, кстати! За Ирку ты не волнуйся! У нее все хорошо, в смысле того, что она не одинока. Есть у нее человек. Женатый, правда, но – бывает и так. Они встречаются месяцев восемь. Она влюблена. И слава богу, что влюблена, правда, Оль? Ты же так беспокоилась, что никого и ничего – полная тишина. – Муся приветливо улыбнулась. – Ну я пошла? Пора и честь знать, ты, Оля, права!

Ольга Петровна продолжала сидеть. Подняться со стула не было сил. Не было сил подумать. Не было сил все это осознать, перемолоть, прокрутить в гудящей и пустой голове. Вообще не было сил. Жить не было сил. Смотреть на этот мир не было сил. Ни на что не было сил, ни на что.

Кажется, прошло немного времени. Или много? Она не поняла. Да и какая разница. Жизнь обрушилась, рухнула и, кажется, не оставила надежды на выживание.

Муся заглянула на кухню в пальто и берете.

– Ну я пошла? Ты прости меня, Оля! Если сможешь – прости.

– Зачем ты мне все это сказала? – глухим голосом, медленно, еле шевеля пересохшими губами, проговорила Ольга Петровна. – Ответь мне на этот вопрос! – упрямо повторила она.

– Зачем? – Муся на секунду задумалась. – А душу свою облегчить, вот зачем! Стыдно было перед тобой. Ты меня так приняла! Кров дала и еду. Обласкала. А меня это мучило, веришь? Всю жизнь мучило – ты ведь такая... Святая, Оль. А я, я дрянь! И я это знаю. – И повторила: – Ну я пошла?

Ольга Петровна ей не ответила.

Тут же хлопнула входная дверь. «Все закончилось, – мелькнуло у Ольги Петровны. – Все закончилось. Все».

Она легла на кровать и закрыла глаза. Хоть бы заснуть и не проснуться. Это был бы лучший выход. Но сон не шел. Голова гудела, словно пивной котел. Она как будто слышала звук – гонг или колокол? Удар. Хорошо бы хватил удар! Но так, чтобы сразу. Чтобы без мук. Никого не мучить, никого из родных. Мама не переживет. А все остальные... Все остальные останутся жить – теперь она в этом не сомневается.

Муж, дочь. У Левы работа. Да и мужик он еще вполне ничего. Крепкий, здоровый. Закаленный. А может? Да запросто! Даже там, в экспедиции! Там тоже есть женщины, и молодые! Подберет какую-нибудь. Да запросто подберет. И проживет новую жизнь. А если... если там давно уже есть женщина? Почему бы и нет? Столько времени проводится вместе. Работа и отдых, общие интересы. Им, мужчинам, это всегда очень льстит. Нет, в том, что Лева не пропадет, теперь она уверена.

А Ирка... И *эта* не пропадет! Впервые она назвала любимую дочку не по имени, а местоимением. Назвала и сама вздрогнула. Тошно. Да, именно тошно! В доме, в ее родном доме, который она создавала всю свою жизнь, собирала по крупицам, по мелочам. Выстраивала его по кирпичикам. Чтобы крепко стоял. Чтобы всем было тепло и уютно. Чтобы дом этот был прочной, незыблемой крепостью. Пристанью. И они, ее самые близкие, были защищены от невзгод и проблем. Ведь дом – это так много, верно? Это же самое главное! Целую жизнь посвятила – всю свою, как оказалось никчемную, жизнь. Все – им, все для них. А они? Они оказались предателями и лгунами. Они ее предали. Растоптали. Ложью своей растоптали. Муж. Дочь. Сестра.

Она вспомнила тот страшный год. Заплакала. Всю жизнь она прожила с чувством вины – бросила свекровь, бросила мужа. В памяти всплыли дни, когда она моталась в больницу, выхаживая его. Как кормила его с ложки, выводила на улицу. Радовалась тому, как он поел. Как прошелся по больничному парку. Как захотел мороженое и как она бросилась к метро, чтобы ему это мороженое принести. Как прислушивалась к его дыханию. Как... Как дотронулась до него, чтобы выпросить ласку. А он... Он в это время страдал. Страдал и скучал по этой Мусе! Он хотел уйти от нее, жены. От своей дочери!

Не хочется жить. Совсем не хочется жить. Может быть, все закончить? Нет, никогда! Не ради них – ради мамы.

А эта маленькая скромница! Схимница эта! Бегает к женатому мужику и... Стонет под ним. Обнимает его. Целует. Чем она лучше Муси? Да ничем!

И Ольга Петровна почувствовала, что брезгует дочерью. Что та стала ей неприятна. Мелькнула мысль – пожалеть? Во что девка вляпалась! Да, Муся права! Такое бывает. И кстати, часто бывает! Ирка – дура. Неопытная и наивная дура. Точнее – дурочка. Так будет точнее. Только отчего мне ее не жалко? Да оттого, что она все время врала! Бегала к чужому мужику и врала – «театр, подружка, семинар, подружкина дача, подготовка к экзаменам». А сама в это время... В чужих квартирах обнимала чужого мужика.

Если бы Иришка поделилась, поплакалась. Осознала, во что она влипла. Они бы вместе – мать и дочь – придумали что-нибудь. Ольга бы утешила дочь, оправдала. Или попыталась бы оправдать. А так...

Всю жизнь она думала, что дочке подруга. Что может ее защитить, прикрыть от непоправимых ошибок. От беды. А вышло...

Никому она не нужна – вот что вышло. Все могут без нее перебиться. Ирке даже станет полегче – мать не будет вызванивать ее, мучить вопросами, где была да с кем.

Такая ерунда – сегодня рухнула жизнь. И ее, Ольгу, засыпало обломками и осколками – только и всего! Правда ведь – ерунда?

* * *

Дочка пришла поздно. Удивилась, что мать не встала, не встретила, не предложила поесть.

Заглянула к ней:

– Мам! Все в порядке?

– В порядке, – коротко ответила Ольга Петровна. – Иди, Ира. Я сплю. Иди.

Все в порядке. Конечно, в порядке!

Три дня провалялась как в обмороке – не ела, не пила. Не разговаривала. Дочь забеспокоилась всерьез:

– Мам, а может, врача?

От врача отказалась. Какой врач ей поможет? Смешно.

На четвертый день встала и принялась за дела.

Уборка, готовка. Список в магазин – хлеб, молоко, кефир, яблоки.

Раз живу, раз осталась жить... Ну, значит, так надо.

Через неделю стало полегче. Чуть-чуть стало полегче – у женщины должны быть дела. Много дел. Тогда и черные мысли уйдут, вспоминала Ольга Петровна слова бабушки.

И вправду, за этими обычными, такими знакомыми, рядовыми и привычными хлопотами ей стало легче.

Муж должен был приехать через неделю. Новый год приближался. Надо было съездить к маме, привезти ей продукты. Купить дрожжи и капусту на пироги. Не забыть шампанское, апельсины, ананас – Иришка его обожает. Ну что там еще? Ах да, соленые огурцы на салат! Слава богу, что вспомнила. И еще – зеленый горошек.

За пять дней до приезда мужа пошла в парикмахерскую – маникюр, педикюр, покрасила волосы. У косметолога сделала массаж и маску.

«Зачем?» – задала себе этот вопрос и оставила его без ответа.

А потом раздался телефонный звонок. Звонили из больницы:

– Ольга Петровна? Я звоню по поручению Марии Григорьевны Шаблиной. Это ведь ваша сестра, я не ошиблась? Так вот, Мария Григорьевна сейчас в больнице, в нашей районке. Три дня назад ее увезли с сердечным приступом. Подозревали инфаркт. К счастью, не подтвердился. Ей чуть получше. Но полежит еще пару недель, никак не меньше. Ей нужны кое-какие вещи – ночная рубашка, домашние тапочки. Да, халат! Желательно теплый – топят у нас хорошо, только вот из щелей страшно дует! Что еще? Ах да! Что-нибудь почитать. Журналы или что-нибудь легкое – детектив, например. Ой, хорошо, что не забыла! Две пары трусов и свежий бюстгальтер. Ну и сладенького – конфет, вафель или печенья.

Ольга Петровна молчала.

– Вы меня слышите? – насторожились на том конце провода.

— Слышу, — коротко ответила Ольга Петровна. — Простите — а вы кто?

— Я ее соседка — лежим рядом, в одной палате. Светланой зовут. Я тоже тут с сердцем — муж доконал, сволочь такая!

— Я вас поняла, — сухо перебила ее Ольга Петровна.

Господи, еще слушать про сволочь-мужа... Еще не хватало.

А Светлана, ничуть не смутившись, бодро продолжила:

— Мария Григорьевна сказала — «у меня замечательная сестра! Ни в чем не откажет!». Да, и еще, вы уж меня простите...

— Слушаю вас, — сухо ответила Ольга.

— Денег бы — вы уж меня извините! Мария Григорьевна не просила, это я от себя. Вы ж понимаете — здесь все дают! Медсестрам, врачам. Так тут принято. Не очень правильно, да. Я понимаю. Но такая реальность, что уж поделать... А кто не дает — тому, да, будет несладко. Вы уж простите меня, — повторила Светлана жалобным голосом, — за мою, так сказать, самодеятельность! Но Мария Григорьевна человек одинокий. И очень стеснительный, как я поняла. Сама ни за что не попросит. Вы согласны со мной? Не обижаетесь, а? Очень жалко ее, Марию Григорьевну! Ко всем ходят, а к ней... Ни яблочка, ни конфетки. А скоро ведь праздник!

— Не обижаюсь, — сухо ответила Ольга Петровна, — и все понимаю.

Положив трубку, отругала себя: «Зачем я вообще слушала весь этот бред? Какое мне дело до этой Марии Григорьевны? До ее болезни, до ее больницы? До ее яблочек и конфет? Почему я не бросила трубку? А потому что дура! Как была, так и осталась. Вот почему». И тут же разозлилась на Мусю: «Вот ведь дрянь! И после всего, что она натворила. Без совести и без чести. Впрочем, что удивляться? А когда Муся была другой? Наглости ей было не занимать. Уж если ей что-то надо... На все наплевать! На все и на всех – философия жизни».

И без того отвратительное настроение совсем испортилось.

Ольга Петровна принялась за глажку – лучшая терапия. Гладила она долго, старательно, тщательно, так, что заболела рука.

Потом плюхнулась на диван и расплакалась. Больше всего на свете ей хочется забыть эту дрянь! А она не дает! Взывает к совести – валяется там одна, голодная, холодная, всеми брошенная. А как ты хотела, милочка? Как жизнь прожила, то и имеешь.

Дочь позвонила и предупредила, что сегодня ночует у Ленки.

– Ты уверена? – жестко спросила мать.

– В чем? – растерялась та. – В чем я уверена, мам?

– Да в том, что у Ленки! – недобро усмехнулась Ольга Петровна.

Помолчав, дрогнувшим голосом Иришка ответила:

– А если и нет, то это моя жизнь, мама! И вообще ты ничего не понимаешь! Совсем ничего!

— Где уж мне!

Но дочь ее не услышала — бросила трубку. Ольге Петровне показалось, что Иришка расплакалась. Или только показалось?

Все правильно — это ее жизнь. И она ее проживет — только она. Со всеми ошибками, болью. Страданием и счастьем. Проживет так, как захочет. И никто не сможет ей запретить и ее предостеречь.

Она набьет свои шишки и прольет свои слезы. А мать будет страдать вместе с ней, жалеть ее и утирать ее слезы. Потому, что мать. Вот и все.

* * *

На следующий день Ольга Петровна встала рано. Быстро умылась, оделась и наспех выпила кофе.

«Районка» была ей хорошо известна — когда-то в ней лежал дядя Гриша, Мусин отец.

Доехала быстро — на троллейбусе минут пятнадцать. Зашла в магазин, купила апельсины, яблоки, пару лимонов. Подумала и добавила кекс и пирожки.

В здании больницы подошла к справочной.

— Мария Григорьевна Шаблина? Такая имеется, да. Вторая терапия, третий этаж, пятый корпус. — Регистраторша посмотрела на часы, висящие на стене напротив. — Пока дойдете, посещения откроются. Без пяти одиннадцать сейчас, а у нас пускают с одиннадцати.

Ольга Петровна поблагодарила и кивнула.

В корпусе подошла к гардеробщице. Украдкой сунула ей три тысячи мелкими купюрами и, отдав пакет с покупками, назвала палату и фамилию больной.

– Отнесите, пожалуйста! А это – вам! – И добавила еще триста рублей.

Та, оглянувшись, сунула деньги в карман синего халата и заговорщицки кивнула.

– А что сама не занесешь? Не желаешь? Чужой, что ли, кто?

– Чужой! – подтвердила Ольга Петровна, добавив: – И да, не желаю! – И быстро пошла к выходу.

На улице было бело и снежно. Она словно впервые огляделась и увидела всю эту предновогоднюю красоту, как всегда, обещающую радость и обновление. Жизнь.

Она глубоко вдохнула свежий морозный воздух и заторопилась домой.

Дома было столько дел! Что говорить – Новый год. Праздник семейный. Конечно, семейный!

И значит, нужно спешить. Дела ждать не будут.

Определенно не будут!

И еще в эту минуту она поняла, твердо осознала, что ни одного вопроса она никому не задаст – ни дочке, ни мужу. Мужу – к чему? Все давно быльем поросло, почти прожита жизнь. Зачем ворошить?

А дочка... Захочет – расскажет сама, если в этом будет нужда. А если нет – так и это бывает. Не все человек может рассказать. И не все объяснить. Даже собственной матери. И еще... Может, она боится услышать ответ?

Незаданные вопросы

Да нет, совсем не в этом дело. Просто иногда складывается так, что вопросы лучше не задавать. Пусть они остаются, эти сложные незаданные вопросы. И дело тут не в ответе, совсем не в ответе!

Дело в том, что не на все вопросы бывают ответы.

И вообще, хватит слез и страданий! Впереди Новый год! Хватит ныть. Надо просто продолжать жить. Вот и все. Только... Все ли?

Алушта

Сколько сумочек должно быть у женщины, ну, у работающей советской женщины? А туфель? Спросить бы у Имельды Маркос! Хотя кто о ней, об Имельде, тогда слышал? Или, может, у нее, у Имельды, тогда еще не было бесконечных стеллажей с туфельками, сумочками и всем остальным?

Да бог с ней, с Имельдой. Вот у Алушты было девять сумочек. А туфель – на одну пару меньше. И все эти туфли и сумочки доставались Алуште, прямо скажем, с кровью. С ее-то зарплатой участковой медсестры. Хотя работала она на полторы ставки, и на уколы бегала по трем участкам, да плюс частники. А все из-за любви к тряпкам. Правда, они отвечали ей взаимностью. Фигура! Почти идеальные пропорции. С лицом – хуже. Но все вместе не бывает.

Тряпки любила самозабвенно. Первую неделю после зарплаты еще готовила и, соответственно, ела. Дальше – бородинский хлеб с солью, жаренный на пахучем деревенском масле, плюс чай. Кто скажет, что невкусно? Еще счастье, что не поправлялась ни на грамм.

Доставать тогда тряпки было почти нереально. Способов у Алушты было три. Первый – скупать слегка поношенное у молодой «ухо-горло-носихи», на Алуштино счастье, сильно располневшей после родов и посему отдававшей все Алуште, потихоньку и смущаясь, почти за копейки. Муж у врачихи был дипкурьер – все время мотался за кордон.

Второй – запойная продавщица Люська из универмага «Москва». Вредная до жути – с похмелья ничего не даст, а похмелье почти всегда. Еще обожала, чтобы ее упрашивали, унижались. Просто кайф ловила. Садюга.

Третий – сосед по коммуналке. Пиаф. Фарцовщик и гомик. Тихий, славный парень. Слабый на алкоголь. Когда выпивал, уступал все совсем по дешевке. А наутро жалел, мучился. Вообще они с Алуштой дружили. Оба одинокие, неприкаянные. Оба ждут любви – надеются. Обоим несладко. Алушта – вообще сирота, а у Пиафа родители в Брянске, работяги. Да и те от него отказались. Сын, гомик и фарца, был для них позором, а не сыном. Слава богу, там, в Брянске, оставалась нормальная дочь с умеренно пьющим зятем и внуки – все как у людей. Утешились.

Алуштой Алку прозвал Пиаф. Сначала она была, естественно, Алуша. Ей понравилось. Пиафа звали Эдиком, а он называл себя Эдит – отсюда и Пиаф. В его среде имя за ним прочно закрепилось. Там было принято иметь клички или прозвища.

Жили дружно, хотя Алушта – безалаберная, а Пиаф – страшный аккуратист. Покрикивал на Алушту, что та унитаз плохо моет. Она огрызалась. И повелось: он убирает, она его подкармливает. В первую, «сытую», неделю варила борщи, жарила котлеты.

У Пиафа была узкая специализация – фарцевал только джинсой: джинсовые куртки, джинсовые плащи, джинсовые сумки и даже джинсовые сабо. На Алуште все сидело безупречно. Она мерила – Пиаф любовался и нахваливал свой товар.

Третий год Пиаф страдал по какому-то Ленчику, своей изменчивой пассии. Ленчик его исправно мучил – Пиаф рыдал и обещал повеситься. Алушта друга утешала и кормила «ежиками» в томатной подливе. У нее самой был дурацкий двухлетний роман с завхозом Санычем, отставным военным.

После тяжелой и рыхлой пергидролевой жены Алушта казалась Санычу нездешним цветком – тоненькая, узкоглазая, с блестящими прямыми волосами. Встречались у друга Саныча, когда тот был на работе – что-то сторожил сутками. Саныч всегда торопился домой, смотрел на часы, но Алуштой искренне восхищался. По праздникам всегда давал конверт, а в конверте – сто рублей. Приличные по тем временам деньги. Протягивал и приговаривал, явно довольный собой: «Купи себе что-нибудь нарядненькое». Алушта так и поступала.

Вообще-то Санычу хотелось сходить с Алуштой в эстрадный концерт или ресторан: мужик он был нежадный, да и деньги водились – подворовывал. Еще ему хотелось пройтись с Алуштой по улице Горького или даже съездить в Сочи. Так, короче, чтобы все видели, с какой «картинкой» он идет. Но нельзя. Семья. Дети. Даже внуки. Приходилось шифроваться. Но, вообще-то, его все устраивало. Алушта ничего не требовала, как катится, так и катится. Всем неплохо. У нее – никаких обязательств: здоровый секс без заморочек и плюс конвертик к праздникам, а был бы муж – отчитывал бы за каждую юбку или босоножки. У него – опять же здоровый секс и тоже никаких обязательств. Плюс эстетическое удовольствие от вида Алушты. Всем хорошо. Даже его жене. Потому что ей ничего не грозит.

Но пора пришла – и Алушта влюбилась. На вызове. Правда, в необычного больного – известного актера, чуть-чуть уже забытого, но лишь совсем чуть-чуть, да и то молодым поколением. А для поколения Алушты – кумир, однозначно. Он был белокур и красив ангельской красотой. Играл принцев и викингов. Когда она пришла сделать артисту укол, тот лежал один, заброшенный, в жуткой грязи и запустении. Заболел он детским инфекционным заболеванием со смешным названием «свинка». Звучит смешно – а последствия самые серьезные. Его эти последствия, слава богу, не коснулись. Алушта сделала ему укол, а потом, оглядев квартиру и вздохнув, пошла на кухню мыть посуду. Часа два мыла. Потом заглянула в холодильник – там мышь повесилась. Заслуженный артист ел тюрю: подсолнечное масло, а туда – хлеб и лук. Кошмар и ужас. Алушта оделась и пошла домой. Вернулась с банкой борща и куриными котлетами – «оторвала» от бедного Пиафа. Больной со вздохом медленно глотал, и в глазах его стояли слезы.

Так все и началось. Алушта ему нравилась – простая, без капризов, чистоплотная, с борщами и котлетами. Да к тому же пикантная. Он очень точно определил ее этим словом. Те женщины, которых раньше подбрасывала ему судьба, были совсем другими.

Теперь Алушта пропадала у артиста сутками. Делала витаминные уколы, терла морковь с яблоком, убирала, ходила в магазин. И даже сшила занавески на кухню – мелкий ситцевый цветочек. Он искренне умилялся. Так о нем не заботилась ни одна из трех его жен, ни одна из многочисленных любовниц и даже ни одна из не менее многочисленных поклонниц.

О том, что он на ней женится, Алушта и мечтать про себя боялась. Кто он – и кто она? Но все же где-то в душе, глубоко-глубоко, все-таки иногда мелькало: а вдруг... Ну, брали же из народа? Брали. Вдруг...

Никаких «вдруг». Через год он женился на немолодой мужиковатой голландке, которая его и вывезла. Он давно мечтал слинять. Алушта убивалась. Рыдала днем и ночью. Опухла от слез. Взяла больничный. Пиаф жалел ее, гладил, обнимал, варил кофе, сидел возле ее кровати, неловко пытался рассмешить. Не получалось.

Алушта

В сентябре она взяла отпуск и решила уехать к морю. Верила, что море вылечит. Пиаф упросился ехать с ней. На Кавказ девушке ехать одной нельзя. Аргумент. Ладно, вдвоем веселее и дешевле. Хотя тоже мне кавалер-защитник!

Остановились в Лоо, сняли комнату у старой армянки. Та поставила в саду стол и две шаткие табуретки — ешьте на воздухе. Разрешила обрывать деревья — персики, сливы, груши. Ночью маялись животом. Вечером долго сидели в саду, под одуряющие южные запахи пили домашнее вино из молочных бутылок, закусывали инжиром, курили, трепались. А утром маялись тоской: Алушта — по артисту, а Пиаф — по изменчивому Ленчику.

Алушта злилась, говорила, что не для того Пиафа с собой взяла. Не для нытья, а для поддержания ее, Алуштиного, духа. Получалось плоховато. Ездили гулять в Сочи. Там, на набережной, на Пиафа поглядывали его собратья и недоумевали: вроде свой, а с бабой. А на Алушту с тем же интересом поглядывали натуралы. Бабец ничего, фигуристая, а мужик рядом с ней — не мужик, а сопля. И тоже удивлялись. А Алуште было все равно. Лишь бы душа не болела.

Вечером поздно шли купаться, плавали под черным южным небом, и вроде бы слегка отпускало. Спали на одной кровати, под разными одеялами. И однажды случилось то, что случиться было не должно. По всем законам жанра. Утром, обалдевший от себя самого больше, чем от Алушты, Пиаф сделал вид, что крепко спит. Смущенная Алушта этому обрадовалась и пошла на пляж одна. Там она опять с удвоенной силой вспомнила актера и, заплывая далеко за буек, ревела белугой громко, в голос. Потом, уже на берегу, успокоилась, и ей даже стало весело. На рынке купила вареную кукурузу, чебуреки, дыню и пошла домой кормить Пиафа.

Он, обалдевший от всего произошедшего, курил на ступеньках дома – тощий и взъерошенный, смешной и жалкий. «Не дрейфь», – ободрила его Алушта и отдала Пиафу еще теплые чебуреки. К вечеру они уже смеялись и договорились все забыть как недоразумение.

Забыть не вышло. О том, что она «попалась», Алушта поняла недели через две – стало тошнить. Так редко, но бывает. Пиафу решила ничего не говорить. Ее проблема. Главное было самой решить, что делать. Это было труднее всего.

Срок увеличивался – а она так ничего и не решила. Сказала грузинке Кетеван из процедурного, они приятельствовали. Та удивилась:

– Еще думаешь?

– Я же одна!

– Ничего, не война. Дети – это же счастье, – сердилась строгая Кетеван.

Пиаф узнал обо всем случайно, когда Алушту рвало в туалете.

– Отравилась? – участливо спросил он.

– Ага, два месяца назад.

Пиаф все понял. Побелел.

– Что делать-то будем? – по-деревенски сокрушался он.

– Я – рожать, – прикинулась веселой Алушта.

Через месяц они расписались. Теперь Пиаф таскал тяжелое сам – картошку, капусту, молоко. Убирал еще тщательнее, фарцевал с удвоенной силой – ребенку много чего надо.

Алушта молилась, чтобы была девочка. По понятным причинам.

У Пиафа наладилось с коварным Ленчиком, и из роддома Алушту с дочкой забирали они оба – Пиаф и Ленчик. Девочку назвали Стефкой. Потом зашла грузная и строгая Кетеван, принесла сациви и пхали к столу. Немного посидела и, страшно смущаясь, быстро ушла. Пиаф с Ленчиком разглядывали девочку и умилялись. Алушта была еще совсем слаба.

Пиаф оказался трепетным отцом – стирал, гладил, бегал на молочную кухню. Все на подъеме. Пока Ленчик в очередной раз его не бросил. Пиаф опять страдал и портил Алуште жизнь. А потом стал канючить, что нужно уезжать «из этой сраной страны, где меня все равно посадят рано или поздно – либо за фарцу, либо сама знаешь за что».

У Алушты были дальние-предальние родственники в Америке. Прислали вызов. Она даже не понимала четко, что делает, но Пиаф оказался настойчив, и она сдалась.

В Италии, в Остии, где была передержка эмигрантов, у Пиафа случился головокружительный роман с красавцем и богачом Марио. Владельцем ресторана, между прочим. Тот «снял» его на пляже. Пиаф остался в Италии. Марио подарил ему красный двухдверный «Мерседес» с черным брезентовым откидывающимся верхом. Счастье пришло.

Алушта с дочкой улетела в Америку. Сначала было трудно – труднее не бывает. А потом ничего, пообвыклась. Работала сначала санитаркой, а потом – медсестрой в муниципальном госпитале в Нью-Джерси. Стефку теперь звали Стефани, и она обещала быть красавицей.

Пиаф присылал деньги – небольшие, но аккуратно. А она отсылала в Италию толстые конверты со Стефкиными фотографиями. И вообще там, в Италии, Пиаф и Марио вели роскошную, богатую, по ее, Алуштиным, понятиям и письмам Пиафа, жизнь.

В тридцать восемь лет Алушта вышла замуж за коллегу, врача из своего госпиталя, американца Джефри. У него был хороший дом в Вестчестере и приличный счет в банке. Стефани он полюбил всей душой. Алушта с годами стала очень стильной: фигура та же, не испорченная родами, свои блестящие волосы она теперь красила в медно-рыжий цвет и носила очки с дымкой – не видно морщин.

Пиаф с Марио приезжали в Америку каждый год. Пиаф был все такой же субтильный подросток, если не разглядывать лицо. Всякий раз они впятером снимали на неделю дом на Кейп-Коде – на океане. Вечерами делали барбекю и пили некрепкое американское пиво. Восьмилетняя Стефани нещадно кокетничала

с Марио. Он и вправду был красавец. Все друг друга очень любили.

Алушта сидела на балконе в полотняном глубоком шезлонге и, глядя на эту компанию, думала: а если бы тогда актер не бросил ее, а Ленчик – Пиафа? А если бы они не поехали тогда в Сочи? А если бы не пришло приглашение от дальних родственников? Страшно подумать, что бы было, если бы... Ох, если бы да кабы, вздыхала Алушта и улыбалась.

А что касается тряпок, то Алушта почему-то к ним абсолютно остыла. Даже странно. Почему? Может, от такого изобилия?

Шарфик от Ямамото

Это, конечно, был не первый бал Наташи Ростовой. Это был просто выход в свет после долгого перерыва длиной в беременность, плавно перетекшей, как и положено, в роды. А дальше бессонные ночи и кормления каждые три часа – словом, неустанный, ритмичный конвейер, где все, конечно, счастье, только где взять силы? Это вот сейчас все стало, слава богу, просто, не нужно упрашивать усталых, замученных работой бабушек посидеть вечером с дитятей. Сейчас все зависит от толщины бумажника: хочешь – няню постоянную и ты – человек, а хочешь – на вечер, просто перевести дух. В те времена институт нянь уже истребили, бабушки работали, и мы, бледные, истерзанные бессонницей, неустроенным бытом и вечным отсутствием денег молодые мамаши, только и могли мечтать о том, чтобы вырваться в центр, поглазеть на скудные витрины и прилавки, да просто подышать воздухом свободы и сменить обстановку. Обернуться надо было за три часа. Это перерыв между кормлениями. Час – дорога туда, час – на прогулку, час – на дорогу домой. Вырваться хотела страшно, а вот домой уже почти бежала. Было беспокойно и тревожно. Почему, господи?

Так вот, если не Наташей Ростовой, то Золушкой я почувствовала себя точно. Потому что, как всегда, нечего было надеть. Нечего вообще, а после родов в частности. А случай выйти в свет представился почти уникальный. Мои родители получили приглашение в почти недоступное место – новый роскошный гостиничный комплекс, стоявший на берегу Москвы-реки. «Контик» – как называло его мое поколение. Это было событие. Простые смертные туда не допускались – ни боже мой! Об отеле ходили почти народные сказания – про прозрачные лифты, про сказочные часы с поющими петухами, про бассейны с натуральными пальмами, про японские – (японские!) – рестораны, где едят сырую (вы в это верите?) рыбу. Из моих знакомых там, конечно, не был никто.

И вот мне, зачуханной кормящей матери, тяжело отходившей и тяжело отродившей, вкусившей счастье материнства и уже несущей его тяжкое бремя и, конечно, даже не помышляющей о светской жизни (была ли она тогда вообще?), выпадает шанс туда не просто сунуть нос, а пройти на высоком уровне, с экскурсией (тогда по отелю водили негласные экскурсии), поплавать в бассейне, попариться в сауне, отужинать в ресторане – короче, по полной программе.

Родители робко спросили приглашающую сторону, нельзя ли, дескать, и детей захватить?

– Ну отчего же? – Дядя был добрый, дяде было не жалко. Дядя был из органов, но с виду совсем не страшный.

С мамой все было просто: во-первых, она была красавица, а во-вторых, модница. Проблемы «в чем пойти?» у нее не было в принципе. Вопрос гасился сам собой, когда открывались дверцы гардероба. Со мной было не совсем так, а вернее, совсем не так. Последними моими нарядами были «беременное» платье, отданное подругой Лоркой, скрывавшее, по-моему, уже шестой по счету живот (оно передавалось по наследству), старые джинсы и пара маек, чтобы гулять с коляской в парке.

Покупать было особо не на что, доставать было негде, да и «выходить» было как-то некуда. Это здорово выручало, но здесь был не тот случай.

– Ладно, – вздохнула мама, услышав мои рыдания по телефону,– «раз в жизни, раз в жизни», – передразнила она меня, – возьми мое черное платье.

Это было великодушно! И даже благородно! На это я и не рассчитывала. Во-первых, оно меня худит! А это всегда было главным критерием в одежде. Во-вторых, черный мне так шел! (Любовь к нему я сохранила на всю жизнь, оказывается.) В-третьих, платье было шелковистое, с открытой спиной и грудью, вырез – каре, на тоненьких бретельках. Словом, сама элегантность. В девяностые годы это уже называли «маленькое черное платье», кстати.

Я встала на каблуки, распустила волосы, и... Ну, в общем, я себе понравилась. И еще я увидела, что я такая молодая, и мне понравились мои серые глаза и черные брови, и захотелось задержаться у зеркала еще на минуту, бросить загадочный взгляд в никуда, а не пробегать мимо в халате, хвост перетянут черной аптекарской резинкой, круги под глазами, а в глазах – озабоченность, в общем, олицетворение материнства. А тут... не все, значит, истребили, гады, – это я про мужа и сына, любя, конечно.

К «Контику» подъехали торжественно: мама-красавица, как всегда, с элегантным мужем, я тоже ничего себе – красавица со слегка затравленными глазами (молоко сцежено на одно кормление вперед, ребенок остался с соседкой), муж напряженный, в свадебном костюме (другого у него не было еще лет десять).

Нам показывали комплекс, мы искренне охали и удивлялись. Конечно же, прокатились в стеклянных лифтах, поахали у бассейна с бирюзовой водой, потрогали листья действительно натуральных пальм – и наш табунчик, цокавший за этим главным дядей, показывавшим все с такой гордостью, словно это были его родовые владения, наша такая разношерстная компания умилялась, восторженно причмокивала, качала восхищенно головами и предвкушала: что же там впереди? Наверное, японский ресторан! О наивные! Мы не входили в список тех, кому полагались блага по полной программе. Мы попали туда почти случайно – просто мамин муж оказал любезность главному дяде, но в список VIP-персон все же не попал. В нашу программу входили беглая обзорная экскурсия, часок сауны и скудный фуршет – бутерброды плюс шампанское. Но мы и так были безмерно счастливы! Мы побывали почти за границей! Это было событие, достойное обсуждения с друзьями.

Итак, все возбуждены и предвкушают продолжение праздника – а я с безумными глазами ищу телефон, чтобы позвонить соседке, сидящей с моим ребенком. Телефон обнаруживается в холле, я чуть отстаю, но номер занят. Я говорю, что догоню их всех и найду в сауне, так как париться мне все равно нельзя. Процессия удаляется, а я остаюсь. И уже понимаю, зная любовь соседки к телефонному трепу, что оставшееся время, скорее всего, проведу здесь. Я уютно располагаюсь на мягком кожаном диване недалеко от таксофона и набираюсь терпения. От нечего делать оглядываюсь вокруг: в центре зала – круглая барная стойка, несколько иностранцев, что-то потягивающих из высоких бокалов, и несколько девушек – молодых и постарше, очень стильных, длинноногих и ухоженных и почему-то рассматривающих меня с интересом. Тут до меня доходит, что это – путаны и что они, видимо, недоумевают, кто я, откуда и что делаю практически на их насесте. Но минут через десять они, видя мою очередную ходку к телефону, понимают, зачем я здесь, и совершенно теряют ко мне интерес. Я осознаю, что не дозвонюсь в ближайшие полчаса, что мне бы встать и уйти. Но что я буду делать у бассейна?

Сидеть и всем объяснять, что мне нельзя ни плавать, ни париться? И покоя на душе уже точно не будет. И с упорством маньяка продолжаю мотаться к телефону. Да и, в конце концов, здесь даже интереснее. Где я увижу эту, другую, жизнь так близко? А завтра буду рассказывать об этом подружкам — и многочасовое, муторное мотание с колясками по кругу, по кругу, как цирковые лошади, пройдет под этот треп легко и незаметно.

И тут, когда я поняла, что мне нужно делать (а это, как известно, в жизни главное), и почти расслабилась, я увидела, как ко мне, явно ко мне, направляется мужчина. Фирмач, высокий, светловолосый и бородатый, вполне симпатичный дядька. Присаживается рядом, правда, испросив позволения. На это моего скудного английского хватает (о дивные знания, полученные в советской десятилетке!). И тут я вижу, как вся публика разворачивается на сто восемьдесят градусов в мою сторону — и девочки, и бармен. Я покрываюсь испариной и выдавливаю из себя жалкое подобие улыбки. И на всякий случай отодвигаюсь от фирмача подальше — диванчик позволяет — сантиметров эдак на пять-шесть. Он радостно придвигается ко мне. Отступать некуда, только если бежать. Он что-то мне рассказывает, закидывает ногу на ногу, раскуривает трубку, и в этот момент я начинаю сомневаться: а вдруг я не права? Может, человек просто захотел побеседовать, хотя собеседник из меня... прямо скажем. Из жалкого набора слов, которые я в другой, менее ответственный момент, может быть, и вспомнила бы, сейчас осталось только «сорри» и «фенькью» – очень миленько и обнадеживающе. Именно это я и лепечу примерно раз в минуту. А его, кажется, это не слишком задевает.

«Господи, ну чего ему надо? Я его совсем не понимаю!» И под прицелом любопытных и внимательных глаз никак не могу собрать волю в кулак и объяснить дяде, где находится ресепшен, или справочное бюро, как говорили тогда, где полно квалифицированных англоговорящих людей, которые дали бы ответы на все его вопросы. А то привязался к девочке какой-то полудебильной! Хотя разве у него вопросы? Что-то рассказывает, улыбается. Теперь вот что-то вопрошает.

Господи! За что мне все это? Мне, далеко не самой робкой, а вот ведь закомплексованный совок – как есть, никуда от него не денешься. Бородач подвинулся ко мне совсем уж интимно и начал называть какие-то цифры. Да... Девочка-то была когда-то совсем неглупая, а вот беременность, тяжелые роды и грудное вскармливание свое дело сделали. Ну спасибо, хоть не обидел. Сто долларов предлагаешь? Нет, немало, совсем немало, даже много. Чересчур даже. На уровне цена, только как бы тебе объяснить, что я здесь по другому поводу? И только я собралась резко встать и оскорбиться, как увидела его расширенные от ужаса глаза и откляченный подбородок. Он смотрел на меня, но не на лицо, а ниже, на грудь, в общем. Господи, ну а там-то он чего не видел?

Я опускаю глаза и вижу причину его, мягко говоря, удивления: на черном трикотажном платье медленно, но верно равномерно расплываются два огромных молочных пятна. Да не просто пятна, а через пару минут уже можно будет подставлять тару. Бармен! Элегантный конусообразный бокальчик под мартини подойдет! Мне стало смешно. Решил сластолюбец девочку снять и выбрал загадочную с синяками под глазами, видно, очень порочная девочка. А девочка не загадочная, а озабоченная, а синяки под глазами – от бесконечных бессонных ночей. А тут такое! Вот уж он расскажет на своей сытой родине, что кормящие матери на панель выходят. Вот страна! Вот довели! (Потом мы увидим, что вправду до этого доведут, но это будет спустя лет двадцать.) Мне стало жутковато под прицелом глаз: ни прикрыться, ни укрыться! Вот тебе и выход в свет, вот и погуляли! И все мое упрямство! Ребенку дозвониться! А ребенок-то спит и в звонках твоих не нуждается.

Теперь уже дядька этот «засорькал» беспрестанно, начал пятиться задом и исчез. А я осталась на том же дурацком диване в дурацком мокром платье и в дурацком же положении. Публика уже потеряла ко мне интерес, все занялись своими делами. Тут появился мой муж и начал на меня нервно покрикивать:

– Ну где ты ходишь?

– Я сижу, между прочим, ходишь ты. – В логике мне всегда было отказать трудно.

– Все ждут тебя, цацу, идем, все уже в ресторане, все хотят есть и ждут только тебя!

О господи! Я всегда должна была чувствовать себя виноватой.

— Не могу, — прошелестела я, — мне нужно домой.

— Что-то с ребенком? — встревожился муж. Отец, надо сказать, он всегда был прекрасный.

— Нет, со мной. Неприятность. Вот. — Я показала ему взглядом вниз.

— Всегда с тобой так. А подумать заранее? А предусмотреть? — шипел он.

— Эй! — услышали мы хрипловатый голос. — Ты сначала поболтайся девять месяцев с брюхом, да при этом жрать тебе подай, постирай, да еще ночью такую позу прими, чтобы и тебе, козлу, хорошо было, и ребеночку нс навредить. А потом выроди, выкорми, попробуй денек-другой, а потом поори, если силы останутся!

Незнакомка презрительно отвернулась от моего обалдевшего и притихшего мужа и, обращаясь ко мне, протянула шарф — черно-белый, тонкий, шелковый:

— Возьми, прикройся и иди, иди, девочка, гуляй!

Я растерянно смотрела на нее. Запомнила только черные блестящие волосы с челкой по брови и красные яркие губы. Больше косметики на ней не было. Она уже отходила к своему столику, чуть-чуть пошатываясь на тонких каблуках.

— Спасибо! — выкрикнула я ей уже в спину. — Большое спасибо!

Не оборачиваясь, она махнула рукой, дескать, не за что.

Муж резко взял меня за руку и потащил куда-то:

— Зачем взяла? У кого? Совсем с ума сошла!

— А что мне было делать? — как всегда, оправдывалась я.

— Сама виновата! — шипел муж — уже тогда мы переставали понимать друг друга.

В скромном зальчике с довольно застиранными по-советски белыми скатертями был накрыт бедноватый фуршет — много водки и шампанского, бутерброды с рыбой, ветчиной, колбасой. Ужасно захотелось домой, к бабушкиным куриным котлетам и жаренной в сухарях цветной капусте. И тут я поняла, как ужасно соскучилась по сыну. К горлу подкатил комок. Первый раз я рассталась с ним так надолго.

Легкий шелковый черно-белый шарф с японскими (или китайскими?) иероглифами чудным образом скрыл мою неприятность.

Вообще, по-моему, уже всем хотелось поскорее разойтись. Всем, кроме жены главного дяди — красавицы казачки. Напилась она минут за десять, видимо, на старые дрожжи, и внятно сказала, глядя на мужа:

— Ненавижу! Как же я тебя ненавижу! Все слышали?

И обвела тяжелым взглядом нашу такую, в общем, малознакомую компанию.

Все повздыхали, стали суетливо собираться, пряча глаза, и благодарить за прием. Потом мы двинулись к выходу.

— Какой милый шарфик, — отметила мама, прогарцевав мимо меня.

В холле у барной стойки нашей невольной знакомой уже не было. Да и подружек ее — тоже.

– Что будем делать? – угрожающе спросил муж.

– Отдадим бармену, – предложила я.

– Ничего не знаю, – отказался он. – Вы гости N? Вот ему все и объясните.

Объяснять почему-то не хотелось. На улице была чудная теплая ночь. Дома спал лучший в мире сын. Со сковородки мы съели холодные котлеты, и не было ничего вкуснее.

С мужем мы прожили еще десяток лет и все же разошлись. Причин тому было много.

А шарфик? Он есть у меня до сих пор. И до сих пор он цел и невредим. А что будет шарфику черно-белого цвета с крупными иероглифами? Ничего. Кстати, спустя годы, когда мы о чем-то услышали и что-то узнали, я прочла на его бирочке известное имя. И подумала, что шарфик-то не из дешевых. В общем, добрая была женщина. А когда (нечасто) я надевала его под черную куртку, то почему-то думала о той молодой женщине с блестящими черными волосами. Как сложилась ее судьба? А вдруг она вышла замуж за богатого скандинава или немца и живет себе в спокойной стране, в хорошем, крепком доме с бассейном и прислугой? Ну, дай-то бог! Хорошему человеку ничего не жалко.

Ивочка

Милая моя Ивочка! Такая прекрасная и такая душистая. И сегодня, когда прошло столько лет, я слышу твой тихий, слегка приглушенный смех, помню запах твоих чудесных волос и аромат твоих духов, один и тот же – всегда ландыш. Господи, сколько прошло лет, а я помню так ярко и отчетливо три коротких звонка в дверь – и я лечу, лечу сломя голову навстречу тебе. Вот сейчас я открою дверь и увижу тебя – в темном пальто, платок уже на плечах, и ты отряхиваешь снежинки с густых коротких волос.

– Соскучилась? – смеешься ты.

Я? Боже мой! Да я скучаю по тебе всегда и жду тебя тоже всегда. Как я ошеломительно рада тебе! Это знает только мое детское встревоженное сердце. Оно гулко колотится, и я висну на Ивочке. Она смеется: тяжелая какая! Из кухни появляется мама, брови сдвинуты к переносице: ревнует, уже понимаю я. Понимает это и Ивочка и, снимая пальто, чуть отстраняет меня.

Мама дежурно клюет Ивочку в щеку, и они проходят на кухню. Но я точно знаю, что через пару часов они вдоволь наговорятся и Ивочка придет в мою комнату. У нас с ней будет уйма времени, ведь уйдет она поздно вечером, когда дождется с работы отца, все вместе мы сядем ужинать. И позже, когда недовольную меня все-таки отправят спать, она обязательно зайдет ко мне, сядет на кровать, и мы долго будем прощаться, и я все буду удерживать ее за руку и просить посидеть, ну еще хотя бы десять минут. Эту «лавочку» прикроет моя строгая мама: с укором скажет Ивочке, что мне завтра рано вставать. Ивочка смутится, засуетится и быстро соберется уходить.

Отец, как бы он ни устал, вызовется провожать ее до метро. Идти они будут медленно, под руку, и эти полчаса им уже точно никто не будет мешать. Брат и сестра. Близкие люди. Ближе нет.

Итак, Ивочка – моя родная тетка, младшая сестра отца. Они рано остались сиротами, отцу было девятнадцать, Ивочке – пятнадцать. Отец, правда, вскоре женился – мама была из провинции – и привел в дом молодую и строптивую жену. Мать ревновала – хотела, чтобы отец принадлежал только ей. Хмурилась, обижалась – у них свои секреты, свои шутки, свои условные знаки. Брат и сестра понимали друг друга не то что с полуслова – с полувзгляда. Ивочка уступила молодым свою комнату, сама перебралась в проходную. Все еще тогда были студентами. Вечерами Ивочка возилась на кухне, стараясь что-то выкроить из скудного студенческого бюджета и отцовских подработок. Полностью освободив невестку от кухонной рутины, она же убирала квартиру, стирала, гладила, ходила в магазины. Старалась почаще улизнуть в кино или к подружкам – оставить молодых одних. Мама вредничала, капризничала, жаловалась отцу, что не чувствует себя хозяйкой в доме, но при этом спокойненько передала бразды домашнего правления золовке. И мечтала об отдельной квартире.

Вскоре родилась я, и Ивочка опять рьяно бросилась помогать молодым. Бегала по утрам на молочную кухню, лишь бы любимый брат поспал лишние полчаса, стирала, гладила пеленки. По выходным часами гуляла с коляской во дворе – в любую погоду.

– А ты поспи, Лара, – говорила она матери.

Мать с удовольствием ложилась поспать, забывая сказать Ивочке простое человеческое спасибо. Отец злился и говорил сестре, что ей уже давно пора устраивать свою женскую судьбу и рожать собственных детей. Попрекал мать, жалея сестру. Мать обижалась, плакала и твердила одно – что больше всего на свете она хотела бы жить отдельно своей семьей. Мать все-таки добила отца – и был внесен первый взнос за однокомнатный кооператив, в долг, естественно. На другом конце Москвы, в Измайлове. Для Ивочки. Хочет ли она уезжать из квартиры, где родилась и выросла, где жили ее родители, где были ее подруги и ее работа, да просто вся ее жизнь, Ивочку не спросили.

Она собрала свои вещи и переехала в новый дом. До работы теперь она добиралась с двумя пересадками, больше часа. Не роптала. В общем, как всегда, всем была довольна.

По субботам отец привозил меня к ней. С ночевкой. И это было счастье. С утра в субботу я пораньше будила отца – скорее, скорее. Отец завтракал, а я дергала его за рукав:

– Ну долго ты еще будешь копаться?

– Господи, чем тебе дома плохо, чокнутая, ей-богу, – вздыхала мать.

А я уже топталась и потела в шубе у двери и ныла:

– Ну скоро ты, пап?

Ехали мы через всю Москву, и отец обязательно покупал Ивочке цветы. По сезону: мимозу – ранней весной, гвоздики – зимой, георгины – осенью, а ранним летом – ландыши, любимые Ивочкины цветы. Уже при выходе из лифта мы слышали слабый запах корицы и ванили – Ивочка пекла печенье. Отец выпивал чашку чаю, о чем-то шептался с сестрой на кухне, а я уже хозяйничала в комнате – листала журналы, включала телевизор, копалась в палехской шкатулке, где лежали брошки, бусы и колечки. Наконец отец уезжал, и начинался *мой* праздник.

Теперь Ивочка целиком принадлежала мне, и только мне. Она не кормила меня супом, мы пили чай с хрустящим ореховым печеньем, болтали обо всем на свете и ехали гулять в центр. Сначала была обязательная культурная программа – Пушкинский или Третьяковка, потом мы бродили по старой Москве и, наконец, заходили перекусить и заказывали что-нибудь необычное и совсем взрослое – шашлык или куриную котлету в сухарях с кудрявым бумажным сапожком на косточке и, конечно, мороженое в высокой стеклянной вазочке: три шарика – два шоколадных и один сливочный. Потом мы ехали домой, и в метро я, усталая и счастливая, засыпала на Ивочкином плече. Дома Ивочка не гнала меня спать и разрешала смотреть телевизор сколько угодно, пока я не засыпала в кресле. А в воскресенье утром я долго спала, и будил меня сладкий запах оладий – с изюмом и яблоками. После завтрака мы шли гулять в Измайловский парк и кормили орешками с рук белок. А потом за мной приезжал отец, и сказка кончалась. Я слышала, как он благодарил Ивочку за меня, а она только тихо смеялась:

– Господи, да за что? Это же для меня такая радость.

– Лучше бы у тебя были другие радости, – вздыхал отец. – Все с чужим ребенком возишься.

– С чужим! – охала с испугом Ивочка и обиженно добавляла: – Ну как ты можешь так говорить?

– Замуж тебе давно пора, – напоминал отец.

– Ну если так складывается, – смущенно оправдывалась она.

Ивочка была определенно красавица. Невысокая, приятной, чуть начинающейся полноты, темноглазая и темноволосая, очень белокожая, с прекрасными ровными белоснежными зубами. Любила темные облегающие платья с нешироким поясом – талия позволяла – и глубоким вырезом на красивой пышной груди. На шее – неизменная нитка крупных жемчужных бус – память о матери. Красила она только губы – довольно яркой помадой, все остальное – и брови, и ресницы, и прекрасная кожа – дополнительных усилий не требовало. Зарабатывала вполне прилично – ведущий инженер в Моспроекте. Кафе, театры, отпуск в Прибалтике, каракулевая шуба, маленькая кокетливая норковая шапочка-таблетка, грильяж к чаю, рокфор к кофе – денег вполне хватало. Обожала поэзию, не пропускала ни одного вечера поэзии в Лужниках, в Политехническом, доставала у спекулянтов билеты в «Современник», выписывала все толстые журналы. Приучала к этому и меня. Не сетовала на свое одиночество и бездетность. В общем, жизнью своей была вполне довольна и безгранично доброжелательна и независтлива.

Было ей уже хорошо за тридцать, когда в ее жизни появился Яшка. Так его все и звали – просто Яшка. Тощий, невысокий, длинноносый, с роскошной копной темных кудрей, балагур, весельчак, выпивоха и бабник. Юнцом он попал в последний призыв и вернулся с фронта с осколком в позвоночнике, по этой причине тянул правую ногу. Яшкина жена Раиса, фронтовичка, медицинская сестра, которая выходила его в госпитале, была старше его на добрый десяток лет. Простая, добрая деревенская тетка, она любила мужа безоглядно и, конечно, спускала ему все

его пьянки и загулы. Росла у них дочка Маринка, которую Раиса родила уже после сорока. Про жену Яшка говорил:

– Райка – человек! Ее никогда не брошу. Она друг, а дружба важнее любви.

А вот Маринку – тощую, носатую, точную свою копию – Яшка любил. Любил, как мог.

Яшка мог пропасть на неделю, две – уехать в Питер к друзьям, в Севастополь – поплавать в море, в глухую деревеньку – попариться в русской бане или просто потерять голову на пару недель от какой-нибудь новой знакомой, у нее и остаться. Раису он никогда ни о чем не предупреждал, да она и не ждала. А когда блудный муж возвращался, трезвый ли, пьяный, потрепанный и в помаде, пахнувший другой женщиной, она его обстирывала, пришивала пуговицы к пиджаку, крахмалила рубашки, стригла буйные Яшкины кудри – и ничем и никогда не попрекала. Лишь изредка вздыхала:

– Господи, когда же ты, чертяка, угомонишься, дождусь ли я этого светлого дня?

– Не дождешься, Райка, не рассчитывай! – радостно кричал из ванной Яшка, намыливая свое тощее тело мочалкой и сбривая опасной бритвой многодневную щетину с узких высоких скул.

Периодически он устраивался на работу – то экспедитором, то курьером, то грузчиком в булочную, но долго нигде не задерживался. Иногда на недели застревал дома, не пил, ходил с авоськой за хлебом, играл с дочкой и ночами запоем читал. Тогда для Раисы наступали счастливые дни. Но ненадолго. Вскоре Яшка опять исчезал. Странно, но женщины его обожали. Он так плавно и перетекал – из романа в роман. Харизма – так, наверное, сказали бы сейчас.

Жил он по соседству с Ивочкой, и однажды (на ее беду, как говорила мама) они повстречались. На улице. Яшка хромал за ней от метро, бесконечно что-то болтая о ее женской прелести и декламируя Мандельштама и Пастернака. Напросился на чай. Она почему-то его пустила. Пожалела, что ли? И начался их безумный роман. Теперь Яшка был постоянен: жил легально на два дома – то у Ивочки, то у Раисы. Пить стал меньше, но все равно, конечно, срывался. Раиса знала про Ивочку и звонила ей вечерами.

– Наш у тебя? – волновалась она.

Сначала Ивочка страдала и гнала Яшку домой, а потом привыкла. Моя мать ругала Ивочку последними словами – и в глаза, а уж тем более за глаза:

– Дура, идиотка, связалась с шаромыжником, пьяницей! Так и промыкается с ним до конца своих дней. А о старости подумала? Кто стакан воды подаст?

Отец тоже страдал, но молчал. Но, видимо, это была любовь. Даже наверняка. Ивочка устроила Яшку вахтером в свой проектный институт. Там он точно не скучал – веселился и острил, отпуская пышные и витиеватые комплименты всем особам женского пола. Всерьез его никто не воспринимал, но все равно было приятно. Теперь он был на Ивочкиных глазах, под присмотром, как радостно говорила Раиса, без конца за это благодарившая Ивочку. Еще Раиса носила Яшке на вахту котлеты в стеклянной банке. Иногда Яшку начинала, как он говорил, грызть совесть, и он съезжал на неделю к Раисе. Там он мучился, страдал и пил – у Ивочки пить стеснялся. Теперь уже Ивочка звонила Раисе и узнавала, дома ли Яшка.

– Дома шалопут, – успокаивала ее добрая Раиса, – спи, не волнуйся.

Уходить из семьи насовсем Яшка как-то не собирался, да и это никому, в общем-то, не было нужно. Так и жили.

Моя мать, человек деятельный, смотреть на это все спокойно не могла. Да и отец наверняка страдал и переживал за свою умницу и красавицу сестру. В общем, решили они Ивочку просватать. Нашелся и жених – коллега отца, некий Генрих, старый холостяк. Был он очень сдержан, высок, худощав, вполне хорош собой, занимал приличный пост. Словом, полная противоположность Яшке. Два полюса. Мама, как ей казалось, все удачно устроила.

Ивочка пришла к нам в дом – Яшка в это время был на передержке у Раисы после очередного запоя. Генрих галантно ухаживал за Ивочкой, наливал ей вино, прекрасно вел беседу, был вполне осведомлен о культурной жизни Москвы. Ивочка была безучастна. Мать вытащила ее на кухню и яростно шептала ей:

– Дура, приличный мужик, холостой, непьющий, с зарплатой, чем он тебе не хорош?

– Всем хорош, – смеясь, отвечала Ивочка, – всем хорош, но не мне, – каламбурила она.

— Господи, какая же ты идиотка, — возмущалась мать. — Ну что ты в этом ханурике нашла? Губишь свою жизнь, а сколько осталось бабьего века? Это шанс, и хватать его надо обеими руками.

— Не умею, — отмахивалась Ивочка. — Спасибо тебе за хлопоты, но у меня все хорошо.

— Хо-ро-шо? — делала круглые глаза мать. — И вот это все ты называешь «хорошо»? Ну, живи, как знаешь, а вообще, ты слабоумная, — спокойно заключила мать.

— Нет, — тихо возразила Ивочка, — просто я его люблю. Да что ты знаешь о нем? Он — личность, яркий и талантливый человек.

Мать не ответила и только со вздохом безнадежно махнула рукой:

— О чем с тобой говорить?

Отец, правда, упросил Ивочку встретиться с Генрихом еще раз. Вдруг... Ничего подобного. Они прошлись по улице, сходили в кино, а потом Ивочка извинилась и уехала домой.

Что же, каждый видит свое счастье по-своему. Ее, Ивочкино, счастье — пьющий и маргинальный Яшка. Теперь он приводил к ней в дом дочь — тихую долговязую Маринку, и Ивочка заботилась о ней. Водила по музеям, покупала ей книжки и вязала мохеровую кепочку с жестким козырьком, модную в то время. Но годы не проходили мимо.

Ивочка постарела, пополнела, и в ее чудесных волосах уже вовсю блестели серебристые нити. Теперь я ездила к ней нечасто — во-первых, почему-то стеснялась Яшки, во-вторых, слегка ревновала к молчаливой и угрюмой Маринке, да и просто закрутила меня собственная молодая и пестрая жизнь. Но Ивочкиной любви хватало на всех – и когда у меня случалась очередная сердечная драма, мы болтали часами с ней по телефону.

Потом к Ивочкиной жизни все привыкли и перестали это обсуждать. На свой пятидесятилетний юбилей Ивочка накрыла роскошный стол – сациви, пироги, холодец, заливное. Собрала гостей – коллеги по институту, соседи, вся немногочисленная родня. Я прибыла с кандидатом в мужья и тщательно скрываемой ото всех двухмесячной беременностью. Мы поцеловались с Ивочкой в тесной прихожей, и меня впервые замутило от ее духов – конечно, все того же ландыша. Яшка сидел во главе стола в белой сорочке, в галстуке и в новом костюме. Тамадил он изо всех сил и прочел стихи, посвященные Ивочке, удивительно трогательные и глубокие. Его дочь Маринка таскала на кухню посуду и грела горячее. Было шумно, весело, сытно и плотно накурено.

Я все время выходила на балкон, накинув шубу, – подышать свежим морозным воздухом. Ивочка вышла ко мне, накинув на плечи шаль.

– Какой срок? – тихо спросила она.

Я ответила.

– Ну дай-то бог, парень, по-моему, славный – благословила она. А знаешь, я сегодня действительно счастлива. Здесь самые близкие и родные мне люди. – Ивочка почему-то грустно вздохнула и замолчала. Потом, словно отряхнув с себя грусть, она спросила: – Ну как тебе Раисины пироги? – И добавила: – Печь она большая мастерица.

К концу вечера Яшка, конечно, напился и заснул прямо в кресле с открытым ртом, откинув назад голову с уже сильно поредевшими кудрями. Потом пили чай и пели песни – про улицы Саратова и про того, кто спустился с горочки.

По дороге домой мать не умолкая сокрушалась по поводу загубленной Ивочкиной жизни. А мой любимый удивился и сказал, что Яшка ему вполне понравился и что он колоритная и яркая личность.

– Личность? – возмутилась мать и обиделась на моего жениха дня на три. Отец долго молчал, а потом мягко возразил, что его сестра, конечно, заслуживает лучшего. Мать не задержалась и ответила, что каждый имеет то, чего заслуживает. Такой фактор, как любовь, она обычно не учитывала. Я в разговоре не участвовала – у меня кружилась голова, и меня здорово мутило.

Все это продолжалось еще какое-то время, пока Яшка не умер. Несколько дней он не появлялся ни дома, ни у Ивочки. Встревоженные женщины бросились его искать. Нашли. В судебном морге спустя неделю. Как потом выяснилось, подобрали его на улице уже мертвым, с пробитой головой где-то в районе Пироговки. Ничего, конечно, выяснять не стали. И оставалось только гадать, что, скорее всего, этот вечный Дон Кихот с кем-то связался или вступил в неравный спор, а может, защищал свои незыблемые принципы или женщину, в конце концов. А может, просто порезвилась шпана – могло быть все что угодно в нашем неспокойном городе. Да и какая разница?

Хоронили его и Раиса, и Ивочка, естественно, сидевшие на табуретках по обе стороны гроба. Поминки собирала Раиса – таким странным образом мы попали к ней в дом. И я впервые увидела Яшкины картины – это была графика, что-то черно-белое, иногда уголь разбавляла рыжая сангина. Сюжеты были странные и притягивающие – почему-то католические, устремленные в небо шпили грациозных костелов, старые московские дворы и странные портреты – одинокие мужские фигуры с нечеткими, будто смазанными чертами лица. Потом Яшкина уже взрослая дочка Маринка достала толстую общую тетрадь в коричневой дерматиновой обложке. Это были Яшкины стихи. Оказывается, он писал их всю жизнь. Ивочка тихо, вполголоса начала их читать. Все притихли. Мы были ошеломлены. Это была истинная поэзия – глубокая, трепетная, сильная и печальная, раскрывающая все закоулки такой таинственной и яркой Яшкиной души. Теперь нам стало многое понятно. И уже вполне реально мы представляли масштаб его личности и трагедию его нелепой жизни. Хотя, если вдуматься, почему же трагедию? Ведь он был любим двумя достойными женщинами – широкой, открытой, попростому мудрой и всепрощающей Раисой и тонкой, трепетной и интеллигентной Ивочкой. Да нет, какое там, разве поскупилась судьба, определенно выбросив ему два туза – двух прекрасных и любящих женщин?

И теперь мы понимали, что любить его вполне было за что. Хотя вряд ли любят «за что-то».

Маринка окончила университет и вышла замуж за аспиранта с мехмата. Такого же тощего, носатого и молчаливого, как она сама. Были они похожи, как брат с сестрой. Вскоре они укатили в Америку. Там у них, безусловно, были перспективы. Раиса много хворала, и Ивочка помогала ей. Вместе они ездили к Яшке на могилу. Вдвоем. Крепко держа друг друга под руки.

Потом Ивочка похоронила и Раису. Вышла на пенсию, стала седой как лунь, но по-прежнему оставалась красавицей – те же темные платья с пояском, только уже без декольте, а со стойкой, та же нитка жемчужных бус на шее, тот же запах ландыша.

Маринка звонила ей регулярно. Там, в Америке, у них было все хорошо. Два прекрасных программиста, зарабатывали они замечательно, родили двух девчонок-близняшек и очень звали Ивочку к себе в гости. Она все отнекивалась, а мне признавалась, что просто страшится такого долгого путешествия. Но мы ее уговорили. Вместе с ней мы покупали дежурный набор сувениров – гжель, хохлому, льняные скатерти, мельхиоровые ложки. Я отвозила Ивочку в Шереметьево и, конечно, не думала, что прощаюсь с ней навсегда.

Из Америки Ивочка не вернулась – Маринка уговорила ее остаться. Насовсем. Ивочка звонила мне, плакала, советовалась, рассказывала, как чудесно приняла ее Маринкина семья – и муж, и девчонки. Гово-

рила о том, какой чудесный у Маринки дом — в лесу, где ходят под окнами косули и огромные дикие индюки и куда однажды даже забрел маленький бурый медвежонок. Она много плакала и смеялась и говорила, что очень скучает по Москве и по своим книгам, но все же было очевидно, что Ивочка счастлива и наконец не одинока. Да нет, даже больше — у нее была большая и дружная семья. На фотографиях она стояла рядом с Маринкой, еще больше ставшей похожей на своего отца — такой же худющей, длинноносой, с густыми темными кудрями, небрежно разбросанными по плечам. Ивочка сменила темные строгие платья на джинсы и свободные светлые рубашки. Теперь она была вполне американской пожилой леди — белые кроссовки, темные круглые очки. Чужая немножко, но, по-моему, абсолютно счастливая.

А потом наша Ивочка вышла замуж. Да-да, именно замуж. За отца Маринкиного мужа. Вдовца, но крепкого и вполне симпатичного старикана.

«Совсем не успеваю читать», — жаловалась мне в письмах Ивочка. Они с мужем много путешествовали — Париж, Амстердам, Лондон, Тель-Авив. Отовсюду присылала мне снимки — Эйфелева башня, Биг-Бен, Кельнский собор, а рядом она сама и ее славный муж. Глядя на эти фотографии, я с усмешкой вспоминала, как моя мать пророчила Ивочке невеселое будущее и одинокую старость. И еще о том, что никто ничего не знает и даже не может предположить. И про метаморфозы жизни, и про ее непредсказуемость, и про удивительные витки судьбы.

Я попала в Америку уже после Ивочкиной смерти – встретиться при жизни нам, увы, уже не удалось. Приехала к Маринке, и та отвезла меня на тихое и чистое американское кладбище – безукоризненно стриженный газон и абсолютно одинаковые строгие, без помпезности, гранитные плиты. Мы долго и молча стояли у могилы, а потом Маринка повезла меня к себе. Ее дом оказался стандартным – обыкновенный американский дом, очень скромный на вид и функциональный внутри. Было видно, что в доме живут математики. А вот сад был прекрасен. Вернее, не сад, а настоящий дикий лес, только слегка облагороженный – у дома небольшие клумбы каких-то неведомых мне желтых цветов и невысокие, почти круглые, кусты с ярко-алыми бусинами ягод. Горели красно-оранжевым цветом невысокие клены с узкими длинными листьями.

– Канадские, – объяснила Маринка.

Осенний день был на излете – по-летнему теплый и тихий. Маринка ловко разожгла на террасе барбекю и стала жарить большие плоские куски мяса. Я сидела в плетеном кресле и смотрела на лес. Мы обе молчали. Потом приехал с работы Маринкин муж, и мы сели ужинать. Накрывала она уже в доме – к вечеру стало заметно прохладнее. Выпили вина – помянули ее непутевого отца, терпимицу мать и, конечно же, Ивочку.

– Знаешь, – задумчиво сказала мне Маринка, когда мы вышли покурить на террасу, – а она ведь нам очень украсила жизнь. Просто украсила одним своим присутствием, понимаешь?

Я кивнула.

– Был в ней какой-то глубокий, мощный положительный импульс, энергетика такая, что ли. Или просто ее человеческая суть, и такт, и тихая мудрость. И девчонкам моим она сколько дала! Здесь ведь с развитием личности в школах не очень-то. Просто всем было рядом с ней как-то спокойно. Хорошо, одним словом.

Я опять ей кивнула.

После кофе Маринка позвала меня в свою спальню и вынула из палехской шкатулки нитку жемчужных бус.

– Это тебе, – сказала она и протянула мне жемчуг. Я взяла его в руки и почувствовала, что он теплый. Я поднесла нитку к лицу, и мне показалось, что она пахнет ландышем.

Бабушкино наследство

Если говорить про наследство, то это просто смешно. Здесь даже не о чем говорить. Хотя, по семейным преданиям, бабушка была из довольно зажиточной семьи. Были какие-то размытые разговоры о колье из двадцати четырех не мелких брильянтов, еще какие-то серьги с грушевидными камнями и даже сапфировый бант в виде брошки. Серьги, естественно, были проедены в войну, а колье бабушка (с легкостью, будучи вдовой с двумя маленькими детьми) просто отдала брату – у того было трое детей и неработающая жена. Бабушка решила, что там оно, видимо, нужнее. Почему-то брат колье взял, и было опущено то, что долгие годы он проработал на прииске в Магадане бухгалтером, а его жена отлично и не бесплатно обшивала узкий круг знакомых.

Что же касается сапфирового банта, то в чем-то беспечная бабушка его просто потеряла.

– Да бог с ним, куда его надевать? – махала рукой бабушка. – Тебе-то что?

– Ничего себе, ты что, прикидываешься? – удивлялась я.

В общем, в наследство мне достался маленький и пузатый фарфоровый будда, сувенир времен нашей первой дружбы с Китаем, и старые бабушкины часы на потертом кожаном ремешке – но это уже после ее смерти. Ах нет, еще кузнецовское блюдо – блеклое, с небольшим сколом, совсем некрасивое, но туда мы с удовольствием укладываем заливное.

И еще несколько фотографий тех лет на плотном коричневом картоне – стоят две девочки, обе красавицы, бабушка и ее старшая сестра, в кружевных платьицах, шелковые ленточки на головах, кожаные туфельки с кнопкой. Детский взгляд абсолютно безмятежен. «Боже! – думала я. – Какое счастье, что они еще не знают, какие сюрпризы приготовили им судьба и эта страна».

Бабушка выскочила замуж в шестнадцать лет. Ей помогли в этом революция и всеобщая неразбериха. Иначе ее бы просватали и выдали замуж как положено – с приданым, в хороший дом и только после старшей сестры. И скорее всего, прожила бы она свою жизнь спокойно, в достатке, нарожав благочестивому и набожному мужу пару-тройку ребятишек. Но ее родители растерялись – растеряешься тут. И решили, что молодой следователь из столицы – вполне приличная партия. По тем временам. То, что у него не было дома, да что там дома – у него не было пары сменных штанов, – их не смущало. Хотя нет, наверняка смущало! А бабушке страстно хотелось убежать из маленького городка. В большую жизнь! Пусть уже с пузом, пусть с нелюбимым. Да что она понимала в шестнадцать лет? То, что муж нелюбимый, поняла быстро, а куда было деваться? Муж был человек суетливый, «вечно бьющийся за правду», а на деле – неуравновешенный кляузник. Бабушку, правда, обожал. Еще бы! Она была настоящая красавица: зеленоглазая, с длинными русыми волосами, прямым носом, пухлым ртом, с пышными формами – тогда еще понимали толк в женщинах.

Промаявшись несколько лет с нелюбимым, она наконец встретила свою единственную любовь. Но он был плотно женат. Правда, их это не смутило. Хотя кого и когда это смущало? Вот этот ее избранник был точно герой – красавец поляк с белыми кудрями и синими глазами, невысокий, ладный, просто античный герой.

В революцию – командир бронепоезда (хотя сейчас этим вряд ли можно гордиться, а тогда...). Правда, во все времена женщины любят героев, это потом история ставит точки над і. Страсти там, видимо, кипели нешуточные – сужу по обрывкам речей очевидцев и сохранившемуся в старой клеенчатой сумке ее письму к возлюбленному. Судя по этому письму, бабушка устала ждать – она и так ждала его слишком долго и все уводила его из той семьи, а он как-то не уводился. Видимо, измучив друг друга вконец, они сошлись. У них не было «годов счастья». У них случились только месяцы. Забрали его, когда их дочери было восемь месяцев, когда они наконец были вместе и спали, держа друг друга за руки, когда они стояли над кроваткой дочки, надо сказать, получившейся точной копией своего отца — голубоглазой ангелицей с нежными золотистыми кудрями. Забрали ночью — он отмахнулся: завтра вернусь. Не вернулся. Никогда. Ей было двадцать восемь. Сейчас я старше ее на двадцать лет. То есть мой сын почти ее ровесник. Она осталась одна с двумя детьми, в крошечной коммуналке, без определенной профессии. Каким-то чудом не посадили — и в адской машине бывали сбои. Словом, обычная судьба тысяч женщин тех лет. Такая обычная и такая страшная! А дальше — работа в какой-то канцелярии, война, эвакуация, Татария — прополка свеклы на необъятном поле, четыре километра в один конец на работу в совхоз. Сын ушел на фронт, но — счастье — вернулся, правда, инвалидом, однако встал на ноги и прожил достойную жизнь. А она — она всю жизнь прожила с дочкой, обожала ее, гордилась ею, любовалась, служила ей преданно до конца жизни. Тянула на себе большой дом, весь быт — от стирки и магазинов до нашей с сестрой музыкальной школы. Сольфеджио, хор, специальность — все прошла вместе с нами.

Обожала нас, баловала страшно, но как-то по-умному, черт-те что из нас все-таки не выросло. Всю жизнь была нищей, но абсолютной аристократкой по натуре. Соевых конфет не признавала, любила только настоящий горький шоколад. Пекла, варила, закатывала. Трудилась с утра до вечера, а часов в двенадцать, когда мы разбредались по своим углам, обожала сесть на кухне под настольной лампой, закурить свой любимый «Беломор» – и читать! И с образованием семь классов могла объяснить значение любого непонятного слова! Непостижимо!

Маминых мужей не любила – наверное, сильно ревновала. К моим была настроена лояльно – а может, мужья были получше. Была абсолютная бессребреница. Новые вещи, купленные мамой, долго отказывалась надевать. Любила крепдешиновые легкие платья с желтыми цветами. За столом обязательно выпивала рюмочку водки. А какие она накрывала столы! Рецепт «Наполеона» с клюквой до сих пор все называют ее именем. Обожала нас, внучек, и дождалась правнуков. Моего сына еще видела, сестриного только щупала – уже ослепла. Моим страшно гордилась – он и вправду был хорошеньким, умным и послушным ребенком. Но другим его никогда не хвалила. Говорила: подумаешь! Я ушла из дома рано, сестре повезло больше, она успела с ней, уже совсем старой, говорить и записывать ее рецепты – бабушка торопилась:

– Я скоро все забуду.

К старости очень похудела, я приезжала ее купать, и она была счастлива. Просила сильнее потереть ее мочалкой. Я мыла ее и плакала, глядя на такое беспомощное, высохшее тело. Слез моих она уже не видела. Спрашивала:

– Ну что, я очень страшная?

– Да что ты! Ты у меня еще красавица! – И это была почти правда.

Однажды мама вернулась с работы, а она сидит в темной комнате.

– Мамочка, как же, почему ты не включила свет?

– А мне уже все равно – ничего не вижу.

Говорила, что Бог наказал ее самым страшным – лишил глаз, читать она уже не могла. И от этого страдала больше всего.

Я часто с ней ругалась – потому что была больше всех на нее похожа. У обеих – темперамент. Нрав, надо сказать, был у нее тяжелый. Но все-таки она была абсолютно светлым человеком. На скамейке у подъезда никогда не задерживалась – сплетни ненавидела! Но странно – обожая дочь и нас, детей от дочери, была как-то довольно равнодушна к сыну и уж совсем – к его детям. Меня это всегда удивляло.

Всего один раз в жизни она почувствовала себя богачкой – подруга, умирая, оставила ей пятьсот рублей. Приличные по тем временам деньги. Выйдя из сберкассы на другом конце Москвы, она тут же начала исполнять роль капризной миллионерши – мы скупили все возможные в те скудные времена деликатесы и отправились домой на такси. В такси она была сосредоточенна, видимо, строила крупные финансовые планы. А придя домой, раздала все деньги нам. Богачкой она побыла часа три. Ей хватило.

Ее родная сестра жила у моря, и каждое лето бабушка уезжала туда со мной. И все внуки ее сестры от трех сыновей тоже съезжались в этот дом на все лето – хилые и бледные дети Москвы, Питера и даже Мурманска. В доме была огромная библиотека, и каждое утро я, раскрыв глаза, тут же хватала с полки книгу, а бабушка приносила мне миску черешни и абрикосов. Ощущение этого счастья я остро помню и по сей день: каникулы, книги, море, черешня и – молодая бабушка.

В шесть утра эти уже неюные женщины шли на базар – там командовала ее старшая сестра. Покупали свежих кур, яйца, творог, помидоры, кукурузу, груши – где вы, бесконечные и копеечные базары тех благодатных дней? А к девяти утра был готов обед – ведь за стол садилось не меньше десяти человек! А потом мы шли на море. Там им тоже доставалось – уследи за всеми нами! В общем, курорт был для них еще тот.

А после обеда начинались мои мучения – я занималась обязательным фортепьяно. Хотя занималась – смешно и грустно сказать. «Лепила» что-то от себя, а бабушка сидела рядом и счастливо кивала. У нее абсолютно не было слуха. Облом был только тогда, когда дома оказывался старенький доктор – муж бабушкиной сестры. У него-то со слухом было все в порядке. Он выглядывал из своей комнаты, вздыхал и укоризненно качал головой. Но бабушке меня не выдавал – боялся спугнуть счастье на ее лице.

Умирала она на моих руках, уже совсем слабенькая, почти в забытьи. Я сделала ей сердечный укол, понимая, что мучаю ее зря, села возле нее и принялась что-то рассказывать ей про свою жизнь. Мне почему-то казалось, что она меня слышит. Правда – в первый раз, – она ничего не комментировала. На минуту она пришла в себя и спросила, где мой сын. Я ответила, что он во дворе. Она вздохнула и успокоилась, перед смертью в последний раз побеспокоившись о ком-то. Она прожила длинную жизнь, сама удивляясь отпущенным годам. Ее обожали все наши друзья – и родителей, и мои. Когда она ушла, моя любимая подруга сказала, что с ней ушла целая эпоха. Это была правда.

А наследство – наследство, конечно, осталось. Это то, что она вложила в нас, с ее огромной, непомерной любовью. Это то, что мы выросли, смею верить, приличными людьми, а это в наше время уже неплохо. Вряд ли ей было бы за нас стыдно. Наверное, мы ее в чем-то бы разочаровали, но за это она не любила бы нас меньше.

Я не прошу у нее прощения, потому что знаю – она и так мне все давно простила. Мне просто неотвратимо жаль убежавших лет, моей молодой глупости и вечного побега из дома – по своим пустячным и ничтожным делам. Как много я у нее не спросила! Как долго я могла бы говорить с ней обо всем. Расспрашивать подробно-подробно! И долго рассказывать ей о себе!

Как ничтожно мало я разговаривала с ней! Но что мы понимаем тогда – в двадцать или даже в тридцать лет? Разве способны мы были оценить и понять тогда всю неотвратимость жизни? Что я знала о ней, о том, что было у нее внутри, какими печалями было наполнено ее сердце, какие бесы искушали ее – ведь она была, безусловно, человеком страстным. Но отвергла абсолютно свое личное и посвятила себя, всю свою жизнь без остатка, нам, неблагодарным, по сути, глубоко наплевав на себя. Что это – жертвенность, отчаяние, любовь?

Да, и еще про наследство. Все в той же коричневой клеенчатой сумке рецепты, написанные ее рукой: варенье из китайки, свекла, тушенная с черносливом, – лежат вместе с тем коротким и требовательным ее любовным письмом, где были одни вопросы. Получила ли она на них ответы?

Спутники и попутчики

В молодости вокзалы у нее ассоциировались с переменами в жизни. Причем с хорошими! С открытиями, новыми впечатлениями и ощущениями...

Впрочем, тогда все было в радость! И узкая вагонная койка, и запах подгорелого уголька, и дробный перестук колес. И стакан чая, чуть позвякивавший на пластиковом столике купе. Звук этот не нарушал крепкий сон, не раздражал, а только, казалось, что-то обещал.

Сердце тревожно томилось и будоражилось в предвкушении — завтра, ну в крайнем случае — послезавтра она выйдет на перрон незнакомого города и...

И будет море... Или какой-нибудь милый и тихий, очень зеленый и сонный среднерусский городок. Или томная, затянутая туманами остроконечная Рига, пахнущая ванилью, кофе и тмином. Или волнистые булыжные улочки старого Тбилиси и вечный аромат свежей зелени и жареного мяса. Или минареты Самарканда и освещенные солнцем, пылающие изразцы мечетей... Все обещало события, праздник, непременную радость от новизны, заставляющую волнительно биться юное и пылкое сердце.

А с возрастом... Стало... труднее, что ли? Вот как было *раньше*? Да легко было – вот как! В дорожную сумку – смена белья, пара-тройка каких-нибудь тряпок, любимый шампунь, зубная щетка, бигуди в мешочке и – вперед, дорогая! Лети!

И вот теперь – шампунь плюс бальзам (раньше никто и не слышал про бальзамы!). Фен, пенка для укладки (прежде – расческой по волосам, на бегу и – красота!), пижама (ха-ха!), свитер – один теплый и один не очень. Юбка и две пары брюк. Кроссовки – куда теперь без них, когда так болят и устают ноги? Да, халат! Обязательно! Любимые тапки! Интересно, кто в молодости брал с собой любимые тапки? Наверное, только законченный педант и зануда...

Книжка, очки. Зарядка от телефона, планшет. Кремы – для тела, лица, рук, под глаза. Ну, и самая, так сказать, заключительная часть Марлезонского балета – сумочка с лекарствами. Это... «песня»! В кавычках. От головы, от живота, от давления. От спины, от, пардон, несварения. Успокоительные, снотворные, спазмолитические, болеутоляющие... Боже ж мой!.. Такой вот мешочище! Просто смешно... Нет, очень грустно!..

Но факт, куда денешься?..

Вот и превращалось теперь любое путешествие, любой выезд – в утомительные хлопоты!

Смешно сказать, но радовалась очередному кризису – командировок становилось поменьше!

Вслух сказать бы точно побоялась – народ бы не понял.

А тут любимый сыночек, сыночка, детка, сынуля... Женился. Да ладно, обычное дело – парню уже двадцать шесть! И все ничего, если бы... сын не уехал из Москвы. Из столицы. Все рвутся сюда, а он – детка родимая – в регион!

Захотел, видите ли, тишины. К тому же молодая жена была аккурат оттуда – из региона.

...Возвратился тогда возбужденный, тревожный и суетливый. Влюбленный в тот край, в тот городок: «Мам, там спокойно! Понимаешь: спокойно! Там люди – другие! С другими глазами! Нет мстительного желания, почти необходимости оттолкнуть, отпихнуть, уничтожить! А воздух какой! А леса! Речка, мам! Река!! Волга!! Рыбы полно, честное слово! Судак, караси!..»

Господи, ну при чем тут караси? При чем тут река? И воздух... При чем все это?

Нет, со многим она, конечно, согласна: народ в Москве действительно вредноватый.

И все же... Сына она не поняла. Но смирилась. Считала, что человек должен выбирать сам.

Невестка ее устраивала: девочка милая, без дурацких понтов. Мама – учительница, отец – инженер. Можно сказать, провинциальная интеллигенция. Да, собственно, так оно и было. Люди спокойные, милые. Без нервного блеска в глазах.

Жили вполне достойно: квартира в центре, крепкий, хороший, деревенский дом на берегу – «летняя резиденция», как говорил глава семьи. Дом строили сами: отец, брат, дядья... Большая и дружная семья – целый клан.

Она осмотрелась и поняла: сыну здесь будет спокойно. Все правильно. Может, сын и прав... Да, денег будет поменьше, а вот спокойствия – точно больше. Что держаться за эту столицу?

С жильем, правда, было туговато: в квартире полно народу – брат с семьей, сын с женой, родители. Тогда на семейном совете решили: дочку с зятем отселить. В смысле, в летнюю резиденцию. А брата с семьей оставить в квартире – сноха была на сносях.

А через полгода и дочь объявила: они ожидают потомство. Что делать? Кто поможет молодым? Сватья – на подмоге у сына с невесткой. Там, между прочим, родилась двойня, близнецы.

Вот сын и позвонил, попросил помощи: «Мамуль, хоть на первый месяц! Я на работе, Аленка одна...»

Все правильно: кому помогать-то, как не собственным детям? Вспомнила фразу: «Мы все должны своим детям!»

Ну, и решилась. А разве был выбор?..

Пошла к начальнику, все объяснила. Начальник был ее ровесником и почти приятелем. Мужик адекватный, как теперь говорят. Слушал, кивал, ну и ответил: «Ирина Михайловна, я все понял. Но и вы поймите меня: два месяца даю и – домой! Вы уж простите... А на две месяца я вас, так и быть, заменю».

Она громко выдохнула. На два месяца, честно говоря, она и не рассчитывала. Благородство начальника подтвердилось. Потерять хорошую работу, с очень приличной зарплатой в ее сорок восемь лет, знаете ли... Такой работой бросаться не принято. Да и таким начальником – тоже.

Словом, собралась. Два дня ходила-бродила над раскрытым чемоданом, круги нарезала.

Разморозила и вымыла холодильник, оплатила счета за коммуналку, с грустью оглядела свою любимую норку и... «Вперед, Ира! Дети – это святое!»

Состав уже стоял на перроне. Вкусно пахнуло вокзальным дымком и дальними странствиями. Народ суетливо прощался, кто-то спешил к своему вагону. Ну и лица у всех! Озабоченные какие-то... Словно столица потрясла всех за плечи и поддала коленкой под зад.

Проводница осветила фонариком билет и паспорт. Равнодушно сказала:

– Проходите.

В купе было уютно: мягко светило малиновое бра, на столике лежала жестко накрахмаленная кипенно-белая скатерка. На тарелке под такой же ослепительной салфеткой лежало печенье и несколько шоколадных конфет. Постель была застлана идеально отглаженным белоснежным бельем.

Ирина сняла плащ и повесила его на плечики. Потом села на свою полку, провела ладонью по покрывалу и стала смотреть в окно.

До отхода поезда оставалось восемь минут. Приятный мужской баритон напоминал провожающим, что хорошо бы им не остаться в вагоне.

Провожающих на перроне почти не было – время такое, не до провожаний. Все живут хлопотно, суетливо. Да и что время терять на провожания? Только молодая девушка в красной вязаной шапке, из-под которой торчали буйные рыжие «проволочные» кудри, никак не могла оторваться от своего парня: привстав на цыпочки, она обвила, как ветками, его шею своими тонкими руками. А парень терся губами о кончик ее курносого носа и непрестанно осыпал поцелуями ее щеки и лоб.

Кто из них уезжал – непонятно. Да и какая разница? Разлука в любом варианте – разлука. И всегда тяжелее тому, кто останется на перроне и будет махать вслед уходящему поезду.

Проводница с беспокойным лицом быстро шла по вагону, заглядывая в каждое купе:

– Товарищи провожающие! Просьба покинуть вагон!

На пороге купе показалась та самая рыжая девушка в красной шапке.

Кивнув мимоходом, она прильнула к стеклу.

Парень смотрел на нее не мигая. Они не махали друг другу, не шептали каких-то прощальных и неж-

ных слов, не рисовали на стекле сердечки... Просто молча и обреченно, одними взглядами прощались.

Наконец поезд дернулся и медленно тронулся.

Девушка плюхнулась на сиденье, откинула голову на спинку и прикрыла глаза.

Лицо ее выглядело усталым и бледным. Красная шапка оттеняла и без того белую веснушчатую кожу. Тонкие, сцепленные накрепко пальцы рук подрагивали.

Ирина отвела глаза. Так долго и пристально смотреть на девушку было как-то неловко.

В купе зашла проводница с проверкой билетов. Рыжая девушка очнулась, протянула свой билет и спросила про чай.

Потом она внимательно посмотрела на соседку и спросила:

– Домой?

Ирина отрицательно покачала головой:

– Нет. В гости...

И неуверенно добавила:

– Наверное...

Девушка приподняла тонкие брови:

– Наверное?.. – усмехнулась она. – То есть... вы не уверены?

Ирина улыбнулась и махнула рукой:

– Да нет, просто глупость сказала. Что-то из подсознания... К сыну еду. Невестка должна со дня на день родить. Взяла за свой счет, ну и волнуюсь, конечно! С ней, со снохой, никогда не жила. Как там получится? Найдем ли общий язык? Да и с младенцем... Давно это было. Наверное, и навыки я растеряла! Впрочем, физическая, тактильная память, надеюсь, не подведет!

Девушка понимающе кивнула:

— Вспомните! Да и просто поможете по хозяйству, суп сварите — уже помощь!

— Все верно! — согласилась Ирина. — Возьму на себя бытовые проблемы: обед, пылесос, прогулки с младенцем...

— Знаете, — продолжила Ирина после небольшой паузы, — в то время — ну, когда был маленьким мой сын, — я больше всего мечтала поспать! Просто маньячная идея была — отоспаться! Мой мальчик не спал... Совершенно! Вот, думала я тогда, из всех богатств мира — замков, дворцов, яхт и бриллиантов — я бы выбрала тихий отельчик вдали от шума городского — и все! На три дня, не больше! И ни еды мне не надо, ни телевизора — только кровать! Чтобы спать, спать и спать!

Девушка улыбнулась:

— Понимаю! У меня двое. В смысле, детей. Три года и год — вы представляете?

«Странно, — подумала Ирина. — Тот парень — явно не муж. С мужем так не прощаются! Так прощаются только с любовником. Или все-таки муж? Или я чего-то не понимаю? Уже не понимаю?..»

Проводница принесла чай. Ирина достала бутерброды. Девушка жадно сглотнула и спросила, есть ли в составе буфет.

Ирина предложила ей бутерброды – самой есть совсем не хотелось. Девушка не отказалась. Ела она торопливо, смешно отламывая по крошечному кусочку. По всему было видно, что она голодна.

Почему-то Ирине стало жалко свою попутчицу. Хотя объяснить причину этого чувства она не могла.

Было заметно, что девушка напряжена, как натянутая струна. Не все у нее гладко и благостно.

Потом попутчица углубилась в свой мобильник и занялась перепиской. Лицо ее осветилось счастливой улыбкой.

Ирина вышла в тамбур – ей захотелось оставить девушку в одиночестве.

У окна стоял высокий мужчина. Он бегло взглянул на Ирину и кивнул:

– Добрый вечер!

– Добрый, – откликнулась Ирина.

Завязался разговор. Мужчина возвращался домой, в Н., после командировки в столицу. Разговор пошел обычный, «поездной»: о московской суете, пробках, сумасшедшем ритме. Мужчина признался, что город этот для него суетлив и сложен. Не понимает он его и полюбить никогда не сможет. А вот бывать в столице приходится часто – дела.

Ирина усмехнулась. Подобные речи ей приходилось слышать не раз. Провинциалы часто удивлялись стойкости москвичей.

– А мы привыкли, – грустно усмехнулась в ответ Ирина. – Хотя, конечно: ритм – сумасшедший и бьет по нервам прилично. А куда денешься? Ну, не в провинцию же подаваться?..

– А почему нет? – удивился попутчик. – Именно в провинцию, к нам! Нет, вы послушайте. – Его взволнованный голос заметно окреп. – За что там держаться? За работу? Смешно! За квартиру? Тем более! Уверен, что замка в столице у вас точно нет! А значит – обычная квартира в спальном районе. Я прав?

Ирина пожала плечами и кивнула:

– Обычная, да. Но что с того?..

– А вот что! – обрадовался собеседник. – На эту вашу «обычную» в провинции вы купите необычную! Роскошную, можно сказать! Даже дом, коттедж! В лесу и у речки!

– Да бросьте... – отмахнулась Ирина. – Зачем мне роскошная? А уж тем более коттедж! Я... – Тут она чуть запнулась. – Я одна. Сын и невестка... В общем, уехали. Да и работа, знаете ли! Не самый последний из факторов! До пенсии мне еще нужно ползти. Так, не слишком много, но все же... – грустно усмехнулась она.

– При чем тут ваша пенсия? – возмутился мужчина. – У вас есть увлечения? Ну, например, – он задумался. – Может быть, вы любите рисовать? Ну, или, скажем, шить, вышивать? Любите домашних животных? Хозяйство? Куры там, кролики... Или сад-огород? Цветы разводить? Ходить в театр? – У нас замечательный театр! Слушать музыку, читать книги? А?..

Ирина усмехнулась и отрицательно покачала головой:

— Рисовать, увы, не умею. Шить и вязать — не люблю. А сад-огород не пробовала! Некогда было и негде. В общем, я обычная, среднестатистическая женщина предпенсионного возраста. Замученная мегаполисом и почти безосновательно — согласна с вами вполне — привязанная к своему образу жизни: работа, книги, телевизор, подруги... Редкие выходы в кино и кафе. Еще более редкие — в театр и на выставки. Совсем неинтересная у меня жизнь, если взглянуть со стороны! — грустно улыбнулась Ирина.

— Все в ваших руках! — не сдавался мужчина. — Можно сделать жизнь интересней!

— А вы не подумали, что я... не хочу? — перебила раздраженно Ирина.

Собеседник заметно смутился:

— Простите! Простите, бога ради! Я, знаете ли, такой певец провинциальной жизни!.. Так люблю свой город, свою реку, свою набережную. Своих земляков. Природу — леса, косогоры, берег реки. Летом люблю, зимой. Осенью обожаю! Всегда с нетерпением жду весны.

— Да вы романтик! — улыбнулась Ирина. — Вам, кажется, очень нравится жизнь! Наверное, вы из породы счастливчиков?

— Ну... как сказать, — задумался мужчина. — Из счастливчиков — вряд ли... А вот жизнь очень люблю! Это правда! И еще — очень ценю! Знаете ли... — на мгновение он замолчал. — Пару раз... словом, были ситуации, после которых все ценности жизни...

Я оценил! – наконец улыбнулся он. – Простите за каламбур!

Ирина посмотрела на часы:

– Простите, уже поздновато! Пожалуй, пойду укладываться. Завтра ранний подъем.

Мужчина кивнул и проводил ее до купе. Из купе раздавался отчаянный голос Красной Шапочки.

Ирина в смятении замерла у порога, не решаясь открыть дверь.

– Пойдемте ко мне! – предложил мужчина. – Я один в купе, соседей нет. Выпьем чаю. Ну, или что-нибудь покрепче... У меня есть коньяк. Если вы не очень против?.. Кстати, меня зовут Владислав.

Ирина вздохнула и снова посмотрела на часы:

– На полчаса, не больше! Простите!.. Очень хочется спать. А там... – она кивнула на свое купе, – к тому времени все, я очень надеюсь, устаканится и успокоится. Страсти утихнут... А я – Ирина. – Она протянула ему свою руку.

Зашли в купе, сели напротив друг друга.

И потек разговор.

Владислав рассказал, что он бывший военный. Служить приходилось и в Узбекистане, и в Азербайджане, и на... – Тут Владислав замолчал, и у него заметно дернулась бровь. – Ну, словом, неважно...

– Война? – тихо спросила Ирина.

Он не ответил. Только махнул рукой.

– Жизнь была непростая... Но ни о чем не жалею. Ну, или *почти* ни о чем. Потом комиссовали. По ранению, – коротко бросил Владислав.

Вроде бы можно и жить начинать. Хотя... Тогда ему казалось, что ничего не получится. Да и что он умеет? Что знает? Что понимает, кроме военной жизни?

Уехали на родину жены. Купили домик в деревне, занялись приусадебным хозяйством. Даже кур завели и козу.

Он стал заядлым охотником: в лесах водились и кабаны, и зайцы, и лоси.

Денег почти не было, но... выживали.

Что говорить, у всех были трудные времена.

А потом пришла беда – заболела жена. Три года борьбы и усилий, но... Слава богу, дети уже были почти взрослые: сыну – двадцать, дочери – восемнадцать.

В общем, надо было снова как-то учиться жить...

Владислав умолк и посмотрел в окно.

– А потом все как-то наладилось, – улыбнулся он. – Я нашел работу. Сын женился. Поступила в институт дочка. А я... Я научился варить суп, гладить брюки и... снова любить эту жизнь!

Владислав улыбнулся:

– Простите, что вот так... выложил все. Расстроил, наверное?..

Странное дело – попутчики в поезде... Нет, правда! Как получается, что открываешься незнакомому человеку? Без тени смущения, без грамма лжи, без какого-то страха, что тебя осудят и не поймут?

– Закономерно, – улыбнулась Ирина. – Ведь поездное знакомство ни к чему не обязывает! А поделиться человеку когда-нибудь надо! Обязательно надо! Есть такая потребность. И становится легче!.. А по-

следствий не будет: утром проститесь на перроне, помашете ручкой и – прощай, моя откровенность, моя обнаженность... Прощай! И скорее всего, не встретитесь вы никогда! Шанс – минимальный. И посему нет чувства неловкости или стыда: зачем же я так? Зачем так разделся?

Да и попутчик ваш все быстро забудет. У всех своя жизнь, да такая нелегкая... Что уж держать в своем сердце чужие проблемы? Зачем?

Попутчик – это такая, знаете ли... Проходящая категория!

Владислав улыбнулся:

– А знаете, какие однокоренные слова у слова «попутчик»? – Впутать, выпутать, попутать и распутный! Вот я вас и впутал!..

Ирина рассмеялась:

– А я думала, что и «спутник» – туда же!

– Спутник?.. – задумчиво произнес Владислав. – Наверное, тоже! Впрочем, я не уверен...

– Я думаю – тоже, – сказала Ирина. – И один, и второй – оба путники, верно?

– Все мы путники, – согласился он. – В смысле, по жизни! А вообще-то смешно: попутчик и спутник – однокоренные слова, а какие значения разные, верно?

Ирина кивнула:

– Русский язык, знаете ли!.. Все говорят – самый сложный.

– И еще получается, – задумчиво продолжил Владислав, – что все эти поездные откровения – просто слив? Ну, как вы говорите: выплеснул боль – и свободен! Легче стало, значит, есть результат. И без последствий! Все тут же забыли. Значит, получается, что я использовал вас? Воспользовался, так сказать, вашим терпением и добрым сердцем? Нагрузил, озадачил... Но свою душу – облегчил?.. – Владислав покачал головой. – Как-то не очень красиво все получается...

– Глупости! – засмеялась Ирина – Вы как-то уж очень серьезно на это смотрите! Ну, оказались в подобных обстоятельствах два человека. Было настроение о чем-то вспомнить. Ну, и поговорили. Что называется, скоротали времечко. И никакое это не потребительство! Мы же люди все-таки! Человеки! И если кому-нибудь станет от этого легче... Ну, значит, не зря! И потом, – Ирина задумалась, – в откровения эти «поездные», в разговоры вступают не все! Только, простите, одинокие люди. А те, у кого есть с кем, те не вступают в подобные беседы!

– Ну, вы меня успокоили! – засмеялся Владислав. – Надеюсь, что вечер я вам не испортил!

Владислав налил коньяк в стаканы. Ирине совсем чуть-чуть, поскольку она сразу и отчаянно замахала руками. И немного больше себе. Выпили. И сразу Ирина почувствовала, что ей становится легче: исчезает какая-то тягомотина, неуверенность, тянущаяся тоска. Словно с сердца сняли бельевую прищепку. Не то чтобы было больно, но... поджимало.

Причину своей нервозности Ирина понимала: как примет ее невестка? Сложатся ли у них отношения?

Сможет ли она стать им помощницей, а не раздражителем и обузой? Чужой дом, чужая семья... Со своим уставом, привычками, образом жизни. Она совсем не знает эту девочку, свою сноху, – вместе никогда прежде не жили. Как у них? Как изменился сын? Он уже давно вылетел из гнезда. Взрослый мужик!..

Немного нервничала и с работой: слово есть слово, но... Вдруг придет новый и «свежий» бухгалтер? И пошлют они Ирину Михайловну далеко и надолго! Всяко ведь может быть, всяко... И за квартиру свою немного переживала. Нет, соседи, конечно, присмотрят! Но... Уже появилось ощущение тревожности – спутницы возраста. Все стало как-то непросто... Даже поменять привычную жизнь на пару месяцев.

После второго глотка коньяка ее почти совсем отпустило. Ирина, сама от себя не ожидая, стала рассказывать случайному попутчику про свою жизнь: про ранний брак, закончившийся гнусным предательством и полным жизненным крахом – именно так тогда все казалось. Про сложный развод с дележкой имущества. Про то, как изо всех сил, одна, тянула сына, стараясь дать ему самое лучшее. Про то, что на себя совсем не было времени. Да, пожалуй, и сил. И еще – желания. А когда спохватилась, так поняла, что времечко ее женское истекло... Ну, или почти истекло. Словом... Нет, она ни о чем не жалеет! Сын вырос прекрасным человеком, женился на славной девочке. Скоро должен родиться внук! А это, знаете ли, огромное счастье – дожить до внуков!

Есть работа, хорошие подруги, квартира. Здоровье осталось... Не без проблем, конечно... Но если посмотреть на других – у многих проблемы куда как серьезней! А про женскую ее судьбу... Ну, это уж как сложилось... Сама виновата? Да, возможно... Только ведь от судьбы не уйдешь!

Говорила Ирина горячо, сбивчиво, словно боялась что-то упустить, забыть.

Владислав слушал ее внимательно, ни разу не перебив. Только кивал, подбадривал ее улыбкой и жестами – дескать, не расстраивайтесь, не переживайте и забудьте... Мало ли что в жизни было!..

А Ирина так увлеклась, что на какое-то мгновение ей вдруг стало неловко:

– И что это я разошлась? Гружу вас своими проблемами... Простите! Только что вас уговаривала не расстраиваться... А сама! И к чему все это?

И двое сошлись не на страх, а на совесть.
Колеса прогнали сон.
Один говорил: наша жизнь – это поезд.
Другой говорил – перрон,–

кажется, так поется у Макаревича? – спросила Ирина и вдруг расплакалась. Так горько, отчаянно и стыдно, что он сел рядом, приобнял ее за плечи и стал гладить по голове.

– Любите «Машину времени?» – почему-то удивился Владислав. – И я ее очень люблю!

– Это все коньяк! – пробормотала Ирина. – Я ведь... совсем не пью, честное слово!

Владислав уложил ее на полку, прикрыл одеялом и стал говорить какие-то утешительные слова, убаюкивать и успокаивать, словно малое дитя.

Ирина не заметила, как уснула. Вот она, тревожность, возраст, коньяк!..

Проснулась от резкого толчка поезда. Заскрежетали тормоза, раздался негромкий гудок, и за окном тускло осветилась какая-то станция.

Темный ночной перрон был пуст. Стелился низкий туман. И фигура человека в железнодорожной форме, будто возникшая из воздуха, из неоткуда, была какой-то нереальной, киношной, фантомной. Казалось, что человек на перроне не шел, а плыл по реке.

Раздались приглушенные голоса, и состав снова дернулся. И медленно поплыл в глубь туманного тонеля.

Ирина резко села, свесила ноги, потерла виски, поправила растрепавшиеся волосы и увидела, что ее вчерашний собеседник крепко спит на соседней полке, чуть приоткрыв рот.

– Господи, – пробормотала она, – я, кажется, совсем одурела!..

Ирина торопливо шарила ногами по полу, пытаясь найти свои туфли. Одернула кофту и юбку, тихо приоткрыла дверь. «Только не разбудить бы! Стыдно-то как!..»

У двери Ирина обернулась. Владислав продолжал крепко спать. Она увидела его крепкую грудь, сильную мускулистую руку, закинутую за голову, чуть седоватые, но все еще густые волнистые волосы, упря-

мый подбородок с «расщелинкой» и крупный, красивый рот.

Она смотрела на него несколько минут, и ей захотелось... «Нет-нет! Бред, идиотизм, кретинизм, наваждение какое-то!»

Ей захотелось присесть на край узкой вагонной полки и... провести рукой по его волосам, лицу. Хотелось смотреть на него еще и еще. Внимательно, долго, чтобы оставить в памяти отпечаток его лица, широкой мускулистой груди, его крупных и сильных рук...

Ирина чуть потянула носом и почувствовала запах: какой-то знакомый одеколон, нерезкий, теплых тонов, совсем ненавязчивый и очень приятный.

«Запахи – это воспоминания», – подумала она. Потом она словно очнулась, мотнула головой, сбрасывая морок, и быстро пошла к своему купе.

Дверь оказалась незапертой. Красная Шапочка крепко спала, и на ее бледном, веснушчатом и довольно милом лице застыла скорбная гримаса отчаянья и беспокойства.

«И всюду страсти роковые...» – подумала Ирина и громко вздохнула.

«Вот и девочке этой спится тревожно... Кто ее провожал на вокзале? Любовник, муж? Да мне-то какое дело!..»

Ирина разделась. Осторожно, чтобы не разбудить соседку, легла на свою полку и закрыла глаза.

Наваждение. Глупость и наваждение. Коньяк, не иначе. Сто лет она не пила! А тут... Разнюнилась, растрещалась. Выложила все как на духу! Случайному человеку. Да еще мужику! Бред и глупость! «Ладно, – успокаивала себя Ирина. – Завтра расстанемся и... как ничего и не было. Стыдно, конечно, но... Переживу!»

Стыд, он ведь тоже проходит! Ну, или горит со временем не так ярко. А потом и вовсе забывается.

Да и он! Вспомнит ли он про нее через пару дней? Про зрелую дурочку, нет, дуру, именно – дуру! – которую потянуло на откровения?

Климактерический всплеск, не иначе. Ладно, переживем! Не такое, как говорится...

Ирина долго не могла заснуть. Перед глазами проплывали эпизоды всей ее жизни. Отрывками, строчками, кадрами, словно вырезанными неопытным монтажером. И эти кадры местами были рваные, смазанные, путающиеся во времени.

Ирина видела себя молодую: еще совсем худую, голенастую, неловкую, с распущенными по плечам волосами, вечным румянцем на лице, которого она всегда стеснялась.

Зимний лес, плотный снег под тоненькой корочкой льда, серое небо в низких и плотных облаках... Они с мужем идут на лыжах. Она устала, просит передышки, и они присаживаются на влажный пенек. Точнее, присаживается только она. А муж, тоже тощий, молодой, в синей вязаной шапке с белым помпоном, наливает кофе из китайского, с красной жар-птицей, слегка помятого старого термоса. Еще помнит вмятину на правом боку термоса...

Чушь какая-то врезается в память! Лицо мужа помнит расплывчато, а вот дурацкий этот термос — пожалуйста!

Кофе очень сладкий, со сгущенным молоком. Но ей нравится, потому что она сластена. Муж протягивает ей бутерброд — обычный бутерброд с сыром. Она зажмуривает глаза: как вкусно! Просто божественно!..

Почему-то вкус этого кофе и бутерброда Ирина помнит всю жизнь...

А в электричке она засыпает у мужа на плече, и в голове вертится одна только мысль: какая же она счастливая! Даже страшно!..

Кадры меняются.

...Их комнатка в четырнадцать метров у парка «Сокольники». Узкая тахта, покрытая полосатым пледом. Рядом — торшер. На чешских полках — книги и кофейный сервиз, синий, в горох. На журнальном столике — ваза с ромашками. Огромными, с ладонь. Она очень любит ромашки!

На стене висит акварель. Зимний лес... По узкой тропинке бредет девушка. Красная курточка, белая шапка... Это она. Картину писал ее муж — он отлично рисует.

Смена кадра.

...Кроватка сына. Она стоит у окна. На улице октябрь. Льет дождь. Ветер безжалостно срывает желтые листья, и они несутся по тротуару, по проезжей части, вертятся, словно поджаренные. Прилипают к мокрой мостовой и наконец, кончая свой бешеный танец, замирают.

Она ревет... Ревет оттого, что все плохо. Семейная жизнь их странным образом поглупела, обмякла, как тряпка на шесте в безветренную погоду. Муж все чаще старается убежать из дома, где плачет младенец, где пахнет сырыми пеленками и подгоревшим молоком. Она буквально валится с ног и почти ненавидит мужа, считает его предателем.

Много позже она поняла, что тогдашний он, ее муж, был совсем мальчишкой, неготовым к проблемам и сложностям. Но это произошло потом. А в те дни все воспринималось как большая обида.

Приезжает мать, и с порога начинает поносить ее «муженька» – по-другому она его и не называла. «Зять – ни дать ни взять», – вздыхает она. Потом выкладывает на стол миску с котлетами, банку с супом, кусок сырого темного мяса. «Вот! Отстояла за этим кошмаром полдня!» И продолжает ворчать, что «тащит все на себе». Мать гордится тем, что все на ней держится, и при этом то и дело попрекает дочь и ненавидит зятя.

Это правда, без ее поддержки Ирина не выжила бы. Но... От вечных попреков матери становится только хуже, больней.

«Разводись! – требует мать. – Мне надоело кормить твоего отщепенца!»

Ирина злится на мать, начинает ненавидеть и ее тоже. Снова плачет и думает о том, как она одинока.

А потом муж загулял. И с кем? С ее лучшей подругой! Так Ирина потеряла и подругу, и мужа. Он просил прощения, уговаривал... Убеждал, что это была просто интрижка. Но она не простила. «Сейчас, когда мне так трудно!.. Когда у нас маленький сын! И потом – с подругой! Самой близкой! Как вы могли? Как?!»

Ирина подала на развод. А он, кстати, довольно быстро женился! Нет, не на подруге. Хоть это как-то утешало...

Когда развелись, все думала: «А может, зря?.. Подрос бы сынок. Муж привык бы к нему, подружился. Недаром ведь говорят, что мужики лучше понимают детей в осмысленном возрасте! Может, надо было подождать? Потерпеть? Или – перетерпеть?»

Потом был размен их комнаты, которая ну никак не делилась! А если и делилась, то лишь на две комнаты в общежитии.

Как-то после осмотра одного из вариантов – в деревянном бараке в Раменском – Ирина просто плюнула и ушла. К матери, в свою бывшую «девичью». Восемь метров, узкая, как трамвай, комнатенка.

Вдоль стены – кровать сына и ее диванчик. Проход – сантиметров сорок, не больше.

Отношения с матерью стали совсем напряженными. Мать с утра до вечера пилила дочь, что та дура – оставила бывшему мужу комнату, не поделила. «Взяла бы хоть деньгами», – повторяла мать. И сама со вздохом тут же добавляла: «Да что с него взять, с отщепенца!..»

Все это было правдой. Но хоть как-то бороться у Ирины просто не было сил.

Отец к сыну не приходил: мать Ирины сразу заявила, что в дом она «это говно» не пустит».

Ирина выводила сына во двор и там передавала бывшему мужу, отцу их сына. Потом грустно смотрела из окна, как маленький, неповоротливый мальчик в тяжелой шубе, перетянутой ремнем, в голубой вязанной шапке и рукавицах, неловко тычет в сугроб красной лопаткой. В одиночестве. А его «воскресный папаша» сидит на скамейке и читает журнал.

Потом внезапно и страшно погибает мать – под колесами грузовика. Ирина остается одна.

Никто ее больше не пилит, не терзает душу, не требует порядка и блестящих кастрюль. Никто не ворчит, не дает советы, не попрекает. Но... Рядом больше нет близкого человека. Того, кто пожалеет все же... Того, кто ее любил...

Они с сыном одни в квартире. Хозяева. А на сердце – тоска...

Новый кадр.

Детский сад. Неистребимый запах тушеной капусты и каши. В пенале деревянного шкафчика с Мойдодыром – мокрые колготки и варежки. Она быстро одевает сына и торопится домой. Сын неугомонно болтает о всякой всячине, задает бесконечные вопросы, и она тащит его за руку, покрикивая, чтобы он поспешил.

Ужин дома. Макароны, сосиски. Сын снова болтает и ждет ее объяснений. А мать торопится его уложить и хоть чуть-чуть отдохнуть. Прочитана сказка, получены ответы. Она прикрывает дверь в детскую и падает в кресло. Минут на пятнадцать, не больше. Главное — не уснуть! Глаза закрываются, но усилием воли она...

Все усилием воли! Все — на сопротивлении чему-то. Все!!

Потом стирка в тазу — коричневые, в рубчик колготки. Клетчатая рубашка-ковбойка, черные шорты. Ее колготки, трусики, лифчик.

Надо еще почистить картошку на завтра. Компот. Три бутерброда с собой, на работу — в столовку идти неохота, жаль и желудок, и деньги. Строжайшая экономия. Надо копить деньги на отпуск!

Вот теперь все! Она снимает халат и падает на кровать. Все, все! Спать! Только спать!.. Об остальном она подумает завтра. Как Скарлетт О'Хара...

«Как я ее понимаю...» — шепчет Ирина и через пару секунд засыпает.

...Первое сентября. Взволнованный сын с букетом в руке. Она плачет, видя, как ее мальчик уходит от нее, поднимаясь по щербатым ступенькам школьного крыльца. Сын оборачивается, и Ирина видит его перепуганные огромные глаза.

«Вот так он однажды уйдет навсегда!» — вдруг пронзает голову эта страшная мысль. И теперь уже ревет она.

Как быстро сменяются кадры в этом «кино»!..

...Вот и последний звонок. Ее сын, высоченный, красивый, в новом костюме, машет ей рукой, подбадривая: «Мам, ну все ж хорошо! И чего ты снова ревешь?»

Вступительные в институт. И снова бессонные ночи – не дай бог, армия! Не дай бог – Чечня. И первая девочка в доме – его девочка, сына. Милая, тихая – пьет чай и робеет поднять глаза.

Ирина тоже боится ее, этой девочки. Потому что она реальная, вполне ощутимая угроза и может украсть ее мальчика!

Но в тот раз пронесло...

Новый кадр.

...Ирина стоит у могилы мамы и просит прощения. Почему? За что? Не знает и сама. Говорит сбивчиво, торопливо, пытаясь что-то объяснить, оправдаться...

...Девичник с подругами: бутылка вина на столе, курица, торт... Воспоминания, взрывы смеха, жалобы на детей, старые анекдоты. Разговоры о тряпках. О мужиках. Ирина молчит... Ей рассказывать нечего.

...Турция. Шумный пляж. Почти нестерпимое белое солнце. Белое тело, которого она страшно стесняется. Но вскоре понимает, что всем вокруг – наплевать! Никто и не смотрит на нее... Подумаешь, тетка! Еще одна какая-то тетка приехала. Да здесь таких – легион!

«Тетка, – повторяет Ирина про себя. – Вот я уже и тетка... Ну что ж, надо смириться! Обидно, правда, ужасно...

Такие дела...

Но море – прекрасно! И номер хорош! И не надо стоять у плиты! Боже, не надо! Ирина просыпается утром и чувствует себя королевой!

Как мало нам надо! Как мало... И всего-то – маленький отельчик в Белеке, три звезды.

...Работа, работа, работа. В метро очень душно. Раньше так не было. Или было? Или раньше ей просто не было душно?

Очень хочется красное пальто. Просто невыносимо хочется – так, что спать не может! Уже две недели не спит. Но дорого – страшно! Так же невыносимо дорого, как и хочется. «Нет, не могу!.. Я что – идиотка? Да и потом – красное! Не по возрасту, да? Да! Идиотка...»

И вот пальто лежит на диване. В прозрачном целлофановом пакете. А вытащить обновку страшно...

И снова две бессонные ночи подряд. В мучениях: «Мне никогда ничего так не хотелось... Деньги?.. Прорвемся! Поголодаю немного – мне это только на пользу!»

Потом свадьба сына. Такая неожиданная. «Почему так скоро? Вы что, не можете подождать? Внезапно так, без подготовки... Ну, хорошо! Я смирюсь, привыкну. Раз надо... Уж сколько раз я привыкала, смирялась!.. Конечно, я привыкну. Ради тебя, сынок!»

Кадры «хроники ее жизни» замедлили свой бег.

И это все? Все, что было? Самое яркое? Самое запоминающееся? Самое значимое? Неужели все?!

Ну, нет! Разумеется, было еще...

Только вот... вспоминать почему-то не хочется. Нет, ничего стыдного! Так, ерунда. Курортный роман... Служебный роман... Все ненадолго, без последствий. Неинтересно и тоскливо.

Про тот курортный и вспоминать неохота. Влажное чужое белье и чужая комната. Очень жарко. На стекле бьется жирная муха. Жужжит. Ирина очень стесняется и просит его отвернуться. Он усмехается. А когда она выходит из душа, он, не поворачивая головы в ее сторону, жадно ест арбуз и смотрит в окно. Словно Ирины и нет в комнате. Но он не Дмитрий Гуров, а она не Анна Сергеевна. Это понятно. Их роман без продолжения. А потом он говорит, что хочет спать, и громко зевает. Ирина быстро одевается и уходит. В своей комнате она плачет. Всего-то неделя. Радости – ноль. А боль и обида – надолго. А про служебный...

Он не был женат. Но у него была мама! И эта самая мама стоила как минимум двух жен! Или даже трех! Мама все время что-то требовала. Вовремя быть дома. Выходные проводить с ней. Сопровождать ее в театр. Ездить с ней в санаторий. Вызывать участкового врача и при этом присутствовать.

Хотя он был неплохой человек. Но... Кто ж согласится на такую маму? Ну и, понятное дело, расстались.

И все без радости... Нечего вспоминать. Одна шелуха...

Ирина часто думала: кто-то сгорает в страстях. Постоянно. Слышала об этом от своих приятельниц и сотрудниц. Кто-то проживает размеренную и спокойную семейную жизнь. Но у всех – почти у всех – что-то было. Яркое, значительное, запоминающееся. То, что украшает женскую жизнь. Хоть воспоминания! Сердечная память.

Только у нее – ничего такого. Ни яркого, ни значительного, ни запоминающегося... И ничего уже больше не будет! Ни-че-го! В этом она была совершенно уверена! К полтиннику уже подкатило! – Вы о чем? О каком женском счастье? Если уж молодые девчонки табунами бродят по жизни в полном одиночестве!.. А ей-то куда?..

Проснулась Ирина от звяканья стакана. Красная Шапочка пила чай и скорбно смотрела в окно.

– С добрым утром! – приветливо сказала попутчица. – Чаю желаете?

– Кофе желаю! – улыбнулась в ответ Ирина. – Не знаете, здесь подают?

Красная Шапочка пожала плечом.

– Наверное, подают. Только, думаю, растворимый. Настоящего от них не дождешься...

Кофе и вправду был растворимый. Но Ирину устроил и такой. Пара кусков сахара, долька лимона – и вот оно, счастье!

А еще страшно захотелось есть. И Ирина, смущаясь, съела почти целую пачку печенья.

Потом достала зеркальце. Внимательно изучила свое лицо и осталась довольна: для женщины сорока восьми лет, проведшей «бурную» ночь с алкоголем (и всего-то – три рюмки!), да еще и на чужой, простите, постели... Нет, она еще очень даже ничего!

Спасала природа: хороший цвет кожи, темные ресницы и брови, густые, длинные волосы. При всей ее яркости, данной природой и родителями, косметикой она почти не пользовалась. Посему – тушь не расплылась, карандаш не потек, волосы лежали ровной волной.

Ирина причесалась и ловко, быстрым привычным движением заколола волосы на затылке заколкой.

– Вы меня извините!.. – робко начала Красная Шапочка. – Вчера я не дала вам отдохнуть...

– Да ладно, пустяки! – бодро парировала Ирина. – В другой раз отдохну! Не стоит переживать по этому поводу! К тому же я выспалась.

Красная Шапочка наморщила лоб:

– Ситуация у меня, знаете ли... Жуткая, в общем! – выпалила она и так наморщила свой носик, что, казалось, вот-вот заревет.

Ирина даже растерялась от такого поворота.

– Ну, все как-нибудь образуется! – утешительно-назидательно изрекла Ирина. – Все перемелется и... будет мука! – по-дурацки пошутила она.

По всему было видно, что Красная Шапочка так не считает. И она вдруг заговорила – торопливо, словно боясь не успеть. Ехать им осталось всего часа полтора.

– Есть муж, детишки, – начала свою исповедь Красная Шапочка. – И все было замечательно! Вы не поверите – как в сказке! Дом, сад, машина. И любовь. Так мне казалось... Родители мужа – прекрасные люди! Ко мне относились как к дочери, представляете? Нет, даже лучше!

А тут... Поездка в Москву. И там – встреча с одноклассником, моей первой любовью. Случайно, в кафе. Рок судьбы! И понеслось! Закрутило, завьюжило! Не остановиться никак! Понимаете, это оказалось вне нашей воли!

У вас так было, наверное? Ну, чтобы никак! – Красная Шапочка слегка покраснела и вопросительно посмотрела на Ирину, явно ища одобрения и поддержки со стороны более взрослой и опытной женщины.

Но Ирина в ответ грустно покачала головой:

– *Так* – не было. Наверное, не повезло... Или наоборот! – бодро усмехнулась она, стараясь сгладить возникшую неловкость.

Красная Шапочка с жалостью посмотрела на попутчицу:

– Что, ни разу? За всю вашу жизнь?!

И тут же сама смутилась и постаралась утешить Ирину:

– А может, и правильно! Может, вам повезло! А мне... Вот честно – не знаю! Я и самая счастливая, и самая несчастная, понимаете? Надо бы порвать, а сил не хватает. Сколько раз пробовали!..

Он... не против детей. Но они же ему неродные! Как там все получится? Я не знаю. А муж... Он детей обожает. Прекрасный отец! К тому же – свекровь. Лучшая бабушка! Она сильно болеет... И внуки для нее – отрада. На этом только и держится. А если я отниму... Всем ведь жизнь переломаю – мужу, свекрови. Возможно, и ему. Моему... Ну, вы понимаете! А про себя я и не думаю! На себя мне плевать! Как потом все будет? Все равно – пропадаю...

Свекровь все знает... Но от сына скрывает. Мне говорит: «Подожди! Не спеши! Дров не ломай! Жизнь – она сложная штука. Столько нюансов бывает...»

Она меня *прикрывает*! Понимаете? Нет, вы слышали про такое? Терпит меня, чтобы я только не ушла. Страдает и терпит. Удивительный человек!

Жалеет меня, как мать не жалела. А я вот такая, получается, сволочь! Раз в две недели – в Москву...

– Свекровь ваша права! – осторожно сказала Ирина. – На все нужно время. Страсть, знаете ли... Продукт скоропортящийся.

– А вам разве это известно? – Красная Шапочка недобро сощурила глаза. – Ну, чтобы так, как пророк, говорить?

«Все правильно, – подумала про себя Ирина. – Как я могу давать совет этой девочке? Я, по сути, душевный инвалид!.. Сказать: все, разорви! Дети дороже. Семья – это главное! Порви свое сердце! А если потом... она окажется самой несчастной на свете?! Потому что без любви! Как человеку принять решение? Что перевесит: долг или?.. Другая бы не задумывалась... А эта страдает! Совестливая, значит... Только кому и когда от этого было легче?»

В дверь купе постучали.

На пороге показался Владислав, вчерашний случайный попутчик.

Ирина, чуть покраснев, поздоровалась. Почему-то очень смутилась. Красная Шапочка взглянула на гостя с удивлением. Потом перевела взгляд на соседку.

Заметив ее смущение, едва заметно усмехнулась и вышла в коридор.

— Рразрешите? — спросил Владислав.

Ирина кивнула.

— Ну да, разумеется, — и от смущения отвела глаза в сторону.

Как-то так получилось, что их вчерашняя взаимная исповедь продолжилась.

Владислав говорил о своей работе. Рассказывал про дом, который построил сам, правда, с помощью деревенских мужичков из соседей. Увлеченно рассказывал Ирине про свой сад, где растут груши, сливы и, представьте себе, черешня! И это в их-то то краях!

Потом увлеченно описывал свою баньку — из карельского сруба:

— В этих бревнах ни черта не заводится — никаких жуков, никакой гнили! Вы понимаете? Это — самое лучшее из всего, что возможно. У меня вообще к хозяйству серьезный подход! — с улыбкой хвастался Владислав.

Сообщил, что увлекся пасекой и пчеловодством:

— Такая, знаете ли, история интересная! И мед — чудо какое-то! Нет, вы не смейтесь — чистейшая

правда! В первый год собрал совсем немного, но на зиму почти хватило. Да и на подарки родне! Сыну и дочке!

— А они у вас... далеко? — осторожно спросила Ирина. — В смысле, живут далеко?

— В городе, — коротко ответил Владислав. — Дочка в Н., а парень — в столице. Да и дочка туда собирается, — расстроенно добавил он. — Никак не уговорю остаться на родине.

— Чудно... — улыбнулась Ирина. — Мой московский мальчик, весь из себя столичный, городской, уехал в деревню. Ну, или почти в деревню. А ваши стремятся в Москву!..

Помолчали. Каждый о своем.

Потом Владислав взглянул на часы и вздохнул:

— Через тридцать минут прибываем.

Он внимательно посмотрел на Ирину, кашлянул и спросил:

— Простите, Ирина! Не осуждайте и не сердитесь, прошу вас! Знаете, как в жизни бывает... Да по всякому бывает, — продолжил Владислав после небольшой паузы. И встречи случайные, и расставания... Спутники и попутчики, — усмехнулся он, вспомнив их вчерашний разговор.

— Словом... Я оставлю вам свой телефон? Ну, если вдруг?

Ирина подняла глаза и отрицательно покачала головой:

— Нет, Владислав! Не нужно! Тут дело не в вас, поверьте! Честное слово — не в вас! Просто... все это глупость какая-то! И вчерашняя ночь, и коньяк, и мои откровения!.. Поверьте, я знаю, *как в жизни бывает*! И как *не бывает* – увы, тоже знаю!

И не придумывайте себе ничего! Я вас очень прошу! Сказки, знаете ли... Они остались в далеком детстве!

И посему... Посему мы с вами будем жить дальше так же, как и жили! Ну, в смысле, я... – совсем смутилась Ирина. – Потому что привычка... Заботы... Они мои – понимаете? Только мои! Вот внук должен родиться! Мой внук, понимаете? И вы тут совсем ни при чем! И жизнь моя – привычная, обыденная, размеренная, скучная, обывательская, одинокая и городская – только моя! И мне в ней... привычно! И даже комфортно! Я к ней привыкла и отвыкать не хочу! Да и на приключения всякого рода меня никогда не тянуло – вы уж простите! Не из фантазерок я и не из мечтательниц. Не из авантюристок...

В общем, вы меня поняли! И не обиделись, очень надеюсь! Так что давайте без «вдруг» и без «если» – согласны?

Владислав вздохнул, развел руками и согласно кивнул. Попрощался и пожелал ей всего наилучшего:

– Самое главное – здорового внука! – улыбнулся он и вышел за дверь.

Лицо Ирины горело. А руки были холодными. Как лед...

«И чего это я так разволновалась? – удивилась она. – делов-то... Ну, слава богу, что объяснились, что не обиделся. Неплохой вроде мужик. Впрочем, много я в них понимаю?! Опыта у меня... С медную копейку. Ну, да ладно!..»

Неловкость почти прошла. Ирина подкрасила глаза и губы, надела плащ и стала смотреть в окно. Поезд медленно тащился по окраине города, подбираясь к вокзалу.

В вагоне началась суета: люди спешили вынести вещи. Кто-то шумно прощался. Вдруг неожиданно включилось радио. Хмурая проводница быстро прошла по коридору.

Наконец Ирина увидела сына. В сердце словно раскрылся цветок. Сын стоял на перроне и пристально вглядывался в окна вагонов.

Ирина отчаянно замахала рукой, и сын, заметив ее, заулыбался.

Они долго стояли обнявшись. Ирина уткнулась в плечо сына и замерла, почувствовав знакомый, самый любимый запах.

Он подхватил ее чемодан, и они пошли к выходу, продолжая держать друг друга за руки.

У выхода Ирина обернулась. Красная Шапочка шла по перрону одна, надвинув почти по глаза свою дурацкую шапку. Из-под шапки, словно лисий воротник, кудрявились ее золотистые волосы.

Владислав стоял возле урны, пытаясь на ветру закурить сигарету.

Ирина быстро повернула голову в сторону – только не встретиться взглядами! Почему-то она смутилась, вздрогнула и, плотнее прижавшись к сыну, прибавила шагу.

В машине болтали о том о сем. И сын, смущаясь, признался, как он ее ждал.

Невестка встречала на пороге: смешная, с острым — «яичком» — животиком, закутанная в огромную шаль.

Они обнялись. Потом пили чай, обсуждали семейные дела.

Решили, что после дневного отдыха — «ты, мам, с дороги» — поедут в гости к сватам.

Отведенная ей комната была маленькой и уютной. Тронула ваза с тюльпанами. «Сын постарался!» — догадалась Ирина.

Она укуталась поуютней, поджала под себя ноги, свернувшись колечком, — поза, любимая с детства. Закрыла глаза и подумала, что она очень счастлива. Нет, правда! В ней нуждаются. Она нужна! А это значит, что не одинока!

Разве дозволено быть одинокой, имея детей?

Какая там личная жизнь?.. Дети, внуки, работа...

Нет, он хороший мужик! Это же видно! Ну, или выглядит таковым... Так хочется верить, что есть на земле хорошие мужики. Остались еще. И Владислав — среди них.

Она все правильно сделала. Совершенно ни к чему. Уверена! Хотя... И молодец, что не взяла телефон. Меньше будет соблазнов.

Ирина вздохнула, словно жалея о чем-то, и быстро уснула.

Вечером собирались в гости. Она открыла свою сумочку, чтобы достать пудреницу и помаду.

Из бокового кармашка выпал листок бумаги.

На нем были написаны номер телефона и три слова: «Ну, если вдруг...»

Сердце екнуло и часто забилось. Ирина почувствовала, как ее слегка бросило в жар. Посмотрела на дверь, быстро сунула бумажку обратно в сумочку и... улыбнулась.

«Ну, если вдруг...» Смешно! И не безнадежно, ведь так?

Женщины, кот и собака

Собака бежала впереди. Иногда она останавливалась и оглядывалась на хозяйку.

– Что, Лада? – спрашивала та. – Ну что ты? Беги!

Собака успокаивалась, коротко и одобрительно тявкала и снова бежала вперед. Ей надо было знать, что с хозяйкой все в порядке и что на ее самовольство она не сердится.

Иногда собака возвращалась, снова подбегала к хозяйке, тыкалась ей в ладонь мокрым и холодным носом, заглядывала в глаза и снова ждала команды.

Евгения – так звали хозяйку – смеялась, трепала ее по голове, чесала за огромными ушами и весело повторяла:

– Ну, Ладка! Беги!

И собака радостно бросалась вперед.

На обратном пути она шла рядом с хозяйкой. Набегалась. Дышала часто и тяжело, вывалив розовый влажный язык. Хозяйка тоже шла медленней – обратный путь всегда, как известно, длиннее.

Выйдя из леса, собака засеменила быстрее. Впереди замаячили неровные и разноцветные заборы, среди которых она быстро опознала свой.

Она подбежала к калитке, оглянулась на хозяйку и ткнула в калитку носом. Калитка со скрипом отворилась, и собака, радостно виляя хвостом, забежала во двор.

Подошла Евгения, закинула крючок на калитку и увидела собаку, жадно лакающую воду из миски.

Миска стояла у крыльца – огромная старая миска, похожая скорее на таз. В миске плавал желтый осиновый лист.

– Пей, Ладка! – кивнула хозяйка. – Пей, моя девочка! И отдыхай!

Собака напилась и громко плюхнулась на коврик, лежавший около крыльца.

Немного поворчав и устраиваясь поудобней, она наконец приспособилась, положила морду на передние лапы и замерла.

Евгения прошла на кухню, поставила чайник, с тоской посмотрела на немытые кастрюлю и сковородку и со вздохом присела на табуретку.

Табуретка и обеденный стол стояли у окна. В окно был виден весь участок: яблони у забора, кусты смородины и крыжовника, давно опустошенные и от того печальные. Клен у калитки – стройный, с еще пышной кроной, сверкающий своими разноцветными листьями – желтыми, охряными и красными. Клен горел, переливаясь на прохладном осеннем солнце.

Вдоль дорожки, выложенной кирпичной крошкой, давно потерявшей свой яркий цвет, нестройно стояли хилые астры.

Участок был довольно заросшим, лохматым и, наверное, все же уютным.

Так, по крайней мере, казалось хозяйке.

Она еще полюбовалась на умирающую сентябрьскую, краткосрочную красоту, снова вздохнула – сентябрь закончится через неделю, и всё...

Нет, октябрь вполне может быть еще сносным! Так часто бывает! А вот ноябрь...

От этого брата нельзя ждать хорошего. Ноябрь – это всегда первый снег, первые заморозки, лихие, холодные дожди и голые, черные ветки деревьев.

Она ко всему относилась сдержанно – к морозу, к жаре, к дождям и метелям. Не любила только ноябрь: месяц этот был самым темным, самым грустным и самым тоскливым.

– Ничего, переживем! – вслух сказала она. – И не такое, как говорится!..

Но вдруг накатила такая беспросветная тоска, что она схватилась за горло руками, сдерживая вой, готовый вырваться из горла.

Больше всего ей хотелось уйти в свою комнату, рухнуть на кровать, укрыться с головой одеялом и... Завопить! Так, чтобы от души, от всего сердца. И еще, чтобы никто, не дай бог, не услышал.

Сначала выкричаться, выплеснуть, исторгнуть из себя всю эту муть. Густую, темную, как осенняя вода.

А потом заснуть до позднего вечера. А лучше – до утра. А еще лучше, чтобы...

«Господи, что за мысли?! – испугалась она. – Возьми себя в руки! Сейчас же! У тебя ведь... хозяйство! Дом, сад и собака!»

Сквозь слезы она улыбнулась. Хозяйство... Смешно! А Ладка – это да! Без нее собака точно пропадет.

«Что держит нас на свете тогда, когда, по сути, уже ничего не держит?» – подумала она.

Нас держит ответственность, вот! За того, кого мы приручили.

И она начала торопливо, словно перебивая себя, мыть сковородку.

Потом взялась за кастрюлю. Следом поставила варить гречневый продел для собачьей каши. Задумалась и решила сделать обед и себе. В холодильнике – старом, еще пузатом и отчаянно дребезжащем «Саратове» (дай бог, кстати, ему долголетия!) – она обнаружила вполне упитанный кабачок, два помидора и морковку.

«Будет рагу! – обрадовалась Евгения. – Чудесное дело – овощное рагу! Замечательная еда для пенсионерки! Дешево, вкусно, полезно. Можно и с хлебом, и с макаронами, и с картошечкой пойдет!»

Она начала строгать овощи, тереть морковь и резать луковицу.

По кухне пополз вкусный аромат еды.

Так, а теперь в магазин, решила она.

За свежим хлебом, ряженкой для собаки. Можно прихватить мороженого на вечер. Ладка, кстати, обожает мороженое!

Ну, и к чаю чего-нибудь... Например, овсяного печенья. Там оно замечательное – местное, свежее, загорелое. И пахнет орехами.

Она выключила плиту, накинула куртку и влезла в старые резиновые сапоги с отрезанными голенищами. Мимоходом глянула в зеркало и качнула головой: «Ужас!.. Вот кто б меня видел! Бомжиха, да и только!»

Еще раз качнув головой, она вышла на крыльцо и окликнула собаку:

– Ладуся, пойдем? Или ты будешь спать?

Собака нехотя подняла на нее голову и посмотрела жалобно, словно извиняясь. Взгляд ее говорил: «Иди сама, а? Ну иди без меня! Я так устала, и мне так хорошо!»

Хозяйка засмеялась:

– Спи! Дрыхни, лентяйка! Я, девочка, быстро! Не нервничай и отдыхай! Охраняй, Лада! – уже серьезным тоном добавила она, пригрозив собаке пальцем.

Собака громко вздохнула и отвела глаза. Ей было неловко оттого, что она не поддержала компанию. И было смешно от приказа хозяйки: «Охраняй!» От кого, интересно? Кто может на *это* позариться?

Магазинчик располагался на соседней улице. Женщина шла быстро, поглядывая по сторонам. Кое-какие домишки были уже заколочены – «законсервированы на зиму». Так это здесь называлось.

Другие дома, побогаче (впрочем, таких было немного), защищали металлические ставни. На некоторых заборах даже висела колючка. Правда, сделано это было скорее для собственного успокоения. Воров ничем не остановить – грабили дачный поселок часто, каждую зиму.

Улицы были пустынны. Дачники с детьми съехали еще в конце августа. В поселке оставались пенсионеры – в основном одиночки. Караулили свои бедные посадки, собирали последние поздние яблоки и ждали настоящих холодов. Только тогда уезжали в Москву.

День был теплый, солнечный, яркий. Она любовалась огненно-красной рябиной, золотыми шарами, охапками вываливающимися из-за заборов и свисающими на улицу.

Пахло несобранными и уже слегка подгнившими яблоками, изобильно и щедро наполнившими в этом году все подмосковные сады. «Яблочный год», – говорили все.

Под елкой торчали две сыроежки с бледно-желтыми шляпками.

Она вошла в магазин. Орал телевизор. Продавщица Раиса сидела на стуле и смотрела какой-то шумный сериал.

Увидев нежданную покупательницу, Раиса нехотя убавила звук телевизора и с недовольством посмотрела на женщину.

– Привет! – сказала та и, словно оправдываясь, добавила: – Вот, я к тебе.

– Вижу!.. – буркнула Раиса. – Проголодалась?

Женщина пожала плечами:

– Ну, вроде бы так...

Она растерянно смотрела на полупустые полки.

– Да нет ничего! – раздраженно сказала Раиса. – Чего завозить-то? Через десять дней закрываемся!

Незадачливая покупательница покорно кивнула.

Молчание нарушила продавщица:

– А ты чего здесь засела? Чего домой не торопишься?

– Да вот, засела! – легко и бодро ответила та. – А нам здесь хорошо! Воздух, покой, тишина... И Ладке раздолье! В Москве ей, бедняге, гулять совсем негде! Квартира-то в самом центре! Понимаешь? И где там гулять? Нет даже сквера! Все извели и застроили, гады!

Продавщица хмуро молчала. «Гулять ей, королевишне, негде!.. – осуждающе подумала она. – А ты здесь... В сарае перебиваешься! А в центре – квартира!»

Продавшица в сомнении покачала головой.

– Эх, была бы у меня квартира в Москве!.. – крякнула Раиса. – Видали бы вы здесь меня!

Раиса – все это знали – жила в ближайшей деревне, километров за семь. Летом нанималась в ларек – так местные называли свой дачный магазинчик. Ночевала там же, в ларьке, в задней комнатке – на складе, как она говорила. Там у нее стояла раскладушка. Домой не ходила – там ждали только вечно пьяный муж, тяжело пьющий сын и сварливая сноха.

«Летом я в отпуске, – говорила Раиса, – без своих отдыхаю».

Иногда приходила сноха: худющая, высохшая, с красным, обветренным лицом. Раиса запирала магазин, и они долго скандалили.

Народ, собравшийся перед магазинчиком, терпеливо и молча ждал – никто не роптал.

Потом сноха выкатывалась – с проклятьями, в руках полная сумка, где звенели бутылки.

Раиса отпирала лавку и начинала торговлю. Лицо ее было бурым и заплаканным. Все ее жалели и разговаривали тихо, словно в соседней комнате лежал покойник.

И еще – с ней не связывались.

– Ну, что надумала? – спросила Раиса.

Женщина кивнула и стала перечислять: две пачки печенья, кефир, ряженка – две. Муку! Два кило. Рис, продел. Плавленый сыр. Ну...

Она задумалась и снова вглядывалась в остатки товара.

– Сахар возьми, – посоветовала Раиса, – чтоб потом не таскать! Риса еще. Макарон! Вот закроюсь, и будешь тогда на станцию чапать!

Женщина кивнула.

– И творог. Три пачки.

– Себе? – строго спросила Раиса. – Несвежий он!

– Ну, ладно. Не надо. Не надо несвежий.

– Собаке возьми! – раздраженно посоветовала продавщица. – Чего ей, собаке-то?

Евгения улыбнулась:

– Собаке несвежий не нужно! У них тоже, знаешь, желудок! И возраст к тому же!..

Раиса презрительно хмыкнула:

– Желудок... Наша вон жрет все, что дашь. И живет на дворе! Помои жрать будет! А ты – возраст, желудок!..

– Моя не будет! – резко отрезала женщина. – Потому что я ей не дам!

Раиса пожала плечами.

Евгения понимала, что у деревенских отношение к животным другое. Но собаку свою в обиду она не давала.

Рассчитались.

– В общем, ты здесь надолго? Да, Жень? – снова спросила Раиса.

Та кивнула и беспечно сказала:

– Ага! Красота ведь какая! И тишина! Идем с Ладкой по лесу и вместе балдеем! А спится как, Рая!..

– Слушай! – вдруг оживилась Раиса. – А ты к Поклединой иди! В сторожа! Ну, на зиму, в смысле!

Женщина нахмурилась и спросила:

– Не поняла... Куда мне идти?

Раиса раскраснелась:

– К Лизавете Поклединой! Она как раз сторожа ищет! Все меня просит найти! Отстроила замок, – Раиса хмыкнула, – и забоялась! Найди, говорит мне, из местных! Ага, а кого я найду? Все пьют беспросветно! Ну, все мужики! Напьются – спалят! Спалят ее замок! А мне потом отвечай?

Раиса возмутилась и затрясла головой:

– Нет, наши все – ненадежные люди! А ты... Ты приличная женщина! Не пьешь! К тому же с собакой!

А, Жень? Красота! Там, у Елизаветы, тепло! Все условия и удобства! Теплый сортир, ванная есть! Баня даже! Она мне сама говорила! Набьет тебе холодильник – живи! Как барыня – в теплом доме с сортиром!

Евгения покачала головой:

– Нет, Рая. Спасибо! Какой из меня сторож, ей-богу? Я у себя как-нибудь... Знаешь ли, дом – это дом! Да и вдруг в Москву соберусь? В смысле, к себе. А тут я должна... – Она покачала головой, подхватила сумку и, кивнув Раисе, вышла на улицу.

Шла она быстро, задыхаясь. Тяжелая сумка оттягивала руку. Но шага она не сбавляла – торопилась домой.

Слезы душили ее. «Только бы не встретить соседей!»

Последние метров тридцать она почти бежала. Резким движением толкнула калитку, бросила сумку прямо на землю и, плюхнувшись рядом, наконец заревела.

В долю секунды к ней подбежала собака. Испуганно посмотрела на хозяйку и, поскуливая, стала облизывать горячим и мокрым языком ее лицо и шею.

– Все, Ладка, все! – шептала женщина и чуть отодвигала ее. – Хватит, Ладунь!

Собака села рядом и не мигая смотрела на хозяйку, продолжая скулить.

Потом подняла морду и тонко завыла.

– Все хорошо, Ладка! Все в порядке! – бормотала Евгения, тяжело поднимаясь с земли. – Ну, все! Идем в дом! Пошли, милая! Хватит уже! Наревелись!

Евгения наконец встала, отряхнула одежду, подняла сумку и медленно пошла в дом.

– Такие дела, Ладунь! – усмехнулась она. – В сторожа нас с тобой прочат! Дожили, а, Лад?

Она горько усмехнулась и стала умываться водой из-под крана.

Вода была холодная, почти ледяная, но она приятно обжигала и успокаивала.

Умывшись, Евгения устало опустилась на табурет и принялась разбирать сумку.

– Да, девочка! – обращалась она к собаке. – Видишь, как жизнь оборачивается! Была тебе барыня, интеллигенция, мужнина жена. Денег в достатке. Жена, мать и переводчик с французского. А стала...

Евгения вздохнула и посмотрела на собаку:

– А стала... – с горечью повторила она, – бомжихой и кандидаткой в сторожа! Каково? Вот, как говорится, от сумы и от тюрьмы, моя милая!..

– А что, Лад? – вдруг засмеялась она. – Мы с тобой еще в тренде! Еще о-го-го! Ну, раз в охрану зовут! Доверяют, значит!

Собака тихо взвизгнула, радуясь улыбке хозяйки, и со стуком забила хвостом.

– Радуешься? – спросила хозяйка. – Ну-ну! А что нам еще остается? Двум старым и брошенным дурам? Да, Лад?

Собака коротко и радостно тявкнула.

Никогда за всю свою долгую девятилетнюю собачью жизнь она не возразила хозяйке и всегда с ней соглашалась.

После обеда – то самое овощное рагу, представьте, очень вкусно получилось! – Евгения Сергеевна немного почитала, попробовала начать переводить какой-то незнакомый текст, но отложила – в голову ничего не шло и хотелось спать.

Наконец, успокоив себя, что имеет на это полное право, она радостно плюхнулась в кровать, накрылась одеялом и закрыла глаза.

Собака улеглась рядом, долго возилась, устраивалась. Немного поворчала, покряхтела, повздыхала и наконец закрыла глаза и тут же, через пару минут, захрапела.

Хозяйка улыбнулась и повернулась на бок:

– Все хорошо! – прошептала она. – А будет все... просто прекрасно!

Если не думать о том, что случилось в ее жизни, то и вправду можно было бы отчаянно убеждать себя, что все прекрасно.

Но... Не думать не получалось, увы... Будучи человеком сильным и стойким от природы, Евгения Сергеевна всегда принимала удары судьбы спокойно. Или, по крайней мере, с достоинством.

В истерики не впадала, судьбу не кляла, на близких не бросалась.

«Так – значит, так!» – говорила она и принимала предложенные обстоятельства.

Покойный муж был совершенно другим человеком: на все реагировал буйно, легко впадал в панику, разражаясь проклятиями и криками. Проклятиями –

в адрес обстоятельств, а криками – в ее адрес, супружницы. Просто... так ему было легче.

С ним вообще никогда легко не было – характер у мужа был вспыльчивый, резкий и нетерпимый.

Еще с молодых лет Женя уговаривала его переждать, не реагировать, смириться, принять ситуацию такой, как она есть.

С возрастом он закипал еще больше. Всякие доводы и уговоры «беречь здоровье, потому что все, в конце концов, пройдет и перемелется» его возмущали еще сильнее.

Женя махала рукой и уходила к себе. Но и там он ее настигал: в его неприятностях или проблемах ему непременно нужен был слушатель, стрелочник и «утиратель соплей».

С годами Евгения Сергеевна это усвоила и смирилась: в конце концов, у кого без проблем? Да, муж паникер. Скандалист... Человек южного темперамента – хоть и русский, а вырос в Тбилиси. А там все горлопанят!

Но человек он приличный и честный. Муж верный, хороший отец. Ну и так далее.

«Далее» включало то, что Евгения Сергеевна его любила. Очень любила. Всегда.

Даже в те минуты, когда он ее сильно разочаровывал и огорчал. А такое часто бывало. Он делал много ошибок: в работе, в построении отношений с коллегами и друзьями, в отношении к сыну.

«У сдержанного человека меньше промахов», – говорила Евгения, цитируя мудрейшего Конфуция. Но

кто из нас прислушивается к советам мудрейших? Да и вообще, кто из нас слушает близких? Ну а если и слушает — кто из нас слышит?

Так и прожили — буйно, шумно, крикливо. Но несчастливой она не была. Нет, не была.

Муж обожал гостей и застолья. Почти каждую неделю у них собирались гости. Ей, конечно, это было сложновато — работа плюс вечное кухонное рабство. А муж требовал разнообразия и изобилия, к чему был приучен.

К тому же постоянно наезжали тбилисские друзья — школьные, дворовые, институтские. А они, как известно, в застольях толк знали!

Евгения быстро научилась грузинским премудростям — пхали, сациви, аджапсандал, ачма, чашушули. Муж хвалил ее, правда нечасто.

Так она и запомнила свою семейную жизнь: от стола с пишущей машинкой, что стоял у окна в их крошечной спальне, до вечно раскаленной плиты и раковины. Короткий, но непростой путь. Траектория ее семейной жизни.

Они много ездили — муж любил перемены. Путешествовали по стране, были и на Байкале, и на Дальнем Востоке. Оттуда однажды полетели даже в Японию.

Съездили на Камчатку. Бывали и за границей — сначала Европа социалистическая (другая была тогда недоступна). Потом и другая: Италия, Франция. Их друзья жили по всему миру.

Часто ходили в рестораны, поскольку друзья их были людьми обеспеченными. Жили весело, шумно, бурно, открыто. Бесконечная круговерть событий и впечатлений! Денег хватало: муж хорошо зарабатывал — работал главным инженером огромного предприятия. Евгения работала «для души», как говорил муж. Чтобы не забыть язык и не потерять квалификацию, переводила статьи в журналы «с картинками».

Когда она уставала и начинала ворчать, муж говорил, что останавливаться нельзя! Жизнь — такая короткая штука!

Как напророчил...

Он умер в пятьдесят семь — инфаркт. Она не удивилась: с его-то реакцией на происходящее!

После похорон и пышных, обильных поминок, оставшись одна в квартире — друзья уже отбыли, спешно прощаясь, у всех своя жизнь, — Евгения Сергеевна вдруг подумала, что вот теперь... отдохнет.

Мысль эта ее испугала и потрясла: «Вот надо же так подумать!»

Как странно у человека устроен мозг! Такое горе, столько лет вместе... А тут вдруг — облегчение...

Сын к тому времени уже перебрался в Канаду. Уехать он стремился всегда. А тут повезло, подвернулось. Списывался, подавал анкеты, заявки и выхлопотал себе какую-то странную работу. И все, привет!

О его тамошней жизни Евгения Сергеевна знала немного. Работу в лаборатории он вскоре оставил, как-то очень быстро женился и стал заниматься бизнесом. Названивал тбилисским друзьям отца, о чем-то просил. Иногда те помогали. Но все они были людьми уже пожилыми, и в новую реальность вписались лишь немногие. Связи ослабели, в начальники вышли другие.

Канадскую жену сына Евгения Сергеевна видела только на фотографии: женщина милая, симпатичная и совершенно чужая. Звали ее Валенсия, в переводе с испанского – «власть».

Очень скоро Евгения Сергеевна поняла, что власть эта Валенсия действительно захватила. Сын почти не звонил и совсем не писал.

В гости они ее не звали. Звонила она им сама. Трубку всегда брала невестка и довольно мило болтала с ней на хорошем французском. Обходились дежурными фразами: «Как вы, как погода? Хорошего дня!»

Евгения Сергеевна понимала: кто она этой испанке? Абсолютно чужая и незнакомая дама. Претензий к ней никаких! А вот Гриша, единственный сын... Впрочем, и его она старалась оправдать. До восьмого класса сын рос в Тбилиси, у деда с бабкой. Это было решение мужа, и, сколько она ни противилась, он настоял на своем. Доводы его были разумны: теплый климат, свежие фрукты и овощи, парное мясо и бескрайняя любовь стариков. Старый тбилисский двор на Иванидзе был дружным, шумным и теплым. Другая реальность!

Сын действительно не болел, носился по улицам, по-русски говорил с акцентом, и из Москвы, куда родители забирали его на осенние и весенние каникулы, стремился скорей сбежать. Москва не нрави-

лась ему: «Как вы тут живете? – брезгливо кривил он рот. – Лично я сюда – ни ногой!»

Но в восьмом классе Евгения настояла, и парня забрали в столицу.

Ох, сложное это было время!.. Не хочется и вспоминать!

Гриша так и не смог привыкнуть к родителям и шумному городу. Начались проблемы в школе и во дворе. Сын дрался, хамил и родителям, и учителям. Скатился на двойки... С отцом и матерью почти не общался.

Муж пытался разговаривать с сыном, но... получалось плохо: он не был авторитетом для парня, и все тут же перерастало в скандал.

Пару раз Гриша приходил на «рогах» – и снова скандал.

Однажды Женя сказала мужу:

– Поздно! Раньше надо было авторитет завоевывать. Теперь мы для парня – никто.

Ночами думала: «Отправить сына обратно, в Тбилиси? Пусть живет, раз так получилось». Но... Свекор к тому времени умер, свекровь тяжело болела, и дочка забрала ее к себе, в Терджолу.

Куда отпускать его одного? Тоже страшно. Да и времена настали тревожные: война, холод, смена правительства.

Поступив в Институт стали и сплавов, уже на первом курсе Гриша ушел в общежитие. Бросил коротко:

– Мне там будет лучше!

Страшнее слов она и не слышала. Но постаралась сына понять.

Вот тогда у мужа и случился первый инфаркт...

А после пятого курса Гриша уехал за границу. На похоронах отца — всего-то через полтора года — он не появился. Объяснил это тем, что обязательно будут проблемы с визой. И Евгения опять постаралась понять его.

Чувство вины в ней крепло и развивалось: сама виновата, сама! Не актриса ведь, не певица, не гастролерша! Всю жизнь просидела дома, над пишущей машинкой, со своими дурацкими переводами. Всю жизнь простояла на кухне, заливаясь по́том от влажного пара.

Накрывала столы, ублажала мужниных гостей. Очень старалась. Старалась понравиться, любила, чтобы ее похвалили.

Путешествовала, жила безоглядно — в свое удовольствие. Сын так и бросил однажды: «Вы жили всю жизнь для себя!»

Обидно? А ведь правда!..

А самое главное — сын! Вот его-то она упустила...

Часто вспоминала чьи-то слова: «Детей надо носить, как брошку на груди, чтобы всегда были рядом!»

Оставшись одна, Евгения довольно быстро приспособилась... И это тоже ее пугало: выходит, что одиночество... ей даже во благо? Она получает удовольствие от тишины и покоя! Она — впервые в жизни — может полноценно расслабиться и отдохнуть.

Получалось, что так. И от этого ей было неловко и стыдно...

Жизнь она теперь вела почти затворническую: бегом в магазин – схватить что-то готовое, ну, или полуготовое (конец многочасовым стояниям у плиты! Она свободна!) и – домой! К книгам, к телевизору, к своим переводам! Ко всему тому, что она так любила всегда! Но всегда это было как-то на заднем плане.

Подруг у нее не было. В гости приезжали только друзья мужа. Но с женами их она глубоко не подружилась. Да и жили они в разных городах, а теперь и в разных странах.

И что получалось? Женщина, прожившая в браке долгие годы, родившая сына, балдеет от одиночества? Радуется покою? Тишине, возможности жить по-своему, не подстраиваться, не принадлежать?

Или она волк-одиночка, или просто так сложилась жизнь.

Но поняла и другое: глупо ждать любви от того, кому ты не отдал свою любовь. Не бывает любовь без «вложений». Не бывает любовь просто так... Потому что положено.

Не отдашь – не получишь взамен. И сына она простила.

А вот себя...

Звонила она им сама: раз-два в месяц. Иногда – редко, правда – отзванивал Гриша. Разговор был сухой и короткий, по «делу»: «Как ты, все в порядке?» Дежурные вопросы, дежурные ответы...

Словно чужие люди. Сама виновата...

В Торонто росли две внучки. Сын присылал фотографии: милые кудрявые девочки. Хорошенькие, как куколки! Фарфоровые куколки в кукольных кружевных платьях. И тоже абсолютно чужие!..

Евгения просила сына привезти внучек в Москву. Пыталась убедить его: «Как же так, Гриша? Они ведь русские! Нужно показать им город, Красную площадь! Цирк и музеи!»

«Оставь, – обрывал ее сын. – Им это не нужно! А то, что у вас там цирк, – так это чистая правда!»

Шесть месяцев назад позвонил Гриша. Голос его был взволнованным. Он торопливо рассказывал про свои «колоссальные проблемы», про долги банку и потерянный бизнес. Евгения ничего не поняла. Часто переспрашивала, задавала дурацкие, по его мнению, вопросы. И от этого сын раздражался еще сильнее. Потом наконец уловила смысл: ему нужны были деньги. И срочно!

– Чем же я могу помочь тебе? – удивилась Евгения. – Ты ведь знаешь, что такое моя российская пенсия! Ну да, есть еще подработка... Но тоже копейки... Сущие копейки, ты мне поверь! Но я могу тебе их отсылать! Это... – она задумалась, прикидывая, – это долларов двести в месяц! Ну, или чуть больше.

– Мама! – застонал он. – Да о чем ты говоришь? Какие двести долларов, ты о чем? Смешно, ей-богу!

Сын замолчал, и Евгения услышала, как он шумно затягивается сигаретой.

– Ты закурил? – испуганно спросила она.

– Странно, что я не запил!.. – хмыкнул он. – Ты, мама, кажется, не понимаешь всего масштаба ситуации! Дом отберут, бизнеса нет!.. Валенсия одна не потянет – такие долги!..

Евгения что-то залепетала, а он резко ее оборвал и жестко, абсолютно ледяным голосом спросил:

– Ты можешь сдать нашу квартиру, мама?

Евгения замолчала. Потрясение было так велико, что она, словно рыба, ловила ртом воздух и пыталась что-то ответить, но... не получалось.

Наконец сдавленным голосом спросила:

– А я? Гриша! Где буду я?

Евгения почти не сомневалась – нет, совсем не сомневалась! – что сын ей сейчас со смехом ответит: «Как где, мама? И ты еще спрашиваешь? Конечно же, ты едешь к нам!»

Но сын ответил другое:

– На даче... У тебя же есть дача! И потом, это же временно!

– Я... подумаю, – тихо произнесла Евгения и медленно опустилась на стул.

В голове вдруг что-то громко застучало, заколотилось...

– Думай! – милостиво разрешил сын. – Только недолго! А то и думать будет не о ком: я окажусь в тюрьме, а мои дети – на улице!

Гриша положил трубку, а она все сидела, прижимая трубку к груди и слушала короткие и частые гудки, отдающие в голове.

«Вот так, – подумала Евгения. – Что это? Пришло время расплаты?»

Как ни крути, а помочь сыну она должна! Она просто *должна* своему сыну! И все, обсуждать тут больше нечего!

Как мать она слишком мало сделала для своего сына! И обижаться тут не на что... Что должна была получить – то и получила.

Но как она будет жить там, на даче? Ладно, летом. Ну, и весной и осенью... Дача-то летняя. Хилый щитовой домик, построенный ее отцом еще в семидесятых. Шесть соток, будочка туалета на улице. Вода из летнего водопровода. Шестьдесят километров от города.

Все правильно! Не жирно ли ей одной на восьмидесяти метрах в центре Москвы? В конце концов, эту квартиру они получали на троих, включая сына. Что она дала ему материального? Да ничего! Ни копейки! Ни сердечного, ни материального – все сам, все один.

Вот и плати, милая, за спокойную жизнь в далекой молодости! Не ты, а бабушка не спала ночами, когда твой сын болел. Не ты, а они, старики, отводили его в первый класс! Не ты пекла ему оладьи на вечер, не ты читала сказки на ночь... Где ты была, Женя? Чем ты занималась? Крутила орехи на сациви для малознакомых людей?

Квартиру удалось сдать мгновенно! Предложили за нее огромные, по ее понятиям, деньги. Просто деньжищи!

Евгения позвонила сыну и перевела ему первую сумму.

Ей показалось, что Гриша удивился тому, что не пришлось ее уговаривать. Тому, что так быстро все сладилось. Тому, что неожиданно образовались приличные деньги. И так легко и просто, что он был даже немного растерян.

Он пробормотал невнятное «спасибо». На том и расстались.

Впереди у Евгении был месяц для того, чтобы подготовить квартиру и окончательно перебраться на дачу.

К слову сказать, на даче Евгения давно не была. После смерти родителей дачей они почти не пользовались. Сын рос в Тбилиси, а они с мужем дачу не любили: отсутствие удобств, вечные комары, крошечные наделы и ветхие домики – эти дачные «радости» их не прельщали. К тому же они путешествовали.

Приезжали раза два за сезон – удостовериться: все ли в порядке, стоит ли их домик. Не то чтобы их беспокоило дачное хозяйство... Скорее всего это была дань памяти отцу и матери, обожавшим этот придуманный и созданный ими же очень сомнительный рай.

Иногда возникали разговоры о продаже дачки, но быстро гасли – пыл пропадал. Да и деньги давали смешные... Нечего было и суетиться.

И вот этот «дачный рай» Евгении предстояло освоить! В первый раз она добиралась туда на электричке, без Лады. Приехала, окинула взглядом разруху, повздыхала и поехала обратно. Грустно было очень! Слишком тоскливо все это выглядело... Но выхода нет! Надо начинать обживаться.

Через три недели Евгения Сергеевна переехала.

Во всем, что происходило, она всегда пыталась найти что-нибудь ободряющее. Такой у нее был характер. Вот и сейчас, поскрипев и поохав, окруженная неразобранными коробками и узлами, Евгения присела на стул и подозвала собаку.

– Как хорошо, Ладка! Ах, как хорошо! – приговаривала она, гладя собаку по холке.

– Вот мы с тобой и на природе! Вокруг лес – посмотри! А воздух, Ладунь! Мы и забыли, какой он бывает! Вот, в лес с тобой будем ходить, по грибы! Ты, правда, грибы не уважаешь... – Евгения шумно вздохнула и замолчала.

– Да и мне их нельзя... – поджелудочная шалит.

Собака смотрела на хозяйку не отрываясь. И словно чувствуя ее настроение, тихонечко заскулила.

– Нет, все равно хорошо! – придала голосу бодрости Евгения Сергеевна. – Ты вспомни: где нам с тобой на Ордынке гулять? А, дорогая? И вечно с пакетиком...

– Вот только как будет зимой? А, Ладунь? Не околеем? Да нет, не должны – печка хорошая! Я, представь себе, даже помню того печника! Нет, честное слово! Старый такой дедок, лет под триста. Типичный Щукарь, представляешь? Сплошная ненормативная лексика, Лад! И чудесные, «мудрые» руки!

Собака положила голову на лапы и закрыла глаза.

Через пару дней Евгения разобралась. Куда денешься! И окошки помыла, и стены, и пол. И занавески поменяла. И стало в доме куда веселей! Даже как-то уютно стало!

В доме было три комнатки: две небольшие, а третья – совсем кроха, метров пять, не больше.

Спальню себе соорудила в «большой», двенадцатиметровой.

Старый книжный шкаф, комодик, телевизор и диван. Возле окна – подстилка для Лады.

Лада перемену перенесла спокойно. Да и что нужно собаке? Постоянная близость хозяйки. А в каком интерьере – не важно.

В книжном шкафу обнаружилось огромное количество старых книг: папины – по военной истории, мамины – по домоводству и ведению сада, собрания сочинений Гончарова и Чехова в каком-то дешевом старом издании. Обложка копеечная, но твердая.

Листы разбухли от влажности, пахли сыростью и затхлостью. Но это не имело значения! И тот и другой были ее любимыми, до дыр зачитанными писателями!

«Ведь Антон Палыч всегда разный, – с восторгом подумала она. – Текст его переливается разными красками, трансформируется, модифицируется, расцветает! А персонажи? Какое же чудо!

Жизнь человеческая во всех ее проявлениях. Человек и велик, и жалок! Прекрасен и чудовищно уродлив!»

Гончаров ее уводил в далекие усадьбы, заросшие малахитовыми лесами, в бесконечные луга, колышущиеся душистыми травами. В мир с распахнутыми окнами веранд с цветными стеклышками пылающих на солнце витражей, с запахами мяты и душистой сдо-

бы, с вселенским спокойствием, незыблемым, как, наверное, казалось тогда. С долгим чаепитием в саду, под цветущими вишнями. С карасями, серебрившимися в прозрачных судках, с густым запахом горящих вишневых дров под медными тазами с пузырящимся и булькающим малиновым вареньем. С жужжащими над жасмином осами, бьющимися в запотевшее от дождя окно сонными мухами.

От всего этого веяло таким счастьем, покоем, таким постоянством, что от этого становилось и хорошо, и грустно одновременно.

Евгения Сергеевна много читала и много спала. Подолгу гуляла с собакой – то в поле, то в лесу. Ходила на речку, заросшую тиной и кувшинками, зеленую и холодную, с мелким и узким, очень скользким, рыжим от глины берегом.

Лада яростно вбегала в воду и поднимала оглушительный лай.

А после купания от нее долго пахло болотом и тиной.

К дачной жизни они почти приноровились. А вот зима страшила – про нее Евгения Сергеевна старалась не думать.

Нужно было запастись дровами: старая печь «сжирала» немного, но... «есть» просила.

К своему удивлению и смеху, собрала «урожай» крыжовника и черной смородины. Сварила варенье. «На зиму», – грустно пошутила Евгения Сергеевна.

В сентябре набрала кучу опят и рядовок. От нечего делать засолила три банки. У соседа, знатного садовода, купила два мешка картошки и полмешка лука. Сосед — в благодарность, что ли — притащил ей три огромных кочана капусты. «Солите, Женечка! Витамины!»

Она и засолила. Получилось большое ведро.

«Вот и проживем, Ладуня!» — смеялась Евгения Сергеевна. — А куда нам деваться?»

Летом все было довольно приятно и весело.

Но подступала зима.

Конец октября оказался дождливым и очень холодным. С неба лилось без устали и перерыва. Дрова отсырели и плохо разгорались.

Собаку на улицу выгнать было сложно — дождь она не любила и жалобно скулила. Выбегала за калитку на полминуты — «по своим делам» — и тут же рвалась домой.

Поселок опустел. Почти все разъехались. В доме наискосок жил одинокий вдовец Луконидин — высоченный и худющий, одетый в кошмарные старые тряпки и очень похожий на огородное пугало.

Его городская квартира была отдана детям. С невесткой сварливый дед не ужился и лет десять назад переехал в поселок — окончательно и насовсем.

Дед был суров и необщителен. Но все равно было приятно видеть его горящее окно по вечерам. Все-таки живая душа рядом...

На соседней улице жила семья беженцев из Чечни. Свою дачку им милостиво и благородно отдали московские родственники.

Это была пожилая пара – учительница и инженер. Иногда, примерно раз в неделю, учительница заходила к соседке попить чаю и посетовать на нелегкую жизнь.

– Все ведь оставили, Женя! – с горечью говорила она. – Дом прекрасный, сад! Всю жизнь строили этот дом, всю жизнь улучшали – то кухню, то мебель новую покупали. Погреб, гараж. Оставили все... Знакомых, друзей! Все бросили! Просто бежали!

И что в итоге? Сидим тут в конуре, да еще и в чужой! С милостыни живем, получается... – И она начинала горестно плакать.

Евгении Сергеевне было жалко ее. Утешала, как могла:

– Вы живы, Танечка! И ты, и супруг! Вас приютили! Вы не на улице и не в подвале. Вы вдвоем! Что делать... Так получилось...

Таня приносила чеченское угощение, чепалгаш – вкуснейшие лепешки с творогом или картошкой.

Еще в поселке жил чокнутый Альбертик – немолодой мужчина с явными отклонениями. Тихий и несчастный. Альбертик тащил с помоек все, что попадалось: поломанную мебель, дырявые кастрюли, полусгнившие тряпки. Несчастный и тихий шизофреник.

Его жалели и оставляли под дверью еду.

Жили еще две пьяницы, родные сестры – Ира и Мила.

Все прекрасно помнили их семью: интеллигентные люди, чудесные родители. Отец – дипломат и мама – искусствовед.

Девочек воспитывали, приучали к манерам. Хорошенькие и нарядные, они всегда ходили за руки и здоровались с прохожими.

На лето привозили из города пианино, и девочки занимались музыкой.

Поступили в университет, заводили романы.

Одна даже вышла замуж и родила.

А потом все покатилось: ушли родители, замужняя развелась, ребенок почему-то остался с отцом. И сестры начали пить.

Московские квартиры были пропиты. Сестры, как это часто бывает с людьми пьющими, попали в лапы к черным риелторам.

Осталась одна дача – сюда они и перебрались. Вместе пили, до крови дрались, делили одного «жениха» на двоих – такого же пьяницу из соседней деревни.

Страшная это была картина, дикая. Смотреть на них было невыносимо. И за что такая судьба?

А еще наезжала «барыня». Так называли Лизку Покледину. Называли с издевкой: разбогатеть-то шлендра Лизка разбогатела, а вот хороших манер не нажила. Как была хамкой, так и осталась. Даром что хоромы отстроила на месте родительской ветхой избушки.

Поклединых тоже все помнили – Пал Иваныч и Марь Семенна.

Тихие люди, скромные. Бедные. Пал Иваныч слесарил при ЖЭКе. Марь Семенна – нянечкой в детском саду.

Домик сами сложили – типа саманного, «хохлацкого», как говорили в поселке.

Мазанка в три окна и в один этаж, две комнатухи. Денег не было – вот и вышла такая избушка.

Дочка Лизка была оторвой с самого детства – заводилой, драчуньей, нахалкой. Ее не любили, и девочкам из приличных семей дружить с Лизкой было заказано. Ира с Милой с ней не дружили.

А она не скучала – дружила с мальчишками. Речка, костры, велосипеды...

Таскали картошку с колхозного поля и пекли в костровище. Воровали яблоки и вишни в садах.

Словом, девка эта, Лизка, была – оторви и выброси!

Моталась в рваных тренировочных и растянутых майках. Под ногтями грязь, волосы неопрятные – чучело, а не девка!

В шестнадцать лет Лизка родила. От кого – непонятно. Ребенка сбросила на мать и пустилась, как говорили, в загул. Были там и иностранцы из жарких стран, и гости с Кавказа. Пал Иваныч умер рано, от инсульта. Поговаривали, что дочурка ручку свою приложила. Марь Семенна скрипела – на ней была внучка.

Лизка завозила своих в конце апреля. Сплетничали, будто ей в Москве была нужна хата. Навещала нечасто – раза два в месяц. Приезжала с кавалерами и на машинах. Кавалеры менялись, машины тоже. Вытаскивала сумки с продуктами и... тю-тю! Только ее и видели. Дочкой своей не интересовалась.

Марь Семенна плакала и кляла судьбу. Умерла она, когда внучке исполнилось восемь лет.

Говорили, что девочку свою Лизка сдала в детский дом. Оказалось неправдой: Лизкина дочка жила в интернате. Интернат был китайский, блатной и хороший.

Мазанку заколотили, и больше никто не появлялся.

Про Лизку никто ничего не знал.

Появилась она спустя много лет.

На узкую улочку въехала огромная блестящая машина. Остановилась у забора Поклединых. Домика видно не было – сад разросся и «выдавил» забор.

Из авто неспешно вышла роскошная женщина – высокая блондинка на высоченных каблуках в красном переливающемся шелковом плаще.

Народ в изумлении замер: соседи застыли с лопатами и граблями, «повисли» на заборах.

Женщина зашла на участок, побродила по нему и вскоре уехала.

Никто так ничего и не понял.

А спустя две недели к участку стали бесперебойно подъезжать машины со стройматериалами. За три месяца вырос двухэтажный кирпичный дом. На окнах кованые решетки, башенки с бойницами – архитектура конца девяностых. Отдельным домом – рубленая банька. Хорошенькая, как игрушка.

Старый сад почистили, привели в порядок. Засеяли газон, по периметру засадили дорогущими пихтами. И возвели забор! Вот забор всех потряс больше, чем дом! Кирпичный монстр – Великая Китайская стена!

Дамой оказалась, разумеется, Лизка Покледина, ставшая богачкой и «бизнесменкой». Говорили много и разное: про бывшего мужа-миллионера, владельца нефтяных скважин в Кувейте. Про мужа-грузина, известного вора в законе. Про то, что Лизка – а кто сейчас этому удивится? – содержит притон.

Но правды не знал никто. Лизка Покледина, высокомерная богачка, ни с кем из округи не общалась.

Мужчины в наличии не наблюдалось. И дочки-наследницы тоже.

Замок был готов, но Лизка приезжала сюда нечасто. А если и приезжала, то всегда одна. Вот загадка!

Иногда ее видели на участке – сквозь щель в воротах. Лизка, в шортах, без майки, топлес, и босиком, с распущенными волосами лежала в шезлонге и загорала.

За ворота она не выходила. Никогда. Соседям хмуро кивала, на вопросы не отвечала – просто игнорировала любые вопросы.

Евгению Сергеевну разбудил яростный лай Лады. Она глянула на часы: половина восьмого утра... Кошмар! И кого еще там принесло?

Она набросила на ночную рубашку старое мамино пальто, сунула ноги в галоши и вышла на крыльцо.

У забора стояла огромная черная машина. Возле нее – Лиза Покледина.

Ладка крутилась у забора и захлебывалась в громком лае.

Евгения Сергеевна подошла, успокоила собаку, приговаривая:

– Свои, Ладунь! Успокойся!

Открыла калитку:

– Вы ко мне? – спросила удивленно. – Ну, проходите.

Лиза кивнула и пошла за хозяйкой.

Сели на кухне, и Евгения Сергеевна предложила чаю.

Покледина махнула рукой и коротко бросила:

– Я к вам по делу!

– Излагайте, – кивнула Евгения Сергеевна, уже догадываясь, о чем пойдет речь.

Не ошиблась. Покледина предлагала ей... работу! Точнее, проживание. Вместе с собакой. Условия такие: продукты раз в неделю, свежее мясо собаке. Не вырезка, конечно. Пашина. Оплата мобильного телефона. И комната в распоряжение – разумеется, теплая и с туалетом. В комнате все есть: телевизор, компьютер, душ с туалетом. Ну, и плюс... – Тут гостья в задумчивости умолкла. – Хотите денег? Дам. Но немного! Думаю, того, что я предлагаю... – она снова умолкла, – вполне достаточно! – с выдохом сказала она. – Или нет?

Евгения Сергеевна усмехнулась:

– Вполне! В смысле, достаточно. Но, извините, не для меня! Потому что это меня не устраивает. Вообще, понимаете... Мне этого не нужно! Спасибо, конечно, за честь!.. И простите! Я как-то... привыкла сама.

– Вы ж здесь околеете! – удивилась Покледина, обведя глазами хозяйскую кухню. – Не выживете зимой! А зима, обещают, будет суровая!!

Покледина, не мигая, смотрела на Евгению Сергеевну.

«Тяжелый взгляд, – отметила Евгения Сергеевна. – Да и сама она... непростая».

Пользуясь случаем, хорошенько разглядела свою гостью. Сколько ей, этой Лизе? Под сорок, не меньше. Да, точно, под сорок, быстро прикинула она.

Не девочка. Ухоженная вроде... Но усталая какая-то. И несчастная, что ли? Взгляд тяжелый и недоверчивый. Жизнь потрепала ее – это видно. И никакие ботоксы, филлеры и дорогая косметика этого не скроют. Всегда выдают глаза! Высокая и крупная, статная, чуть располневшая и очень видная Лиза Покледина. Лицо неплохое: черты лица правильные, без изъянов. Крупные глаза, прямой нос, упрямый рот. Волосы густые – платиновая блондинка, естественно! Сейчас это модно, все хотят быть блондинками. Руки ухоженные – французский маникюр. Дорогие кольца, шикарный браслет. Плащ, ботильоны – все очень дорого и бросается в глаза. Сумка шикарная! Из черной кожи под крокодила. Богатая баба! Такой надо жить в коттеджном поселке с суровой охраной, а не в жалком садовом товариществе, где остались одни старики и их неимущие дети.

Выстроила свою домину в два этажа – громоотвод для бандитов! Для бродяг и воров... К кому залезть? У кого поживиться? Естественно, у нее, у купчихи Паклединой! Что лазать в эти ветхие избушки на курьих ножках? Чем там поживишься? Старой посудой, остатками круп и древним постельным бельем? Ламповым телевизором? Старым холодильником «Саратов» – наподобие того, что стоит у нее, Евгении Сергеевны, на кухоньке? Щитовые домики, кривые огородики, латаные заборы – такой их поселок.

Покледина теребила в руках спичечный коробок и раздумывала. Чем еще соблазнить эту упрямую тетку? Что еще посулить? Вот ведь, у нищих собственная гордость! Упирается, как баран.

Елизавета Покледина проигрывать не любила. Она вообще привыкла, чтобы все было по ее. И только так!

Елизавета вздохнула и в упор посмотрела на несговорчивую хозяйку. И тут ее осенило!

– Евгения Сергеевна! – сказала она. – У меня кот!

Евгения Сергеевна в удивлении подняла брови.

– Кот, понимаете? Роскошный такой, сибиряк! Лохматый, как... – Она замолчала.

Сравнение на ум не пришло, и она махнула рукой:

– Шикарный котяра! Огромный! Кило на двенадцать, вы понимаете? Слон такой! Вроде меня...

И тут впервые она улыбнулась – грустно и растерянно.

«Идет ей улыбка, – подумала Евгения Сергеевна. – А то напустила мрак на лицо... Не баба – фельдфебель!»

– И что, Лиза? – спросила хозяйка. – При чем тут ваш кот? Простите, не поняла...

– Как же! – оживилась гостья. – Он там один! Ну, вы понимаете? Летом-то я приезжаю. Уж раз в неделю – точно. Оставляю корм и воду. Открытое окно, чтобы мой Принц... ну, туда-сюда. В общем, чтоб на свободе мог погулять! А в зиму, – она задумалась и снова вздохнула, – командировки. И много! Мотаюсь как бобик.

– А-а! – понимающе кивнула Евгения Сергеевна. – То есть вы меня нанимаете не только дом охранять. Вы меня нанимаете нянькой к коту! Так, получается? Накормить, расчесать, убрать туалет... Я права? Может, еще ногти ему остричь?

Лиза посмотрела на Евгению Сергеевну с удивлением:

– Какие ногти, вы что? Какой туалет? Да он на улицу ходит! А вот накормить – это да. А что? – Глаза ее сузились. – Это... зазорно? Ну... давайте я буду... за Принца доплачивать! – скоропалительно выдала она, прикрывая свое смущение и раздражение.

Евгения Сергеевна махнула рукой:

– Да нет, вы о чем? В работе нет ничего зазорного! Причем в любой. Только мне, Лиза... Хватает! Понимаете ли, мне достаточно. Моей пенсии вот.

И еще... – она задумалась, – я очень ценю свободу, Лиза! Вы понимаете? Очень!

– А при чем тут свобода? – удивилась гостья. – Кто вас свободы лишает? Сидите себе... Книжки почитывайте. Телевизор смотрите. Спите, гуляйте. В баню ходите! У меня, кстати, прекрасная баня! – с гордостью заметила она. Вот только... париться в ней некому. И этот холод еще... Как вы здесь, в этой... – она замолчала, подбирая слова, – халабуде, прости господи!

– А почему вы своего красавца в город не забираете? – спросила Евгения Сергеевна, решив проигнорировать вопрос о халабуде.

– Да отвык он от города... – Здесь – свобода, вольница. Шастит днями, по «бабам», наверное! – И Лиза опять улыбнулась.

К улице он привык, к воле. А что в городе? Сиди в квартире и не рыпайся. Я пробовала – орет как резаный. Хочет сюда. Мебель дерет, метит углы...

– Ну, хорошо, – твердо сказала Евгения Сергеевна. – Хорошо! Буду заходить и кормить вашего Принца! Вас это устроит? И деньги мне не нужны!

Покледина усмехнулась:

– Характер у вас... Гордыня! Ну, раз так решили... – Она встала и взяла свою сумку. – Тогда извините! Пошла я.

У двери она обернулась:

– Если вдруг передумаете... Вот мой телефон.

И не оглядываясь, она пошла по дорожке, ведущей к калитке.

Евгения Сергеевна смотрела ей вслед.

Походка у Поклединой была тяжелая, резкая. Рубленая. Мужская походка.

Стукнула калитка, взревел мотор черного джипа, и машина рванула с места, оставляя шлейф бензинового запаха и облако белого дыма.

В семь часов, после работы, как фугас, ворвалась Раиса и прямо с порога стала орать.

Чихвостила Евгению Сергеевну на чем свет стоит:

– Дура! Гордячка! Фасонишь? Чего упираешься? В наше время не до гордости, милая! Сдохнешь здесь в зиму! Замерзнешь! И сука твоя околеет! Никаких дров не хватит прогреть твою халабуду! Ты мне поверь, житель я деревенский! А вода? Воду отключат через неделю, и что тогда? На колонку будешь ходить? Так скрутит, что и не выпрямишься! Вы ж у нас нежные, городские! Неприспособленные! Ты, Жень, не мудри! Зовут – беги! Только денег с нее стребуй! Она просто так не даст: биз-несь-мен! Деньги считает! А ты попроси! Десятку, не меньше! И посчитай: десять тыщ ее, плюс твоя пенсия. И ее харчи! Вот и прикинь: двадцатку отложишь! С ноября по май! Ну, посчитала? Вот-вот! Кучу денег соберешь! И – гуляй по весне! И новый забор, и... – Раиса замолчала, прикидывая.

– А что ты, Рая, не идешь в сторожа? – спросила Евгения Сергеевна. – Раз так сладко?

– А не берут! – усмехнулась Раиса. – Во-первых, ей собака нужна. Для устрашения. А во-вторых, – Рая вздохнула, – говорит, будут мои алкаши сюда шастать, шарить глазами. Напьются и дом ее спалят, – и Раиса вздохнула. – Я хоть и клялась, что своих не пущу... Не верит.

– Ну да, – кивнула хозяйка, – вы ей не подходите. Ей нужен сторож непьющий. Тихий, одинокий, приличный и образованный – переводчик с французского, никак не иначе! И не приедет ко мне никто – родни-то нет! Ни пьющей, ни непьющей...

А чем она занимается, эта Лиза? – спросила Евгения Сергеевна.

Раиса пожала плечами:

– Торгует. Магазин у нее. Или два – точно не знаю. Тряпки и шубы. В девяностые начинала челночить.

Сама. Потом раскрутилась. Ездит теперь за товаром. Греция, Турция, Корея и Польша. Дочь живет далеко, а где именно – не знаю, не говорит. Был муж – объелся груш. Поддавал и ни хрена не делал. Жил на ее деньги и шлялся по бабам. А она пахала. Ну и выгнала дурака – надоело кормить.

Раиса выпила чаю, потрепалась еще с полчаса и нехотя потащилась домой – проверить, что да как. На сердце постоянная тревога: как там они, эти сволочи?

В ноябре ударили холода. Ударили резко: по ночам было за десять мороза. К утру печка остывала. Тепло быстро уходило через щели в старых рамах. Евгения Сергеевна затыкала их тряпками, под двери клала свернутые старые куртки. Но к утру все равно становилось очень холодно.

Спала под двумя тяжелыми ватными одеялами. Они давили так, что не повернуться. Собака спала на кресле, свернувшись калачиком. Хозяйка укрывала ее отцовским старым драповым пальто.

Дрова таяли, как снежинки на подоконнике. Очень хотелось лечь в горячую ванну и согреться. По дому ходила в валенках, двух кофтах, рейтузах и вязаной шапке. И все равно руки были холодные и неловкие.

В середине ноября Ладка раскашлялась. Испуганная Евгения Сергеевна рванула в поселок, где была зооаптека. Купила таблетки и настойку от кашля.

Ладка разболелась не на шутку: от еды отказывалась, почти не пила и тихо постанывала.

«Идиотка! – кляла себя Евгения Сергеевна. – Загубила собаку! Загубила своей гордыней и упрямством единственную близкую душу! Старая дура! Ведь предупреждали! Предупреждали, что не перезимую! Превратилась в бомжиху... Замотанная в тряпки старая дура!»

Ночью Евгения Сергеевна почти не спала – все прислушивалась к дыханию собаки. Только бы не воспаление легких! Только бы помогли антибиотики! Только бы Ладка выжила, господи!

Через пару дней полегчало: собака задышала ровней и стала жадно лакать воду из миски. К вечеру немного поела.

Евгения Сергеевна выдохнула и первую ночь крепко спала.

Проснувшись, она вытащила из вазочки карточку и набрала номер Покледининой.

Та взяла трубку не сразу, а услышав голос дачной соседки, протянула равнодушно:

– А-а! Это вы...

Сердце у Евгении Сергеевны зашлось: «Неужели откажет?»

Но Покледина коротко бросила емкое «поняла» и сказала, что в субботу подъедет и все объяснит.

Евгения Сергеевна облегченно выдохнула – до субботы оставалось два дня.

В субботу к обеду Покледина появилась. Позвонила и коротко бросила:

– Ну, приходите!

И Евгения Сергеевна почти побежала.

Зайдя в ворота, она подумала, что для такого участка дом слишком велик. Земли вокруг маловато...

Евгения Сергеевна постучала и осторожно зашла.

Покледина была без косметики, небрежно причесанная, какая-то сонная и вялая. Одета она была в домашнее: фланелевый спортивный костюм и угги.

Кивнула небрежно:

– Ну, здрасьте! Проходите.

В доме было очень тепло. Это первое, на что обратила внимание Евгения Сергеевна. И еще, немного вычурно или, как говорится, богато.

И, честно говоря, довольно безвкусно. Увы...

В доме, казалось, было чисто. Но, присмотревшись, можно было увидеть, что мебель покрывал плотный слой пыли и пахло нежильем.

Покледина села на стул и уставилась на гостью. Молчала.

«Вот стерва, – подумала Евгения Сергеевна. – Понятно, торгашка...»

Гостья заговорила первая:

– Ну, вы уж... не обессудьте! И не держите зла, Лиза! Всякое в жизни бывает! Подумала тогда, что справлюсь, вот...

Повисло молчание. Евгения Сергеевна замешкалась, окончательно смутилась и почувствовала, что вот сейчас расплачется. Вот уж доставит радость этой бабенке! Вот уж насладится она ее капитуляцией!

Но Покледина хмуро кивнула:

— Ну и ладно! И хорошо! И мне спокойней! А то я рвалась из Москвы — Принца-то надо кормить! Вырывалась на час — иногда среди ночи. Ладно! По рукам, как говорится?

Евгения Сергеевна с облегчением кивнула:

— Да, по рукам!

Денег, разумеется, она не попросила. Куда уж теперь!..

Вечером «переехали». Ладка со своими мисками, Евгения Сергеевна — с тетрадками, книжками и ноутбуком. Очки, ночная рубашка, мочалка, зубная щетка — и все хозяйство.

Собака бродила по дому, обнюхивала, поскуливала, залезала в углы и беспокойно смотрела на хозяйку, словно спрашивая: «Что это значит? Почему мы здесь, в чужом доме? Где пахнет котом... Где все чужое и странное...»

Потом утомилась, легла у горячей батареи и тут же уснула.

Евгения Сергеевна пошла в душ. Боже, какое же это было счастье! Стоять под сильной струей горячей воды! Намыливать себя мочалкой и снова, зажмурив глаза и откинув голову, наслаждаться тугой и горячей струей.

После душа, распаренная и счастливая, она поставила чайник и заглянула в холодильник. В холодильнике было много еды: сыр, масло, сосиски, курица, пачка яиц. Две банки тушенки и вафельный торт. «Не обманула, хозяйка», — усмехнулась Евгения Сергеевна и стала делать бутерброды. Есть хотелось ужасно!

Потом улеглась в свежую постель, включила телевизор и... Ощутила немыслимое, почти позабытое блаженство – счастье тепла, чистоты и уюта.

Так началась их «служба». Собака освоилась. Но тут заявился реальный хозяин – кот Принц. Ладка оглушительно залаяла, но подойти близко, трусиха, боялась. Котяра, поняв ее трусливый и опасливый нрав, тут же освоился, грозно рыкнул, выгнул взъерошенную спину и выпустил когти.

Собака жалобно тявкнула, посмотрела на хозяйку, ища у нее защиты, и медленно уползла в угол.

А к вечеру эта «сладкая парочка» мирно валялась на ковре, искоса поглядывая друг на друга.

К концу недели Евгения Сергеевна убрала дом, вымыла полы и встала к плите.

К вечеру был сварен обед: куриный суп с лапшой, тушеная картошка с мясом и кисель из черноплодной рябины.

Хозяйка дома появилась поздно, часам к двенадцати. Вошла усталая и хмурая. Но чистоту отметила и благодарно кивнула:

– Спасибо!

А увидев обед, растерялась:

– Для меня? Ну... зачем вы так напрягались?

Евгения Сергеевна налила ей горячего супа, и голодная Покледина, съев первую ложку, замычала и блаженно прикрыла глаза.

– Домашний суп! – покачала головой. – Сто лет ведь не ела! Днем – кофе, кофе и кофе. Черный, без сахара. Ну, могу съесть конфетку там или

сухарь – что завалялось в столе. Вечером, бывает, заскочу в ресторан. Если сил нет, то сразу домой. А там – мышь повесилась! Схвачу кусок сыра или печенье – и все!

И снова покачала головой от удовольствия.

Утром она уехала не попрощавшись. Евгения Сергеевна еще спала.

Две недели Покледина не появлялась. И не звонила. «Что звонить прислуге? – думала Евгения Сергеевна. – У нас же все хорошо! А если бы было плохо, ну, или какой-нибудь форс-мажор, я бы сама позвонила. Все понятно».

Появилась Елизавета опять в ночь. Вошла в дом бледная и усталая, швырнула на пол три пакета с продуктами, молча выпила чаю и так же молча удалилась к себе.

Евгения Сергеевна разбирала пакеты с продуктами и думала о том, что все это... Немного унизительно, что ли? Хотя... Ладка весела и здорова, они в тепле... А на все остальное – плевать! Зима закончится, и они переберутся к себе. А что будет дальше... Так этого никто не знает! Что там загадывать надолго? В ее-то возрасте – вообще смешно!

Уже перед сном Евгения Сергеевна вдруг поймала себя на мысли, что ей почему-то очень жаль эту суровую, молчаливую, молодую и абсолютно чужую женщину.

Сама удивилась: возраст и сантименты? Наверное, да.

Хмурая она, одинокая. Несчастная какая-то. Деньги есть, дом, машина. А все остальное, похоже, отсутствует...

Покледина появилась за неделю до Нового года. Как всегда усталая и замученная.

Объявила, что на «каникулы» никуда не едет: «Просто нет сил, не долечу», – сказала она, словно оправдываясь.

– Не возражаете, если встретим вместе и я здесь останусь? – с усмешкой спросила она.

Евгения Сергеевна растерялась:

– Я? Возражаю? Да бог с вами, Лиза! Кто тут хозяйка?

И помолчав, добавила:

– А что вы так разрываетесь? Ну, на износ? Не жалко себя?

Та махнула рукой:

– Остановиться боюсь! Остановлюсь и... Подохну! А насчет «жалко». – Она усмехнулась. – Ну а если и жалко? То что? Что это меняет? Да и вообще... Я давно разучилась жалеть. И себя в том числе.

Евгения Сергеевна пожала плечами и развела руками:

– Ну... надо жить! Просто жить, пока молодая! Ездить, путешествовать, отдыхать, наконец! В театры ходить! Увлекаться!

Покледина нахмурилась, хмыкнула и громко вздохнула.

В глазах у нее блеснули слезы.

Молча допила кофе. И так же молча ушла к себе.

«Влипли вы, Евгения Сергеевна! – отчитывала она себя, оставшись одна в комнате. – Никогда не были в прислугах и вот, получите! Зависеть от вздорного нрава резкой бабенки! Считаться с ее настроением, подстраиваться под него... А может?..»

Евгения Сергеевна задумалась и посмотрела в окно. «Нет, не может! Надо терпеть. Терпеть до весны. Хотя бы до марта. Ради Ладки, не ради себя. В конце концов... Просто не реагировать! И все. А что делать с этим праздником? Проигнорировать? Сделать вид, что?.. Или уйти, как обычно, к себе? Но, как-то... неловко. Неправильно как-то».

Евгения Сергеевна почувствовала, что снова жалеет эту молодую, вздорную и одинокую женщину.

* * *

К обеду был накрошен салат оливье. Какой же Новый год без него? Подготовлена и замаринована курица. Точнее, цыпленок табака. Любимое блюдо ее покойного мужа. Все просто: соль, перец, чеснок. Сковородка – лучше, конечно, чугунная, – но сойдет и другая. А сверху – любая тяжесть или груз. Дома, в московской квартире, для этой цели у нее имелся самый обычный, старинный чугунный утюг. Маленький и очень тяжелый.

Евгения Сергеевна огляделась по сторонам в поисках груза. Можно и двухлитровую банку с водой, если что.

Так, что еще? Хорошо бы сациви! Ах, как она делала сациви! Муж любил из индюшки. А соус, орехи она растирала в пыль, до «сметаны» – так делали в Грузии. Как пахли орехи, как пахла кинза! Там же, в Тбилиси, ее приучили и к травам. Грузины без трав не готовят. Какой аромат расточал базилик! А дикий укроп кама? Чабер, который грузины называли кондари. Мускатный орех джавзи. Острый перец цицака. Хмели-сунели, аджика, ткемали, сацибели. Она вспомнила, как везла из Тбилиси кучу бутылок и бутылочек. А как потом пахло в квартире! Мечта! Евгения Сергеевна закрыла глаза и явственно ощутила позабытые запахи.

Молодость, лето, Тбилиси... Во дворе у свекрови растоплена печь. Свекровь режет зелень и сбрасывает ее с доски прямо в миску.

В котле кипит, пузырится, сочно чавкает хашлома – густой суп из мяса и овощей. Щедрой рукой свекровь кидает в котел баклажаны, сладкий перец, красный лук и томаты. В последнюю очередь зелень. Ту, что из миски.

Во двор медленно входит свекор. В руках у него два огромных, еще горячих лаваша, от которых идет пар.

Подбегают Гриша с приятелем и клянчат у деда лаваш. Он смеется, отрывает им по куску, и мальчишки, перекидывая из ладони в ладонь, дуя на хлеб, убегают.

За длинный, темный деревянный стол скоро сядет семья. Потом подтянутся и соседи – тетка Ануш, подруга свекрови. Мать и дочь Цанава. Девочка психически больна от рождения, и ее все жалеют. Правда, зовут «маквала – тронутая умом». Но не обижают.

Робко подходит дядя Моня – маленький, сухонький старичок и вдовец. Его тоже жалеют и пытаются накормить.

– Зоя! – кричит свекор. – А баклажаны?

Свекровь всплескивает руками и бросается в дом, за баклажанами.

Соленые баклажаны, начиненные орехами и морковью, густо заправленные чесноком, плотно лежат в белой миске.

Ах, как же все пахнет!

Однажды она спросила: «Мама Зоя, а у вас так всегда?»

Свекровь вопроса не поняла. Сноха объяснила: «Ну, значит, скопом, целым двором».

Свекровь удивилась: «Конечно! Соседи ведь! А как по-другому?»

А назавтра тетка Ануш вынесет огромный казан с долмой. И снова все соберутся за огромным столом.

Старый грузинский двор... Крики и ароматы. Исподнее на веревке. Огромное тутовое дерево, роняющее черные ягоды. Под ним, словно запекшаяся кровь, валяются раздавленные плоды. Кто-то из женщин сметает их веником: «Не дай бог, кто поскользнется! Во дворе старики».

Из квартиры на втором этаже слышится повторяющийся унылый звук музыкальных гамм и этюдов: свекровь заставляет внука «делать домашку».

Гриша музыку ненавидит и роняет на клавиши слезы.

Женя сидит за столом и вынимает косточки из абрикосов. Завтра будут варить варенье.

Хочется спать. Женя оглядывается на раскладушку, стоящую тут же, под тутом. Раскладушка общая, «дворовая» – кто успел, тот и съел. В смысле, прилег. А абрикосов – еще полведра!

В доме жарко, и спать невозможно. Впрочем, и на улице жарко...

Кружатся осы, садятся на косточки. Ах, как же не хочется ехать в Москву!..

А придется. Отпуск кончается...

Евгения Сергеевна задумалась: «А вдруг есть орехи? Нет, вряд ли! Орехи у Лизы? Да на что ей орехи?»

Однако орехи все же находятся! Чуть залежалые, но... Использовать можно! Конечно, фундук не грецкие. Но без вариантов, как говорится.

В морозилке пакет с кусками филе – пусть не индейка, а курица... И это сойдет!

Обнаруживается и пакет кураги – примерно с полкило. Отлично! Будет пирог! Можно туда потереть и лимон, вместе с цедрой.

Прокрутить размоченную курагу, натертый лимон и пару ложек варенья. Есть остатки малинового варенья. Красота! За пирог она отвечает!

Еще Евгения Сергеевна находит упаковку с соленой рыбой, банку красной икры и селедку. Отлично! Можно под «шубой», а можно форшмак.

И Евгения Сергеевна принимается за дело. Как же давно она не готовила! И оказывается, стосковалась! Руки ловко режут, шинкуют и трут.

Часов в пять появляется Покледина. Чуть опухшая и растрепанная после сна.

Она садится напротив и с удивлением оглядывает стол.

Евгения Сергеевна продолжает работать.

– Что это вы затеяли? – растерянно, явно смущаясь, спрашивает хозяйка.

– Так праздник ведь! – задорно откликается Евгения Сергеевна. – Как не отметить?

Покледина пожимает плечами:

– Да я вроде все привезла. Рыбу, икру... Торт и мороженое...

– Вы молодец! – отвечает Евгения Сергеевна. – Но этого недостаточно! Надо ведь и что-то домашнее, а? Да и мне захотелось, простите!

Она смотрит на Покледину и ждет ее реакции.

– Вы недовольны? – тихо спрашивает она.

Елизавета все еще в растерянности:

– Да нет, мне-то что! Только... зачем вам все это? Хлопотно ведь!

– Лиза! – укоряет ее «сторожиха». – Какие тут хлопоты, что вы? И потом... Мне просто... Хотелось, чтобы по-людски! Вы понимаете? Ну, как у всех: праздник, стол!..

– Как у всех? – усмехается та. – Ну да... Я понимаю! Только запамятовала вот... – она усмехается, – как бывает *у всех*!

– Ну, значит, вспомним! – бодро отзывается повариха.

Лиза молчит и вдруг предлагает:

– А давайте я вам помогу? Ну, в смысле, порежу чего-нибудь там... – Она явно смущена.

Почему?

– Да бросьте, Лиза, – отвечает Евгения Сергеевна. – Что тут осталось-то? Пустяки! Я все доделаю! А вы отдыхайте! Мне все это в радость. Как оказалось! И извините – я тут слегка расхозяйничалась!

Покледина машет рукой.

– А если... Елка? Ну, в смысле, нарядим елку?

– У вас есть игрушки? – удивляется Евгения Сергеевна.

Оказалось, что есть. Ящик с игрушками – новыми, еще с магазинными бирками, явно дорогими и импортными – спущен со второго этажа.

Вместе они осторожно перебирают игрушки и любуются ими.

Решено нарядить елочку во дворе – там прямо у крыльца стоит голубая красавица.

Наряжает Покледина. А Евгения Сергеевна смотрит на нее из кухонного окна, восторженно качает головой и поднимает большой палец руки: «Как же красиво, Лиза! Какое-то чудо!»

И впервые видит, как Покледина улыбается.

Потом Елизавета берет собаку и идет с ней в лес. Евгения Сергеевна смотрит им вслед. Ладка прыгает вокруг Поклединой, одетой в валенки и огромный красный пуховик. На голове у нее белая шапка с помпоном.

«Не Лиза, а Дед Мороз», – думает Евгения Сергеевна и усмехается.

Ну вот все и готово! И она идет отдыхать.

Вечером Евгения Сергеевна выходит из своей комнатки и замечает букет из еловых веток, стоящий в напольной вазе. Ветки украшены серебряным дождиком. Вскоре появляется и хозяйка. При виде ее Евгения Сергеевна всплескивает руками! На Поклединой синий бархатный сарафан и длинная нитка жемчужных бус.

«У нее красивые руки, – отмечает Евгения Сергеевна, – и прекрасные волосы. Да и вообще она красавица, эта Лиза!»

Покледина смущена и отводит глаза.

Стол накрывают в гостиной. Покледина разжигает камин.

Дрова поскрипывают, разгораются не сразу, но вскоре уже весело трещат и отбрасывают яркие отблески пламени.

На столе белая скатерть и парадная посуда.

Покледина расставляет тарелки и грустно вздыхает – вот. Хотела все как у людей! Посуда, скатерть. Семья.

Евгения Сергеевна смотрит на нее с тревогой и тоже вздыхает.

В половине двенадцатого наконец садятся за стол. У камина дремлет собака, а рядом, на кресле, устроился кот.

Иногда они поглядывают друг на друга, словно проверяют: все ли на месте?

Еду раскладывает Евгения Сергеевна.

Покледина пробует сациви и блаженно прикрывает глаза:

– Боже, как вкусно! И где вы научились?

Евгения Сергеевна отвечает, что муж ее родом из Грузии.

– Как же все вкусно! – повторяет Покледина. Ее быстро размаривает от шампанского и вкусной еды.

Евгению Сергеевну тоже все расслабляет. Ей впервые с Лизой легко.

Потом они пьют коньяк. Руками ломают жареного цыпленка, и Лиза опять стонет от восторга.

Она совсем другая в эти минуты. Чувствуется, что ей хорошо и спокойно, и она чуть лениво откидывается на стуле.

– А я... лет шесть на Новый год из столицы сбегаю! – заявляет она. – Далеко! Куда-нибудь на острова. Туда, где солнце и море! Вьетнам, Тенерифе, Австралия. Чтобы без ощущения праздника, вы понимаете? Без напоминаний, без снега! Мне просто так легче. Новый год – это дом. Всякие яства. Елка. Подарки. Семья! А у меня... Ничего! И мне он не нужен, этот «любимый» народом праздник. Совсем! Мне проще, когда его... нет! И нет его духа! Вы понимаете? – повторяет Елизавета уже чуть заплетающимся языком.

Евгения Сергеевна кивает.

— Дочь со мной не общается, — продолжает Покледина. — Я ей не нужна! Вообще не нужна! Говорит: «Меня воспитали бабуля с дедулей! А ты где была?..» И что мне ей ответить? Устраивала личную жизнь? И не устроила, кстати! Одного человека любила... — Она замолкает и немигающим взглядом смотрит в окно. — Очень любила! Как последняя дура! А он... Да что говорить! Он обещал... Но из семьи так и не ушел.

Потом вышла замуж, — продолжила после тяжелой паузы Елизавета. — Ну, чтобы все как у людей! Мужа я не любила, но очень хотела полюбить! И очень старалась.

Начала строить дом. Семейную крепость. Как сюрприз ему! Хотела просто привезти его сюда, когда все будет готово! Думала, что оценит. Обрадуется...

И не успела. Он мне изменил. С моей продавщицей. Так пóшло и грязно... А дочь, когда узнала, рассмеялась: «Он и ко мне клеился! Мама, ты дура?»

Дура, конечно! И потом еще... Деньги он взял! Много денег! Точнее, украл. Конечно, я дура! Так доверять!.. Все коды, все карточки — всё!

Да бог с ним, пережила! А дом я хотела именно здесь! В этом поселке. Где жили родители. Мама и папа. Но не дожили... до светлого дня.

Я все мечтала: ах, если б они были живы! И жили бы здесь! Газ, вода, теплый толчок. Маму — в Париж, папке — машину! Он так мечтал...

Пахала всю жизнь, как лошадь. Тащила все на себе. И вот зачем? Зачем мне одной?

И не успела... Ничего я не успела! Ни папке с мамой, ни дочке... Ни мужа, ни семьи — ничего! Новый год встретить не с кем! Вы понимаете? Не с кем! Вот тут вы... Подвернулись, простите!

Евгения Сергеевна в ответ рассмеялась:

— На что обижаться? Да, подвернулась! И что? Правда жизни... Случайная встреча!

Послушайте, Лиза! Ведь все впереди! У вас — это точно! И дочка поймет, вы уж поверьте! И встретите вы человека! Вы так еще молоды, Лиза!

Та махнула рукой:

— Да ладно, уж как будет!..

Было видно, что ее развезло.

— Послушайте, Лиза! — вдруг осенило Евгению Сергеевну. — А пойдемте-ка на воздух! Там так хорошо! И елка... Мы же не плясали вокруг нашей елки!

Покледина удивленно приподняла брови и усмехнулась. Но встала. Долго не могла попасть в валенки, натянула пуховик и нахлобучила свою дурацкую шапку с помпоном.

Первой вырвалась собака, невежливо оттолкнув замешкавшихся женщин.

За ней пулей выскочил Принц. На крыльце осторожно присел, оглянулся. Нехотя потянулся и зевнул. Собака носилась по двору и тыкалась мордой в снег.

Вышли и женщины. Фонарь освещал нарядную елку. Игрушки переливались в ярком желтом электрическом свете.

Евгения Сергеевна всплеснула руками:

— Как же здорово, а? Красота!

Лиза бухнулась в высокий сугроб, широко раскинув руки и ноги. Собака подскочила и стала лизать ей лицо.

Евгения Сергеевна бросилась оттаскивать собаку, и Лада, играя, толкнула ее в сугроб. Пожилая женщина осела, и через мгновение тоже плюхнулась на спину и раскинула руки.

На черно-синем небе горели яркие белые звезды. Серп молодого месяца висел криво, словно примостили его на неудачно забитый гвоздь.

Медленно и тихо падали редкие и крупные снежинки.

– Сказка какая! – пробормотала ошарашенная этой картиной Евгения Сергеевна. – Вот красота!..

Лиза засмеялась и потрепала собаку за уши.

– Это мой самый лучший Новый год за... – она чуть задумалась, – за последние восемь лет!

А потом тихо добавила:

– А может... за всю мою жизнь?

Евгения Сергеевна взяла ее за руку. Рука была мокрая и горячая. Нормальная рука!

– А сколько будет еще впереди! – задумчиво произнесла Евгения Сергеевна. – И снега, и звезд!.. Ты мне поверь, девочка!

Лиза привстала на локте и серьезно посмотрела на Евгению Сергеевну:

– Да?.. – с недоверием спросила она. – Ну, так и быть! Я вам поверю!

– А у тебя есть выбор? – спросила Евгения Сергеевна. И обе счастливо рассмеялись.

Адуся

Адусины наряды обсуждали все и всегда. Реже — с завистью, часто — скептически, а в основном — с неодобрением и усмешкой. Еще бы! Все эти пышные воланы, сборки, фалды и ярусы, бесконечные кружева и рюши, ленты и тесьма, буфы и вышивка, панбархат, шелк, крепдешин и тафта — все струилось, переливалось и ложилось мягкой волной или ниспадало тяжелыми складками.

Совсем рано, в юности, придирчиво разглядывая в зеркале свои первые мелкие прыщики, недовольно трогая нос, подтягивая веки и поднимая брови, Адуся поняла: нехороша. Этот диагноз она поставила уверенно, не сомневаясь и не давая себе, как водится, никаких поблажек. Сухая констатация факта. Была, правда, еще слабая надежда на то, что буйный и внезапный пубертат все же осторожно и милостиво отступит, но годам к семнадцати и она прошла. К семнадцати годам, если тому суждено, девица определенно расцветает. Не вышло. Теперь оставалось либо смириться и жить с этим — навсегда, либо пытаться что-то изменить. Адуся выбрала второе.

Жили они вдвоем с матерью, которую Адуся безмерно обожала. Мать служила в театре оперетты, дарование было у нее скромное, но была она определенно красавицей и дамой светской, то есть посвятившей жизнь самой себе.

С Адусиным отцом, рядовым скрипачом театрального оркестра, она рассталась вскоре после рождения дочери, так до конца и не поняв, для чего был нужен этот скоротечный (будто кому-то назло, что, видимо, так и было) брак с некрасивым, тощим и носатым мужчиной. И зачем ей ребенок от этого брака — некрасивая болезненная девочка, точная копия отца. Ах, если бы девочка была похожа на нее! Такая же белолицая и гладкая, с той прелестной женственной полнотой, которая не режет, а радует глаз. С шелковистой кожей, пухлыми губами, с темными, густыми, загнутыми кверху ресницами! Ах, как бы она ее любила, наряжала бы, как куклу, демонстрировала с гордостью знакомым, обнимала бы ее и тискала без конца. А так чем хвастаться? Тощим, нескладным, неуклюжим подростком с унылым носом. Вся ее истинно женская плоть и прелесть отвергала дочь с тем негодованием, с которым признают неудавшийся опыт.

Поздним утром, после долгого и крепкого сна, мать с раздражением и неудовольствием глядела на Адусю, так старавшуюся ей угодить! Крепкий кофе со сливками, гренки с малиновым джемом – не дай бог пересушить, апельсин, конечно, очищенный и разобранный на дольки... Адуся матерью любовалась. Даже после сна, с припухшими веками и всклокоченной головой, она казалась дочери богиней и небожительницей.

После кофе мать откидывалась в кресле, вытягивая изящные ноги в парчовых, без задника, с меховым помпоном шлепках, закуривала и начинала вещать, с неудовольствием оглядывая дочь:

– Нос надо убрать. Сейчас это делают эле-мен-тар-но! – произносила она по складам. – Жри булки и манку. Господи, живые мощи! Ну кто на это может польститься? Гены – страшное дело, ну ничего от меня, ничего, – вздыхала она. – И как мне тебя пристроить?

Иногда, в короткие периоды затишья между многочисленными бурными романами, она пыталась преобразить дочь. Вызывала своего парикмахера, подщипывала Адусе брови, красила ресницы, милостиво швыряла ей свои сумочки и туфли, заматывала вокруг тощей шеи длинные нитки жемчужных бус... Но потом, не получив искомого результата, быстро теряла интерес к процессу.

К полудню приходила домработница Люба. Мать вяло отдавала ей приказания, удобно устраивалась в спальне с телефоном – и начинала бесконечные перезоны с армией подружек и поклонниц. Обсуждались наряды, романы и сплетни без числа. Адуся же собиралась на работу. Работала она утро-вечер, через день. В соседней сберкассе, в окне приема коммунальных платежей.

Еще будучи совсем юной девицей, она решила поспорить с природой, скупо предложившей ей такой скудный и обидный материал. Критически разглядывая себя в зеркало – размытые брови, близко посаженные глаза, узкий рот, руки, похожие на птичьи лапки, плоскую грудь, тонкие ноги, – Адуся пыталась найти и что-нибудь позитивное. И находила! Волосы были не густые, но пышные, легкой волной. А талия! Где вы видели талию в пятьдесят четыре сантиметра? Правда, увы, на этом список удачного заканчивался, но Адуся вывела разумную формулу. Надо суметь себя преподнести. Не вставать в унылую очередь дурнушек, а выделиться из толпы. Обратить на себя внимание. Объяснить всем, что она особенная. Необычная. В конце концов, главное – суметь в этом всех убедить.

И Адуся принялась за дело. Тогда-то она и подружилась с Надькой-инвалидкой, так безжалостно прозванной Адусиной матерью за высохшую ногу в тяжелом и уродливом ботинке. Надька была молчуньей, с недобрым затравленным взглядом, вся сосредоточенная и зацикленная на двух вещах – своей болезни и своей работе. Из дома она почти не выходила, стеснялась. Продукты ей приносила соседка, умело обманывавшая Надьку, – цен та совсем не знала. А вот от клиенток не было отбоя. Работала Надька с утра до поздней ночи. Портнихой была от бога – шила с одной примеркой, никогда не повторяя модели и не сталкивая лбами капризных клиенток. Кроме обычной и точной закройки, она безошибочно угадывала фасоны, удачно скрывала недостатки и подчеркивала достоинства фигуры. Ей достаточно было одного быстрого взгляда, чтобы все оценить и не ошибиться. И брюки, и деловые костюмы получались у нее превосходно, но все же ее коньком были вечерние туалеты. Здесь Надька отрывалась по полной – вышивала узоры, обвязывала золоченой тесьмой, выдумывала затейливые аппликации, оторачивала мехом и перьями, крутила немыслимой красоты цветы из обрезков бархата, тафты и меха. Деньги за заказы брала большие – но кто с ней спорил? С ее талантом, чутьем и безупречным вкусом считались безоговорочно. Она молча выслушивала нервных и капризных дам, кивая или не соглашаясь, крепко сжав в тонких бесцветных губах снопик булавок.

Обшиваться у Надьки считалось привилегией и хорошим тоном. Со всеми она держала непреодолимую дистанцию, а вот с Адусей получилась почти дружба. Почему – вполне понятно. Адусю она сразу причислила к несчастным – некрасива, небогата, нечванлива, без капризов. И к тому же одинока. Это их и роднило. Адуся приезжала не просто по делу на примерку, торопясь и нервничая перед зеркалом. Без настойчивых просьб: «Надя, милая, побыстрее, пожалуйста. Меня ждут внизу в машине (водитель, муж, любовник)!» Приезжала Адуся к Надьке именно в гости. С утра в субботу и на целый день – с хрустящими вощеными пакетиками с кофе из «Чайуправления», только что молотым, и с коробкой разноцветных пирожных из «Праги» – лучшей кондитерской тех лет. Обе были заядлые кофеманки и сластены. Надька варила кофе – целый кофейник на весь день, освобождала половину огромного стола, заваленного бесконечными выкройками, булавками, мелками, обмылками и обрезками, – и начинали свой сладкий пир две одиноких души.

Только ей, Адусе, своей единственной и закадычной подруге, Надька доверила свою страшную тайну, ни одной душе не ведомую. Тайну о том, как однажды остался у нее на ночь мужчина, водитель одной из клиенток, заехавший вечером за готовым заказом. Остался на ночь. А утром, увидев у кровати безобразный чёрный, кособокий Надькин башмак, бросился в ванную, где его вырвало прямо в раковину. Так Надька в одночасье распрощалась с девственностью и иллюзиями.

Адуся сочувствовала бедной Надьке, и обе, обнявшись, плакали. Еще Адуся слегка жаловалась подруге на свою резкую, бесчувственную, но все же такую обожаемую мать и вторым пунктом, конечно же, – на тотальное отсутствие женихов. В перерывах между кофе и перекурами Надька ползала по полу – кроила она только там. Потом Надька раскрывала журнал и предлагала Адусе самые свежие модели, изменен-

ные и усложненные буйной фантазией и талантом портнихи. Адуся все принимала с восторгом и восхищением.

И начиналось священнодействие. Красили в крепком растворе чая кружева, приобретающие цвет топленого молока или подбеленного кофе, разрезали широкую, с золотой ниткой, тесьму, поуже – на рукав, пошире – на оборку, клеили фиксированные, твердые банты из атласа и капрона, завязывали на свободный крупный узел мягкие шелковые галстуки, обтягивали большие старые пуговицы парчой. Оторачивали обрезками голубой норки весенний светло-серый суконный жакет, кроили легкие, полупрозрачные блузки с обильным жабо, высоко вздергивали фонари рукавов и безжалостно зауживали длинные манжеты, разрывали нити старых бутафорских жемчужных бус и пускали горошинами по воротнику и передней планке платья...

Адуся мужественно мерзла у огромного мутноватого старого зеркала в коридоре, ежась в колючей немецкой кружевной комбинации, а Надька ползала вокруг нее, закалывала, подкалывала, чиркала мелом, бряцала огромными ножницами. Она отползала от Адуси на пару шагов и, прищурясь, довольная, оценивала свою работу. И тощие, с пупырчатой кожей, посиневшие от холода ноги подруги с крупной грубой щиколоткой, тонкой икрой и мосластыми коленями казались Надьке абсолютным воплощением красоты. Потому что это были две здоровых ноги. В изящных туфельках на каблуках. Две полноценных и крепких ноги. А значит, есть шанс на успех и победу. Надька горестно вздыхала и еще крепче сжимала свои узкие, почти бескровные губы. Сейчас, вот сейчас Адуся наденет свою пышную юбку, кокетливо закрутит шелковый шарфик на блузке, обует ноги в замшевые ботильоны на высоком и неустойчивом каблуке, ярко подкрасит губы, встряхнет легкими рыжеватыми волосами – и выскочит на освещенную улицу. Выскочит в жизнь. В ее быстрый поток, бурлящий водоворот. И застучит каблучками по мостовой. И все в ее жизни еще будет, будет наверняка. А в ее, Надькиной, жизни? В который раз Надька придирчиво и настороженно смотрела на себя в зеркало: огромные, с черным ободком вокруг серой радужки, глаза, короткий прямой нос, темные густые волосы, жесткие, как щетка, бледное, почти белое, лицо (конечно, совсем без воздуха) и тонкий, искривленный в печальной гримасе рот. Неухоженность, полное безразличие к своей женской природе – это природе в отместку за то, что так жестоко она с ней обошлась. Надька тяжело вздыхала и садилась за свою нескончаемую работу. В этом и было ее истинное утешение.

Адуся легко выпархивала из захламленной душной Надькиной квартиры и с жадностью вдыхала московский воздух. Она тихо открывала дверь ключом – не дай бог нашуметь, вдруг мать задремала – и слышала один и тот же недовольный материн вопрос:

– Это ты? – Как будто это опять ее очень огорчило и разочаровало.

– Я, мамуся, – громко отвечала она.

– Господи! – почему-то тяжело вздыхала мать.

Однажды мать ушла в спальню, взяв с собой телефон. По квартире черной змейкой струился перекрученный телефонный шнур. Мать плотно закрыла дверь в спальню. Адуся осторожно подошла к двери и услышала раздраженный и возмущенный голос.

– Глупость, бред! – кипятилась мать. – Это в мои-то сорок! Это он не знает, сколько мне, а я-то знаю. И потом, один опыт у меня уже есть! Не самый удачный. Да, мужик стоящий, богатый, но зачем мне трое его детей – мал мала? Что я с ними буду делать? Эти эксперименты не для меня. И этот вечный кавказский траур по его умершей жене... Наверняка в Москве он жить не станет. Мне уехать в Баку? Ну и что, что роскошный дом, ну и что, что тепло? А если он на ребенка не клюнет? Я понимаю, что вряд ли. Да, у них это не принято. Дети – святое. А если нет? Если просто не сложится и я там не смогу? И с чем я останусь? Одинокая стареющая второразрядная певичка почти без ролей? С двумя детьми? Да-да, Адуся уже взрослый человек. Но ведь и я не сумасшедшая.

Адуся замерла под дверью. Господи, мать попалась! Ничего себе история! Она лихорадочно перебирала возможных претендентов на отцовство. Ах да, был какой-то поклонник – бакинский армянин, моложе матери на добрый десяток лет, вдовец, человек щедрый и, скорее всего, не бедный. И живо вспомнила корзины ярких фруктов, огромные, словно снопы, перевязанные лентой тугие букеты роз на плотных зеленых стеблях. Значит, речь идет о нем! Что же будет?

А вдруг мать все же решится и оставит ребенка? Тут Адусе стало и вовсе нехорошо: к горлу подкатила тошнота, и по спине потек холодный и липкий пот. Она прислонилась к стене и прикрыла глаза. Боже, какая угроза! Ведь может измениться вся ее жизнь – какой-то непонятный молодой мужик, трое его детей, еще один ребенок, новорожденный, их общий с матерью. А она? Ее роль во всей этой истории? Нянька, вытирающая сопли всей этой ораве? От такого кошмара у Адуси закружилась голова, и она присела на корточки.

Но ничего этого не случилось, а случилось совсем другое – страшное и неисправимое. Ее сорокалетняя красавица мать умерла спустя месяц от кровотечения – осложнения после аборта, сделанного на приличном сроке. Похороны были пышные и многолюдные. Все, как любила покойница. Скорбели потрясенные случившимся бывшие любовники и действующие подруги. Последнего возлюбленного, косвенно имевшего отношение к этой драме, на похоронах не было. Разыскивать его, вызывать из другого города у Адуси не было ни сил, ни времени. Да и к чему все это? При чем тут он?

Мать лежала в гробу бледная, прекрасная и успокоенная. Отгремели все страсти ее недолгой жизни, разом решились все проблемы. Как все просто. И как все страшно.

Адуся осталась одна в большой «сталинской» трехкомнатной квартире с эркером. По матери она тосковала безгранично. Обливаясь слезами, она перебирала ее колечки и браслеты, подносила к лицу платья, еще пахнущие ее духами, спала в ее постели, зарываясь лицом в ее подушки... И все никак не решалась сменить и выстирать белье, хранившее, как казалось Адусе, материнский запах. Она страдала, совершенно забыв и презрев материнскую холодность и отрешенность. Вечерами, заливаясь слезами, Адуся перебирала драгоценности матери, целовала их, гладила и аккуратно складывала обратно в мягкие бархатные и фланелевые мешочки, потом куталась в шубы — норковую и каракулевую, которые были ей, конечно, велики и которые она все никак не решалась отнести к Надьке и переделать по фигуре.

О том, чтобы что-то продать из украшений или старинных вещиц, так любимых матерью, которая понимала в них толк, не могло быть и речи. Жить теперь приходилось на свою более чем скромную зарплату. Раньше, при матери, о деньгах думать особенно не приходилось. Сейчас же на счету была каждая копейка, каждый рубль — что оказалось непривычно. Адуся терялась и расстраивалась, бесконечно считая жалкий остаток. Домработницу Любу она, конечно же, рассчитала. На что ей домработница? Так и жила — одиноко и неприкаянно. Из подруг — только верная Надька, тоже одинокая душа.

Впрочем, была у Адуси и любовь. Правда, любовь тайная и неразделенная, так как предмет страсти о ней и знать не знал. Это был сын старинной подруги матери, некоей Норы, бывшей балерины, в далеком прошлом известной московской красавицы и вдовы-генеральши. Предмет звался Никитой и вполне бы мог сойти за былинного русского богатыря — косая сажень в плечах, пшеничные кудри, синие глаза. Любила Адуся Никиту давно, с детства, пожизненно и безнадежно, ибо Никита был бог, царь и фетиш. И ему, как богу и царю, было все дозволено и все заранее прощалось. На самом деле он был заурядный и обычный пошловатый бабник и ходок, но Адуся так даже и думать не смела, ни боже мой. В ее сердце имелась ячейка, сейф, куда были припрятаны все тайны и сокровенные мысли (грустные, надо сказать, мысли). Никогда, никогда... Кто она и кто он? Да разве можно себе это представить? Любовь к Никите — отдельная песня, отдельная строка.

Ах, пустые девичьи грезы! В повседневной жизни был вполне прозаический снабженец с Урала Володя, остряк и балагур, то исчезавший, то вдруг внезапно возникавший, как черт из табакерки. Появлялся он редко и на пару дней — случайные нечастые командировки — и поддерживал эту связь только для собственного удобства. Был еще тихий и слегка пришибленный аспирант Миша, живший с полубезумной старухой матерью и посему поставивший жирный крест на устройстве личной жизни. Приходил он к Адусе где-то в две недели раз, зажав в вялой руке три помятые и пожухлые гвоздики, долго пил на кухне чай и, не поднимая глаз, нудно прощался, топчась в прихожей. Все это было тускло, мелко и обременительно, не приносило радости и не сулило жизненных перемен. А ведь хотелось игры, интриги, страсти, наконец... Мамины гены, пугалась Адуся.

Никиту она считала неприкаянным и, естественно, несчастливым вечным странником. Что эта глупая череда круглоглазых красоток? Конечно же, только она, Адуся, сумеет разглядеть его мятущуюся душу, только она, умная, тонкая и остро чувствующая, сумеет дать ему истинное счастье и радость.

Мечтая ночами, она видела себя, хрупкую и нежную, идущую под руку с ним, таким большим и сильным. И конечно же, читающую ему стихи:

– «Сжала руки под темной вуалью...»

Или лучше так:

– «Как живется вам с другою женщиною, без затей?»

Она-то, Адуся, была, конечно, с затеями, не то что те, другие!

К Норе она заезжала часто, естественно, в надежде увидеть Никиту. Подруга матери уже сильно хворала – особенно подводили ноги, когда-то сводившие с ума пол-Москвы. Профессиональная болезнь бывшей балерины – суставы. Передвигалась она по квартире с палкой, из дома почти не выходила, сильно располнела и запустила себя, обнаружив к старости страсть: много и вкусно поесть. Компенсация за вечные диеты и голодовки в молодости.

Обычно Адуся заглядывала в «Прагу» и набирала любимые Норой деликатесы: холодную утку по-пражски, заливной язык, ветчинные рулетики и знаменитые «пражские» пирожные. Денег тратила уйму. Но

Нора – единственный мостик между Никитой и Адусиными грезами. Одинокая и всеми покинутая бывшая светская львица, полная, кое-как причесанная, тяжело опирающаяся на палку, была ей всегда рада.

Садились на кухне – Адуся по-свойски хозяйничала: варила кофе, раскладывала на тарелки принесенные вкусности. Нора, как всегда, много курила и поносила Никитиных баб. Это была ее излюбленная тема. Адуся узнавала все до мельчайших подробностей, совершенно, казалось бы, ей ненужных, но на самом деле из всего сказанного и рассказанного она делала собственные выводы. Скажем, так она узнала про парикмахершу Милку, здоровую дылду и дуру, про полковничью неверную жену Марину, уродину и старую блядь (с Нориных слов, естественно), про медсестричку Леночку, в общем, славную, но простую, слишком простую. И далее – по списку. Адуся в который раз варила крепкий кофе, металась от плиты к столу, поддакивала, осторожно задавала вопросы и мотала на ус. Ничего не пропускала. Ах, как нелегка была дорога, как терниста и извилиста узкая тропка к просторной и любвеобильной Никитиной душе!

Нора жирно мазала дорогущий паштет на свежую сдобную булку, безжалостно крушила вилкой хрупкую снежную красоту высокого безе, шумно прихлебывала кофе и трясущимися желтоватыми пальцами с еще крепкими круглыми ногтями в ярком маникюре давила окурки в гарднеровском блюдце.

Иногда, редко, загораживая широким разворотом богатырских плеч дверной проем, возникал случайно забредший в отчий дом странник Никита. Адуся заливалась краской и опускала глаза. Никита оглядывал лукуллов пир, усмехался, неодобрительно качал головой и непременно каламбурил по поводу Адуси, что-нибудь вроде:

– Ада, какие наряды! Последняя коллекция мадам Шанель? Парижу что-то оставили?

И непременно цеплялся с матерью. Присаживался за стол и укорял смущенную гостью:

– Губите матушку, Адочка: уже и печеночка не та, и желчный шалит. И вы, маман, все туда же. Какая, право, несдержанность!

В общем, паясничал. Нора – крепкий еще боец – в долгу не оставалась.

– Что, шелудивый кот, нашлялся, еще не все волосы на чужих подушках оставил? – отвечала Нора, а в глазах гордость и что-то вроде умиления – моя кровь!

– Маман все не может успокоиться, что придворный абортарий был закрыт тогда на профилактику, – острил Никита. – Вот так, Адочка, волею судеб я совершенно случайно появился на свет. Увы! – тяжело вздыхал он и разводил руками.

Адуся опять краснела, как бурак, и поддакивала то Никите, то Норе. Так коротали время. Потом, когда спектакль был завершен и общество дам Никите порядком надоедало, он вставал и уходил к себе. Адуся интересовала его исключительно как зритель. Больше – ни-ни. Все ее ухищрения и старания были напрасны. Адуся домывала посуду, подметала захламленную кухню и старалась поскорее избавиться от занудной Норы.

После визита она обычно не спала – перебирала в голове Никитины фразы и с горечью признавалась себе, что все ее старания напрасны. Ни-че-го! А какие усилия! Самая модная в сезоне стрижка, французские косметика и духи, черное бархатное платье с фиолетовой шелковой розой, итальянский сапожок – черный, лаковый, с кнопочкой на боку – о цене лучше не думать. Пирамида картонных коробок из «Праги», дорогущие и дефицитные желтые розы в хрустящем целлофане. Сама Адуся – изящная, трепетная, элегантная. Если верить Норе, таких изысканных и тонких женщин у него вообще никогда не было, горестно вздыхала несчастная, ворочаясь на жестких подушках. Отплакавшись, успокаивалась: «Не все еще потеряно! Не отступлюсь ни за что», – и засыпала под утро счастливым сном. Ах, надежда, вечный спутник отчаяния! И конечно, его величество случай, как часто бывает.

После очередного гастрономического безумства (в тот раз это был жирный окорок) Нора загремела в больницу с приступом панкреатита. Сопровождали ее Никита и срочно вызванная по телефону Адуся. В приемном покое Нора громко рыдала, и прощалась, и просила Адусю позаботиться о бедном и одиноком Никите, моментально позабыв все претензии к сыну. Адуся мелко кивала головой, гладила Нору по руке и обещала ей не оставлять Никиту ни при каких обстоятельствах. Нора потребовала клятвы. Конечно,

она слегка переигрывала и вовсе не собиралась помирать, но роль трепетной матери, как ей казалось, играла вполне убедительно.

Обещание, данное Норе на почти смертном одре, Адуся решила исполнять сразу, заявив сонному и растерянному Никите, что недолгий остаток ночи она проведет у него. Во-первых, как ей одной сейчас добираться до дому? Во-вторых, завтра нужно убрать разгромленную после «Скорой» квартиру. В-третьих, приготовить Норе что-нибудь диетическое и, кстати, ему, Никите, обед. Мотивация вполне логичная. Он равнодушно кивнул.

Утром следующего дня Адуся взяла на работе отгулы и осторожненько перевезла в Норину квартиру часть своих вещей, не забыв ни духи, ни кремы, которые аккуратно расставила на стеклянной полочке в ванной рядом с Никитиным одеколоном и принадлежностями для бритья, обозначив таким образом свое законное присутствие. И принялась за дело. Сначала вымыла мутные окна и постирала занавески, потом выкинула все лишнее, которого было в избытке, – подгнившие овощи, старые картонные коробки, чайник с отбитым носиком, пустые коробки из-под шоколадных конфет, подсохшие цветы. Далее вымыла со стиральным порошком ковры – жесткой щеткой. Выкинула из холодильника куски засохшего сыра и колбасы. Начистила кастрюли, отмыла содой потемневшие чашки. Протерла мясистые, плотные и серые от пыли листья фикуса. Мелом натерла до блеска темные серебряные вилки и ножи. Сварила бульон, мелко покрошив туда морковь (для цвета) и петрушку (для запаха). Протерла через сито клюкву – морс для бедной Норы. Сбегала в аптеку и за хлебом (брезгливо выкинула из хлебницы заплесневевшие горбушки). По дороге купила семь желтых тюльпанов – воткнула их в низкую пузатую вазу и поставила на кухонный стол. Оглядела все вокруг. Квартиру просто не узнать! Осталась всем вполне довольна – и поспешила к Норе в больницу. Напоила ее морсом с сухими галетами, умыла ее, причесала, долго и подробно беседовала с лечащим врачом и строго разговаривала с бестолковой нянечкой, дав ей денег и приказав подавать Норе судно и поменять постель.

Еле живая притащилась вечером по месту своего нового, временного (хотя кто знает) жилища. Еле ногами перебирала, но, увидев в прихожей красную Никитину куртку, распрямила спину, завела плечи назад и натянула самую лучезарную из улыбок. Никита помог ей снять пальто и участливо спросил:

– Устала?

Адуся махнула рукой, ничего, мол, ерунда, чего не сделаешь ради близких и дорогих людей? Он подал ей старые, разношенные Норины тапки, но Адуся достала свои – каблучок, открытая пятка, легкий розовый пушок по краю. И накинула халатик – тоже в тон, розовый, с блестящим шелковым пояском. Крепко затянула этот самый поясок – талия! Двумя пальцами обхватишь, если пожелаешь, и устало опустилась в кресло.

– Чаю? – вежливо осведомился хозяин.

Адуся кивнула. Чай она пила медленно, изящно, как ей казалось, чуть отставив в сторону мизинец, и подробно рассказывала про больницу и врачей. Никита слушал и уважительно кивал головой:

— Ну, ты, Адуся, даешь! И что бы мы без тебя делали, пропали бы не за медный грош.

В первый раз без своих шуток и каламбуров. А потом серьезно так сказал:

— Спасибо тебе, Адка, за все. И за мать, и за квартиру — так чисто у нас никогда не было. Может, поживешь у нас, пока мать в больнице? — с надеждой спросил он.

Адуся вздохнула — и согласилась. С достоинством так. О мужчины! Кто же из нас завоеватель? Или так изменился мир? Как может быть изобретательна и коварна в своих замыслах даже далеко не самая искушенная женщина, сколько физических и душевных сил нужно потратить ей, маленькой и слабой, чтобы вы хотя бы обратили на нее свой взор! И как вы, ей-богу, наивны и туповаты. Но мы не злодейки и ставим силки не по злому умыслу и не для оного. Кто же может осудить человека за естественное желание быть любимой и счастливой?

Адуся легла в Нориной комнате. Конечно, ей не спалось. Так близко, за стеной, спал главный человек ее жизни. Спал, похрапывая, ни о чем не печалясь. Она смотрела на потолок, и он казался ей звездным небом.

А среди ночи ужасно захотелось есть. Она вспомнила, что в хлопотах за целый день не съела ни куска. Осторожно, крадучись, не включая света, пробралась на кухню и открыла холодильник. Так и застал ее, жующую холодную куриную ножку, Никита, поднявшийся среди ночи по малой нужде. От ужаса Адуся поперхнулась, а Никита испугался и хлопнул ее по спине. Все насмарку! Так оконфузиться! На глазах выступили слезы. Но Никита и не думал насмехаться.

– Проголодалась, бедная? – участливо спросил он и налил ей чаю. – Сядь, поешь по-человечески, – предложил он обалдевшей Адусе. А потом сказал тихо: – Иди ко мне.

«Господи! От меня же пахнет курицей», – с ужасом подумала неудачливая соблазнительница. Но Никите это было, похоже, по барабану. Он властно притянул Адусю к себе. А потом легонько шлепнул по почти отсутствующей филейной части и подтолкнул ее в свою комнату. И Адуся познала рай на земле. Или побывала на небесах. Впрочем, какая разница, если человек счастлив?

Бедная Надька-инвалидка выла от тоски и одиночества. Даже верная подруга Адуся пропала и не объявлялась. Изо дня в день Надька видела перед собой прекрасных и благополучных женщин. Вместе с ними залетали в Надькину унылую квартиру запах ранней весны, небывалых духов, легкость, и беспечность, и сногсшибательные истории. Клиентки крутились перед зеркалом в прихожей, кокетливо щурили глаза и придирчиво и довольно осматривали свое отражение. Надька видела их упругие бедра и грудь, стройные ноги, тонкое кружевное белье и вдыхала их аромат – аромат полной жизни и свободы. Они звонили по телефону и капризничали, повелевающими голосами разговаривали с мужьями и нежным полушепотом ворковали с любовниками.

Вечером, оставшись одна, впрочем, как всегда, Надька залпом выпила стакан водки и подошла к зеркалу в прихожей. Она долго и подробно рассматривала свое отражение. Стянула черную «аптекарскую» резинку с хвоста, встряхнула головой – по плечам рассыпались густые, непослушные пряди. Она взяла черный, плохо заточенный карандаш и толстой, неровной линией подвела глаза – к вискам. Потом ярко-красной помадой, забытой какой-то рассеянной клиенткой, она яростно и жирно черкала по губам – и в ее лице появилось что-то ведьминское, злое и прекрасное.

Потом Надька скинула халат и провела пальцем по своему телу – по маленькой и твердой груди с острыми и темными сосками, по впалому и бледному животу, по чуть заметной темной дорожке от пупка вниз, к паху. И вдруг ей показалось, что она прекрасна и ничуть не хуже их, тех, кому она так завидует и кем тайно любуется. Но потом взгляд упал на тонкую, сухую, изуродованную болезнью и грубым высоким черным башмаком ногу, и Надька зашептала горестно и безнадежно: «Но почему, почему?» Ее начала бить крупная дрожь, она накинула чье-то недошитое манто из серебристой чернобурки, допила водку и уснула на кухне, уронив бедную голову на стол – злая, несчастная и обессиленная.

А Адуся с утра жарила омлет. Не банальный омлет – яйцо, молоко, соль, все взбить вилкой. Это был омлет – произведение искусства, завтрак для любимого. Адуся томила до мягкости ломтики помидоров, взбивала до белой пены яйца, щедро крошила зелень и терла острый сыр. Потом она варила кофе, жарила тосты, красиво сервировала стол – клетчатая льняная салфетка, приборы, букет тюльпанов. Все это она делала, пританцовывая на легких ногах и что-то негромко напевая – слух у нее был неважный. Жизнь прекрасна! Чего ж еще желать! Никита сел завтракать, удивляясь и слегка пугаясь такому натиску – Адуся положила в кофе сахар и размешала его ложкой, а сливки взбила венчиком и аккуратно влила в чашку. «Так вкуснее», – пояснила она.

Никита молча жевал и кивал. Сама Адуся есть не стала, а только аккуратно прихлебывала кофе, присев на краешек стула, и что-то щебетала. Он посмотрел на нее – легкие кудряшки, тонкие ноги, длинный острый носик, узкие, словно птичьи лапки, руки. Пестрый халатик – птичка, ей-богу, ну просто птичка божья. А старается как! «Смешно и нелепо», – подумал он, и что-то вроде жалости на мгновение мелькнуло у него в душе. Он глубоко вздохнул и поблагодарил за завтрак.

Адуся продолжала хлопотать – обед, уборка, собрать что-то в больницу Норе, днем – сама больница. А вот вечером – вечером их с Никитой время. Ужин при свечах! Все получается так легко и складно!

Нора в больнице капризничала, просила есть и рвалась домой – отпустило. Но скорая Норина выписка в планы Адуси никак не входила. Для начала нужно укрепить тылы и прочно занять оборону. Вечером накрыла в гостиной – свечи, салфетки в кольцах. Никита глянул и коротко бросил:

– К чему это?

Молча поел на кухне и ушел к себе, плотно прикрыв дверь. Адуся в ванной умывалась слезами – сама виновата, надо было мягче, осторожнее. Ночь промаялась, не спала ни минуты, утром, сомневаясь и дрожа, все же зашла осторожно, чуть скрипнув дверью, в его комнату и легла, умирая от страха, на край постели. Никита вздохнул во сне, заворочался, повел носом, как собака, почуявшая дичь, – и, конечно, ни от чего не отказался. Он взял ее грубовато, коротко, не открывая глаз, и опять крепко уснул, а Адуся лежала рядом, тихо всхлипывая, и никак не могла решить, страдать ли ей дальше или все-таки радоваться.

Утром Никита был весел, шумно брился в ванной, громко фыркал, шумно сморкался, а на пороге щелкнул легонько и необидно Адусю по носу – не придумывай себе ничего, угу? И был таков. Ах, ах, опять слезы, красные глаза, распухший нос, настроения никакого. Плюнуть, собрать вещи, уйти? «Ну нет, мы еще поборемся, – твердо решила Адуся. – Это с виду я такая – переломишь, а внутри – стальная пластина». «Эх, медведь бестолковый, – с нежностью думала Адуся, – не видишь своего счастья! Всю жизнь тебе готова служить верой и правдой. И служить, и прислуживать – ничего не зазорно. Только бы быть рядом с тобой!» Вечером у Никиты было вполне сносное настроение – он шутил, беззлобно подтрунивал над Адусей, и уснули они вместе. Не все потеряно! Жизнь опять решила улыбнуться!

Нору забирали через две недели. Старуха опять ныла, ругалась с сыном и цыкала на бедную верную Адусю. Дома, внимательно оглядев чистую и помолодевшую квартиру и оценив диетический, но вполне сносный ужин – куриное суфле, творожный пудинг, запеченные яблоки с корицей, – она попросила пожить у них еще несколько дней: по причине ее, Нориной, слабости и нездоровья, естественно. Адуся согласилась.

Спала она теперь на узком диване в столовой, а ночью крадучись пробиралась в комнату Никиты. Он принимал ее с легким вздохом – как бы в благодарность за оказанные услуги. Но разве она хотела это замечать? Нора быстро поняла про все удобства, связанные с проживанием Адуси, и моментально раскусила их так называемый роман, втайне надеясь, что ее беспутный сын наконец образумится – и дай бог... Своим практическим умом она, конечно, понимала, что лучшей жены ему не найти, а уж ей невестки – и подавно.

Адуся осталась еще на неделю, потом еще – и постепенно и осторожно перевозила свои вещи к ним в дом, тайно и страстно мечтая задержаться там навсегда.

Со временем стало вырисовываться подобие семейной жизни – с общими ужинами, походами на рынок

(ах, я не подниму тяжелые сумки!), в кино, вечерним поздним чаем на кухне, совместным просмотром какого-нибудь фильма по телевизору, когда Адуся, уютно позвякивая спицами, вязала Никите свитер из плотной белой шерсти со сложным модным северным орнаментом на груди — красными оленями с ветвистыми рогами.

Никита почти не взбрыкивал, лишь иногда вечерами исчезал ненадолго, а однажды и вовсе не пришел ночевать. Но Адуся — ни слова. Так же подала завтрак и размешала сахар в чашке. Никита усмехался — вся ее игра шита белыми нитками, наивно и смешно, паутину плетет, соблазнительница коварная. Ей, Адусе, к тридцати, замуж хочет, понятное дело. Шансов немного, хоть и славная, в общем, девка. Смешная, нелепая, старается изо всех сил. Но его, Никиту, так просто не окрутишь. Да и к чему все это? Быт волновал его мало, жил же и не тужил и без ее забот, детей не хотел — какие, право, дети? А жениться? Жениться надо по любви. Какой у него расчет? Смешно, ей-богу, на нее и на маман смотреть. Порешали все негласно, умницы какие! Да и сколько еще красивых и молодых баб, не охваченных Никитой? Добровольно от всего этого отказаться? Ради чего? Ради совместных посиделок вечером в кресле у телевизора? Чушь какая! Все эти завтраки, ужины, крахмальные рубашки, туфли, начищенные до блеска, да и сама Адуся, в конце концов...

Хотя, чего лукавить, втянулся как-то, поддался. В общем, не очень возражал. Сходили даже пару раз в театр, съездили к институтскому другу Никиты на день рождения, где все удивились новой барышне известного бонвивана – смешной и странноватой, закрученной в пышные юбки и кружева. Насмешники нашли ее нелепой, а доброжелатели – трогательной.

К Надьке она тоже Никиту затащила – с уловками и хитростью. Хотелось продемонстрировать свою удачу и состоятельность. Подруга почему-то страшно смутилась, была, как всегда, неразговорчива, то бледнела, то вспыхивала своими неповторимыми серыми очами. Никита курил на кухне.

– Сегодня сделаешь? – с надеждой спросила Адуся. Работа для Надьки была – пустяк, так, подол подрубить и заузить лиф, но она свредничала – бабская сущность – и торопиться отказалась.

Адуся с Никитой вечером собирались в Большой на «Дон-Кихота». Адуся жалобно канючила, а Надька говорила твердое «нет». Завтра к вечеру. Точка. Ушла от Надьки надутая, а потом осенило – завидует. Как все банально! И усмехнулась: ну что ж, милочка, поделаешь. Каждому свое. Уж извини, что так вышло. На балете Никита уснул, но это ее только умилило – устал, бедненький.

Потом Адуся стала прихварывать, не понимая, в чем дело. Забеспокоилась – ее организм, работавший так четко до этого, дал какой-то явный сбой. Болела грудь, потемнели бледные Адусины соски, мутило, совсем не хотелось есть, а хотелось только свежего огурца с солью и томатного сока. И еще все время тянуло в сон. Так бы и спала целый день. В общем,

взяла отгулы и валялась на диване. Попросила Никиту съездить к Надьке и забрать платье.

Умная Нора просекла все до того, как поняла Адуся. И просила Бога образумить наконец ее непутевого сына. А еще через неделю исчез и сам фигурант, впрочем, успокоив мать звонком – жив-здоров, просто уезжает, и, видимо, надолго. И еще очень просит мать («ну, ты же у меня умница!») придумать что-нибудь для Адуси. «Ну, что-нибудь, сама знаешь. Она ведь так явно задержалась», – хохотнул он на прощание.

Вечером того же дня Нора уже кричала на несчастную Адусю, называя ее дурой и бестолочью за то, что та не успела сказать Никите про ребенка, все думала, как эту новость торжественно обставить. А теперь ищи его днем с огнем! Где он сейчас, на чьих подушках? Похоже, закрутило его сильно, уж она-то своего сына знает, не сомневайся.

Адуся собрала вещи и уехала к себе. Тяжелее всего было пережить то, что она посчитала за явное оскорбление, – исчез, не поговорив, не сказав ни слова в объяснение, не по-человечески, по-скотски с ней обошелся. За что? Это и было самым горьким.

Страдала она безудержно и отчаянно. Бессердечная Нора ежедневно звонила и уговаривала Адусю сделать аборт: «Одна ты ребенка не поднимешь». Себя она в происходящем, естественно, не видела.

Ребенка Адуся решила оставить. Как можно распоряжаться чужой жизнью? Да и потом, материнская страшная судьба! Чувствовала себя она отвратительно, но душевная боль была куда сильнее, чем недомогание. С работы она уволилась – говорить и видеть кого бы то ни было не было сил. Относила в комиссионку на Октябрьской то серебряный молочник, то столовое серебро, то японскую вазу. Из дома почти не выходила, телевизор не включала, лежала часами на кровати без сна, но с закрытыми глазами. Открывать глаза и видеть этот мир ей не хотелось. К телефону подходить сначала перестала, а потом и вовсе выдернула шнур из розетки.

Однажды, когда одиночество стало совсем невыносимым, Адуся поехала к Надьке, старой подружке. Вот кто поймет и пожалеет – тоже одинокая и неприкаянная душа. Вот наплачемся вволю.

Надька открыла дверь не скоро. Адуся оторопела и не сразу поняла, в чем дело. На лице подруги блуждала странная, загадочная улыбка, да и вообще она была и совсем не похожа на себя прежнюю – с распущенными по плечам богатыми волосами, с яркими, горящими глазами, в новом красивом платье и с накрашенными губами. «Чудеса, ей-богу», – удивилась Адуся.

Надька стояла в дверном проеме и не думала пропускать Адусю в квартиру.

– Не пустишь? – смущенно удивилась Адуся.

Надька стояла не шелохнувшись и молча смотрела на нее. А потом отрицательно покачала головой.

– Что с тобой, Надька? Занята так, что ли? – догадалась наконец Адуся и бросила взгляд на вешалку в прихожей.

На вешалке висели мужская красная куртка и белый вязаный свитер с северными оленями. У Адуси перехватило дыхание. Они стояли и молча смотрели друг на друга еще минут пять. Вечность.

В голове у Адуси не было ни одной мысли. Только опять сильно замутило и закружилась голова. Она выскочила на лестницу, и там, у лифта, ее сильно вырвало. Надька громко захлопнула дверь и прислонилась к ней спиной.

– Каждый за себя, – тихо сказала она и еще раз это повторила: – По-другому не будет. Каждый за себя.

Адуся сидела на холодных ступеньках, и у нее не было сил выйти на улицу – отказывали и без того слабые ноги. Сколько прошло времени – час, три, пять? На улице было совсем темно. Она подняла руку и поймала такси.

Ночью, в три часа, она проснулась от того, что было очень горячо и мокро лежать. Догадалась вызвать «Скорую». Из подъезда ее выносили на носилках.

В больнице она провалялась почти месяц. Вышла оттуда высохшая, словно обескровленная. Неживая. Ей казалось, что вместе с ребенком из нее вытащили и сердце, и душу заодно. Так черно и выжжено все было внутри. Врачи вынесли неутешительный вердикт. Детей у Адуси быть не может. Отлежала дома еще два месяца – к зеркалу не подходила. Пугалась сама себя.

Поднял ее настойчивый звонок в дверь. Она решила не открывать, но звонившие, похоже, отступать не собирались. И правда, отступать им было некуда. За дверью стоял высокий темноглазый худощавый мужчина с обильной проседью в густых волнистых волосах. За руки он держал двух девочек-близняшек лет семи-восьми, а за его спиной стоял худой мальчик лет тринадцати с печальными и испуганными глазами.

Это был тот самый любовник матери, бакинский армянин-вдовец, невольный виновник ее трагической гибели. Он бежал из Баку, как бежали в ужасе и страхе его собратья, бросив все, чтобы просто спасти свои жизни. В Москве, кроме бедной Адусиной матери, близких знакомых у него не было. Позвонить он не мог – телефон был отключен.

Растерянная Адуся впустила незваных гостей в дом. На кухне дрожащими руками она готовила чай и тихо рассказывала, что похоронила мать два года назад. Истинную причину ее гибели открывать она не стала. К чему? И так этот человек пережил слишком много горя. Он рассказывал ей, что пришлось бросить все – дом, вещи, только спасаться и бежать. Дети сидели тихо, как мышата, испуганно прижавшись друг к другу.

Они молча выпили чай, и мужчина, тяжело вздохнув, поднялся со стула.

– Куда же вы теперь? – тихо спросила Адуся.

Мужчина молча пожал плечами. Адуся достала из шкафа белье и пошла стелить им постели. Она раздвинула тяжелые шторы на окнах и увидела желто-багровую листву на деревьях и яркое круглое солнце, уходившее за горизонт. И наконец приказала себе жить.

Чужая семья прожила у Адуси полгода, и все ее члены стали ей почти родными, почти родственниками. Она проводила с детьми все свое время, ходила гулять в парк, сидела в киношках на мультиках, возила их в Пушкинский, в Третьяковку и в зоопарк, читала на ночь книги, варила им супы, купала девочек и заплетала их прекрасные волосы в косы. Это и спасло ее тогда от страшной тоски и одиночества: ее собственные беды и страдания как-то становились менее значительными.

Правда, теперь Адуся начала печалиться оттого, что это все обязательно кончится, и кончится совсем скоро, и дети уедут, дом опустеет — и она опять останется одна. Отец семейства целыми днями мотался по инстанциям — собирал бесконечные справки и бумаги на отъезд в Америку к дальним родственникам. Собирались они уехать в Сан-Франциско, где была большая армянская община. Оформили их как политических беженцев.

Адусе было стыдно, но про себя она молила Бога: только бы что-то задержало их в Москве, ну нет, конечно, не что-то серьезное, какая-то затяжка, ну хотя бы еще на пару месяцев... «Дура привязчивая!» — ругала она себя. Но все же почти совсем ожила и даже начала улыбаться. Невесть откуда появились силы — куда деваться, когда столько хлопот и такая семья. Только вот нарядов своих она больше не носила. Ходила теперь в джинсах, свитерах и маечках. На ногах — кроссовки. И волосы остригла совсем коротко, под мальчика. А затейливые свои туалеты собрала в два

больших мешка и отнесла на помойку. Кто захочет – заберет, а нет, так черт с ними всеми вместе с ее, Адусиной, прошлой жизнью.

Однажды вечером, когда дети уже спали, Адуся и глава семьи пили на кухне чай. Молчали. Адуся встала со стула, чтобы отнести в раковину чашки. Он поймал ее руку и приложил к своим губам. Адуся замерла, у нее бешено заколотилось сердце. А потом он встал, подошел к ней близко, глаза в глаза, и предложил выйти за него замуж. И прожить вместе всю оставшуюся жизнь. Так и сказал, «сколько отпущено». Что это было? Корысть, вовсе не оскорбительная, а вполне понятная и объяснимая, человеческая благодарность, неистребимый и самый сильный из инстинктов – родительский? Что им двигало? Да какая, в общем, разница? Наверное, это был единственный и самый верный выход. Для них, побитых и намордованных жизнью, страдающих и одиноких. Адуся не думала ни минуты. Она тихо сказала «да» и положила голову ему на плечо. И оба ощутили в эти минуты непомерную легкость и покой. Наверное, это называется счастьем. Ведь в жизни, кроме страсти и любовной горячки, есть еще очень важные и значительные вещи.

На деньги, вырученные от продажи Адусиной квартиры, они купили в Америке бизнес – небольшой магазинчик, торгующий спиртными напитками, подобным ее муж занимался на прежней неласковой родине. Дело пошло хорошо – умный и неленивый человек поднимется везде. Сначала сняли неболь-

шую квартиру, а спустя пару лет купили дом с садиком и маленьким бассейном. В саду росли розы всех цветов. Сын поступил в университет, а девочки росли умницами и помощницами и радовали родителей. Муж много работал, а Адуся с удовольствием занималась семьей – готовка, уборка, цветы в саду. В общем, обеспечивала крепкий тыл. И это у нее получалось совсем неплохо. А о своей прошлой жизни она почти не вспоминала. Что вспоминать о плохом, когда вокруг столько хорошего?

Содержание

Литературно-художественное издание

НЕГРОМКИЕ ЛЮДИ МАРИИ МЕТЛИЦКОЙ.
РАССКАЗЫ РАЗНЫХ ЛЕТ

Мария Метлицкая

НЕЗАДАННЫЕ ВОПРОСЫ

Ответственный редактор *Ю. Раутборт*
Младший редактор *М. Мамонтова*
Художественный редактор *П. Петров*
Технический редактор *Г. Романова*
Компьютерная верстка *Г. Дегтяренко*
Корректор *Н. Овсяникова*

В оформлении суперобложки использована фотография:
Montri Thipsorn / Shutterstock.com
Используется по лицензии от Shutterstock.com

ООО «Издательство «Эксмо»
123308, Москва, ул. Зорге, д. 1. Тел.: 8 (495) 411-68-86.
Home page: www.eksmo.ru E-mail: info@eksmo.ru
Өндіруші: «ЭКСМО» АҚБ Баспасы, 123308, Мәскеу, Ресей, Зорге көшесі, 1 үй.
Тел.: 8 (495) 411-68-86.
Home page: www.eksmo.ru E-mail: info@eksmo.ru.
Тауар белгісі: «Эксмо»
Интернет-магазин : www.book24.kz
Интернет-дүкен : www.book24.kz
Импортёр в Республику Казахстан ТОО «РДЦ-Алматы».
Қазақстан Республикасындағы импорттаушы «РДЦ-Алматы» ЖШС.
Дистрибьютор и представитель по приему претензий на продукцию,
в Республике Казахстан: ТОО «РДЦ-Алматы»
Қазақстан Республикасында дистрибьютор және өнім бойынша арыз-талаптарды
қабылдаушының өкілі «РДЦ-Алматы» ЖШС,
Алматы қ., Домбровский көш., 3«а», литер Б, офис 1.
Тел.: 8 (727) 251-59-90/91/92; E-mail: RDC-Almaty@eksmo.kz
Өнімнің жарамдылық мерзімі шектелмеген.
Сертификация туралы ақпарат сайтта: www.eksmo.ru/certification

Сведения о подтверждении соответствия издания согласно законодательству РФ
о техническом регулировании можно получить на сайте Издательства «Эксмо»
www.eksmo.ru/certification
Өндірген мемлекет: Ресей. Сертификация қарастырылмаған

Подписано в печать 04.09.2018. Формат 60×90 $^{1}/_{16}$.
Гарнитура «NewBaskerville». Печать офсетная. Усл. печ. л. 18,0.
Тираж 8000 экз. Заказ 9604.

Отпечатано с готовых файлов заказчика
в АО «Первая Образцовая типография»,
филиал «УЛЬЯНОВСКИЙ ДОМ ПЕЧАТИ»
432980, г. Ульяновск, ул. Гончарова, 14

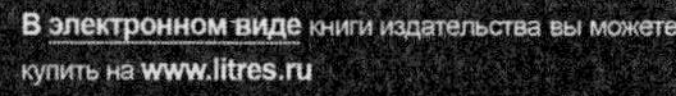

Оптовая торговля книгами «Эксмо»:
ООО «ТД «Эксмо». 123308, г. Москва, ул.Зорге, д.1, многоканальный тел.: 411-50-74.
E-mail: **reception@eksmo-sale.ru**

По вопросам приобретения книг «Эксмо» зарубежными оптовыми покупателями *обращаться в отдел зарубежных продаж ТД «Эксмо»*
E-mail: **international@eksmo-sale.ru**

International Sales: International wholesale customers should contact Foreign Sales Department of Trading House «Eksmo» for their orders.
international@eksmo-sale.ru

По вопросам заказа книг корпоративным клиентам, в том числе в специальном оформлении, *обращаться по тел.: +7 (495) 411-68-59, доб. 2261.*
E-mail: **ivanova.ey@eksmo.ru**

Оптовая торговля бумажно-беловыми и канцелярскими товарами для школы и офиса «Канц-Эксмо»:
Компания «Канц-Эксмо»: 142702, Московская обл., Ленинский р-н, г. Видное-2, Белокаменное ш., д. 1, а/я 5. Тел.:/факс +7 (495) 745-28-87 (многоканальный).
e-mail: **kanc@eksmo-sale.ru**, сайт: www.**kanc-eksmo.ru**

В Санкт-Петербурге: в магазине «Парк Культуры и Чтения БУКВОЕД», Невский пр-т, д. 46.
Тел.: +7(812)601-0-601, **www.bookvoed.ru**

Полный ассортимент книг издательства «Эксмо» для оптовых покупателей:
Москва. ООО «Торговый Дом «Эксмо». Адрес: 123308, г. Москва, ул.Зорге, д.1.
Телефон: +7 (495) 411-50-74. **E-mail:** reception@eksmo-sale.ru
Нижний Новгород. Филиал «Торгового Дома «Эксмо» в Нижнем Новгороде. Адрес: 603094, г. Нижний Новгород, ул. Карпинского, д. 29, бизнес-парк «Грин Плаза».
Телефон: +7 (831) 216-15-91 (92, 93, 94). **E-mail:** reception@eksmonn.ru
Санкт-Петербург. ООО «СЗКО». Адрес: 192029, г. Санкт-Петербург, пр. Обуховской Обороны, д. 84, лит. «Е». Телефон: +7 (812) 365-46-03 / 04. **E-mail:** server@szko.ru
Екатеринбург. Филиал ООО «Издательство Эксмо» в г. Екатеринбурге. Адрес: 620024, г. Екатеринбург, ул. Новинская, д. 2щ. Телефон: +7 (343) 272-72-01 (02/03/04/05/06/08).
E-mail: petrova.ea@ekat.eksmo.ru
Самара. Филиал ООО «Издательство «Эксмо» в г. Самаре.
Адрес: 443052, г. Самара, пр-т Кирова, д. 75/1, лит. «Е».
Телефон: +7(846)207-55-50. **E-mail:** RDC-samara@mail.ru
Ростов-на-Дону. Филиал ООО «Издательство «Эксмо» в г. Ростове-на-Дону. Адрес: 344023, г. Ростов-на-Дону, ул. Страны Советов, д. 44 А. Телефон: +7(863) 303-62-10. **E-mail:** info@rnd.eksmo.ru
Центр оптово-розничных продаж Cash&Carry в г. Ростове-на-Дону. Адрес: 344023, г. Ростов-на-Дону, ул. Страны Советов, д. 44 В. Телефон: (863) 303-62-10.
Режим работы: с 9-00 до 19-00. **E-mail:** rostov.mag@rnd.eksmo.ru
Новосибирск. Филиал ООО «Издательство «Эксмо» в г. Новосибирске. Адрес: 630015, г. Новосибирск, Комбинатский пер., д. 3. Телефон: +7(383) 289-91-42. **E-mail:** eksmo-nsk@yandex.ru
Хабаровск. Обособленное подразделение в г. Хабаровске. Адрес: 680000, г. Хабаровск, пер. Дзержинского, д. 24, литера Б, офис 1. Телефон: +7(4212) 910-120. **E-mail:** eksmo-khv@mail.ru
Тюмень. Филиал ООО «Издательство «Эксмо» в г. Тюмени.
Центр оптово-розничных продаж Cash&Carry в г. Тюмени.
Адрес: 625022, г. Тюмень, ул. Алебашевская, д. 9А (ТЦ Перестройка+).
Телефон: +7 (3452) 21-53-96/ 97/ 98. **E-mail:** eksmo-tumen@mail.ru
Краснодар. ООО «Издательство «Эксмо» Обособленное подразделение в г. Краснодаре
Центр оптово-розничных продаж Cash&Carry в г. Краснодаре
Адрес: 350018, г. Краснодар, ул. Сормовская, д. 7, лит. «Г». Телефон: (861) 234-43-01(02).
Республика Беларусь. ООО «ЭКСМО АСТ Си энд Си». Центр оптово-розничных продаж Cash&Carry в г.Минске. Адрес: 220014, Республика Беларусь, г. Минск, пр-т Жукова, д. 44, пом. 1-17, ТЦ «Outleto». Телефон: +375 17 251-40-23; +375 44 581-81-92.
Режим работы: с 10-00 до 22-00. **E-mail:** exmoast@yandex.by
Казахстан. РДЦ Алматы. Адрес: 050039, г. Алматы, ул. Домбровского, д. 3 «А».
Телефон: +7 (727) 251-59-90 (91,92). **E-mail:** RDC-Almaty@eksmo.kz
Интернет-магазин: www.book24.kz
Украина. ООО «Форс Украина». Адрес: 04073 г. Киев, ул. Вербовая, д. 17а.
Телефон: +38 (044) 290-99-44. **E-mail:** sales@forsukraine.com

Полный ассортимент продукции Издательства «Эксмо» можно приобрести в книжных магазинах «Читай-город» и заказать в интернет-магазине www.chitai-gorod.ru.
Телефон единой справочной службы 8 (800) 444 8 444. Звонок по России бесплатный.

Интернет-магазин ООО «Издательство «Эксмо»
www.book24.ru
Розничная продажа книг с доставкой по всему миру.
Тел.: +7 (495) 745-89-14. E-mail: **imarket@eksmo-sale.ru**

ISBN 978-5-04-095662-3

9 785040 956623 >